천사들의 제국

천사들의 제국

1

베르나르 베르베르
이세욱 옮김　　장편소설

L'EMPIRE DES ANGES
by BERNARD WERBER

베로니크를 위하여

지혜에 이르는 길에는 세 가지가 있으니,

첫째는 해학이고,

둘째는 역설이며,

셋째는 변화이다.

　　　　　　—트램펄린 세계 챔피언, 댄 밀먼

제1부   **천국의 뒤안**

1. 나는 죽는다

누구나 언젠가는 죽게 마련이다.

출처: 가두 설문 조사에서 무작위로 질문을 받은 행인

지금 나는 죽음을 맞고 있다.

나의 죽음은 아주 빠르고도 격렬하게 찾아왔다.

느닷없는 굉음에 몸을 돌려 보니, 보잉 747기의 전면이 보였다. 어떻게 내 방 창문 너머에 비행기가 나타날 수 있지? 관제사들의 파업 때문에 비행기가 항로를 이탈한 것일까? 그런 생각이 뇌리를 스치기가 무섭게 비행기는 벽을 뚫고 거실로 들어와 가구와 실내 장식품을 박살내고는 미친 듯이 내 쪽으로 다가왔다.

우리가 아무리 용감한 모험가라 해도, 우리가 아무리 스스로를 탐험가나 새로운 세계의 개척자로 자부한다 해도, 언젠가는 우리가 감당할 수 없는 문제들과 맞닥뜨리게 마련이다. 어쨌거나 비행기가 벽을 뚫고 들어와 내 거실을 박살 내는 것은 내가 도저히 감당할 수 없는 문제임이 분명하다.

모든 일은 마치 느린 동작 화면을 보는 것처럼 진행되었다. 얼을 쏙 빼는 요란한 소음 속에서 내 주위의 실내 장식이 산산이 부서지고 먼지와 파편의 거대한 소용돌이가 일었다.

11

그런 와중에도 조종사들의 얼굴이 언뜻 눈에 들어왔다. 하나는 키가 훌쩍 큰 사람이었고, 다른 하나는 작고 머리가 벗겨진 사람이었다. 그들의 얼굴엔 깜짝 놀란 기색이 역력했다. 그들이 승객들을 집 안까지 직접 데려가는 건 처음 있는 일인 모양이었다. 키가 훌쩍 큰 조종사의 얼굴은 공포로 일그러져 있었고, 머리가 벗겨진 조종사의 얼굴엔 몹시 당황해서 어쩔 줄 몰라 하는 사람의 모든 표정이 담겨 있었다. 소음이 너무 심해서 그들의 목소리가 들리지는 않았지만, 입을 크게 벌리고 있는 것으로 보아 큰 소리로 울부짖고 있는 것이 분명했다.

나는 엉겁결에 뒤로 물러났다. 그러나 한창 속력이 붙어 있는 비행기, 그것도 보잉 747 같은 비행기가 단박에 멈춰 설 리 만무하다. 나는 방어의 몸짓이랍시고 턱없이 두 손으로 얼굴을 가린 채, 통회의 기도를 하는 사람처럼 얼굴을 찡그리고 두 눈을 꼭 감았다. 그 순간까지도 나는 비행기의 난입이 그저 악몽이기만을 바랐다.

그래서 나는 꿈에서 깨어나기를 기다렸다. 긴 시간은 아니었다. 아마 10분의 1초도 안 되는 짧은 순간이었을 것이다. 하지만 그 순간이 내게는 마냥 길게만 느껴졌다. 그런 다음 어마어마한 충격이 왔다. 나는 뒤로 튕겨 나가 벽에 부딪쳐 온몸이 으스러졌다. 그러고 나자 온 세상이 고요하고 캄캄해졌다. 이런 종류의 일은 늘 이렇게 난데없이 찾아오는 법이다. 이건 단지 관제사들의 실수에서 비롯된 것이 아니라 언젠가는 오게 될 일이 닥친 것이기도 하다.

나는 오늘 죽고 싶지는 않다. 그러기에는 내가 아직 너무 젊다.

이제 아무것도 보이지 않고 아무 소리도 들리지 않고 아무것도 느껴지지 않는다. 이런…… 조짐이 좋지 않다……. 신경계에는 아직 생명의 기미가 남아 있다. 어쩌면 내 육신은 망가진 기계처럼 〈재생이 가능할〉지도 모른다. 운이 따라 준다면 구조대가 제때에 와서 심장을 다시 뛰게 하고 부서진 사지를 이리저리 꿰어 맞출 것이다. 그러고 나서 한동안 침대에 누워 지내면 모든 것이 차츰차츰 예전 그대로의 모습으로 돌아오겠지. 그러면 내 주위 사람들은 말할 것이다. 내가 살아난 건 기적이라고.

그래, 구조대를 기다리자. 곧 오겠지. 그런데 다들 뭐 하느라고 이렇게 늑장을 부리는 거지? 알겠다. 이 시간에는 도처에 교통 혼잡이 있을 것임에 틀림없다.

이대로 속절없이 죽어 갈 수는 없다. 이렇게 죽는 건 나 자신을 지나치게 방기하는 것이다. 나의 뇌를 작동시켜야 한다. 생각을 해야 한다. 그런데 무얼 생각하지?

그래, 어린 시절에 부르던 노래를 생각하자.

작은 배가 있었네.

아주 작은 배가 있었네.

항해라곤 한 번도 해본 적이 없는 배,

바다에 한번 떠본 적도 없는 배…….

그다음 가사가 뭐더라?

젠장, 기억마저도 파업에 들어간 모양이군. 뇌 속의 도서관 문이 닫혔다.

뇌가 더 이상 움직이지 않는 느낌이다. 그런데도 난…… 나는 계속 생각을 하고 있다. 〈나는 생각한다. 고로 나는 존재한다〉고 말한 데카르트의 생각은 틀린 것 같다. 더 이상 존재하지 않아도 생각은 계속될 수 있는 것인지도 모른다. 나는 단지 생각만 하고 있는 게 아니라, 지금 무슨 일이 벌어지고 있는지를 완전하게 의식하고 있다. 모든 걸 다 알 것 같다. 이제껏 이보다 더 정신이 말쩡했던 적이 없었다.

뭔가 중요한 일이 닥쳐오고 있다는 느낌이 든다. 나는 그것을 기다리고 있다. 됐다. 느낌이 온다……. 무엇인가가 나에게서 빠져나가는 기분이 든다. 증기 같은 것이 빠져나가고 있다. 내 육신과 똑같은 형체를 한 증기다. 마치 나를 투명하게 복제해 낸 것 같다.

이게 나의 〈영혼〉일까? 이 투명한 〈또 다른 나〉가 정수리를 통해 내 육신으로부터 천천히 떨어져 나가고 있다. 두렵기도 하고 흥분이 되기도 한다. 이제 내가 위로 움직이고 있다.

〈또 다른 나〉가 예전의 내 육신을 살펴본다. 작은 파편들이 곳곳에 흩어져 있다. 그래, 이젠 체념하고 받아들여야 해. 퍼즐에 도통한 아주 유능한 외과 의사를 찾아내지 못한다면…… 내 육신은 더 이상 예전의 상태로 돌아갈 수 없다.

이런, 느낌이 참 묘하군! 내가 날아오르고 있다.

은빛 줄 하나로 나는 아직 예전의 육신에 연결되어 있다. 탯줄과도 같은 이 줄은 내가 위로 올라갈수록 자꾸 팽팽해진다.

아주 작은 배가 있었네.
항해라곤 한 번도 해본 적이 없는 배.

내가 바로 그 배처럼 두둥실 떠올라 하늘을 날고 있다. 예전의 내가 점점 멀어진다. 공중에서 내려다보니 부서진 보잉 747기의 전모가 더욱 분명하게 드러난다. 내가 살던 건물도 한눈에 보인다. 층층이 무너져 내린 모습이 마치 크림을 켜켜이 넣은 파이를 보는 듯하다.

나는 파리의 지붕들 위를 날고 있다.

이제 나는 어디로 가지?

나는 파리 대학에서 인류학을 가르치는 사람이다. 당신들의 질문에 나는 이렇게 대답하고 싶다. 인류의 문명은 몇몇 영장류가 동족의 시체를 쓰레기터에 버리지 않고 조개껍질이나 꽃으로 덮어 두기 시작하면서 나타났다. 장식이 들어간 최초의 무덤은 사해 근처에서 발견되었다. 탄소 동위 원소 14로 연대를 측정해 보니 지금으로부터 12만 년 전의 것이었다. 이는 아주 먼 그 옛날에 사람들은 죽음에 어떤 〈마술적인〉 현상이 뒤따른다는 것을 믿었다는 걸 의미한다. 또 그 신비로운 현상을 묘사하려는 시도에서 비구상 미술이 출현했다는 사실도 주목할 만하다.

그 뒤에 나타난 최초의 환상적인 회화들은 〈사후 세계〉를 상상하려고 애쓴 화가들의 작품이었다. 아마도 그들은 죽음의 문제에 맞서 스스로를 안심시키려고 죽음 이후를 상상했을 것이다……

출처: 가두 설문 조사에서 무작위로 질문을 받은 행인

무엇인가 나를 위에서 끌어당기는 것이 있다. 굉장한 빛이다. 이제 나는 곧 알게 될 것이다. 삶이 끝나고 나면 무엇이 있는지, 눈에 보이는 세계의 저 위쪽에 무엇이 있는지를 말이다.

나는 내가 살던 도시, 내가 살던 행성 위를 날고 있다.

은빛 줄은 자꾸자꾸 늘어나다가 기어이 끊어져 버린다.

이제 돌아가는 것은 전혀 불가능하다. 미카엘 팽송으로 살았던 나의 삶이 정말로 끝난 것이다. 미카엘 팽송, 그는 제법 매력 있는 남자이긴 했지만 그 역시 다른 사람들처럼 죽음이라는 잘못을 범하고 만 것이다.

〈삶〉을 떠나는 이 순간에 새삼스레 깨닫게 되는 바가 있다. 나는 언제나 죽음을 나 아닌 다른 사람들에게만 일어나는 어떤 일로 여겼다는 사실 말이다. 어떻게 나는 죽음을 하나의 전설 같은 것으로, 나하고는 상관없는 어떤 시련으로 간주하며 살 수 있었을까?

사람은 누구나 언젠가는 죽게 마련이다. 나에게는 그날이 바로 오늘이다.

나는 죽고 나면 아무것도 없다고 믿는다. 정말이지 아무것도 없다. 내가 보기에 인간이 불멸에 이르는 길은 자식을 낳는 방법밖에 없다. 우리가 자식을 낳고, 그들이 또 자식을 낳음으로써 우리 생명의 불씨는 대대손손으로 계승될 것이다.

출처: 가두 설문 조사에서 무작위로 질문을 받은 행인

2. 저승길

나는 내게 더 이상 선택의 여지가 없다는 것을 알고 있다.

지구는 이제 멀리 보이는 하나의 먼지일 뿐이다. 예전의 내 육신은 파편이 되어 흩어져 있는 것을 구조대원들이 찾아내었다.

놀랍게도 그들의 목소리가 들리는 듯하다. 〈세상에 이런 변이 있나! 비행기가 건물에 부딪치다니. 살다 보니 별일이 다 생기는구먼. 이 콘크리트 더미에서 어떻게 시신들을 찾아내지?〉

됐어, 이건 더 이상 내 문제가 아니야.

굉장한 빛이 나를 빨아들이고 있다. 나는 우리 은하의 중심을 향해 나아간다. 마침내 그 중심이 보인다. 사자(死者)들의 나라는 은하 한복판에 위치한 블랙홀이다.

그것은 세면대의 배수구와 비슷하다. 소용돌이 때문에 주위의 모든 것이 나선을 그리며 빨려 들어간다. 가까이 다가가 보니 살아 움직이는 꽃을 보는 듯하다. 소용돌이치는 빛의 알갱이로 이루어진 거대한 난초꽃 같다.

이 블랙홀은 항성, 행성, 유성 등 모든 것을 빨아들인다. 나 역시 거기로 휩쓸려 들어간다.

예전에 우리가 작성했던 영계(靈界), 즉 일곱 천계의 지도가 생각난다. 내 앞에…… 제1천계가 펼쳐진다. 이곳은 원추형으로 된 청색 세계이다. 나는 거품처럼 스러져 가는 별들을 지나 그 세계로 들어간다.

해마다 수백만의 인간이 지구에 태어난다. 그들은 어마어마한 양의 고기와 과일과 채소를 어마어마한 양의 똥으로 변화시키면서 활동을 하고 번식을 한다. 그러다가 때가 되면 죽는다. 전혀 대단할 게 없는 그런 것들 속에 우리 존재의 의미가 있다. 태어나고 먹고 활동하고 번식하고, 그러다가 죽는다. 인생이란 그런 것이다.

그 얼마 안 되는 시간 동안 인간은 스스로를 대단한 존재로 생각한다. 입으로 소리를 내고 팔다리를 놀려 움직인다는 게 대단하다는 느낌을 주는 모양이다. 그러나 내가 보기에 우리 인간은 별것이 아니다. 우리는 썩어서 먼지로 돌아갈 존재일 뿐이다.

출처: 가두 설문 조사에서 무작위로 질문을 받은 행인

저승 문턱에 오니 비로소 다른 영혼들이 보인다. 내 옆에서 영혼들이 떼를 지어 이동하는 나비들처럼 빛을 향해 날아가고 있다.

죽은 사연들이 가지각색이다. 교통사고의 피해자, 사형 집행을 당한 자, 고문을 당하다 죽은 포로, 불치병에 걸려 죽은 자, 길을 가다가 재수 없이 머리에 화분을 맞은 자, 소풍을 나가서 독사를 율모기로 잘못 알고 턱없이 대범하게 굴다가 죽은 자, 집 안 수리를 하다가 파상풍 백신을 맞지 않은 채로 녹슨 못에 긁힌 자.

개중에는 모험을 좋아하다가 죽음을 자초한 사람들도 있다. 비행에 대해 제대로 알지도 못하면서 안개 속을 비행한 아마추어 조종사, 슬로프 표지 밖에서 스키를 타다가 빙벽의 갈라진 틈을 보지 못한 사람, 낙하산이 펴지지 않은 채로 땅에 떨어진 스카이다이버, 주의를 게을리한 맹수 조련사, 앞에 가는 트럭을 추월할 시간이 충분하다고 생각했던 오토바이 폭주족.

이들 모두가 오늘 죽은 자들이다. 나는 그들에게 인사를 보낸다.

내 가까이로 거의 스칠 듯이 날아가는 영혼들이 있다. 어디서 많이 본 듯한 실루엣이다. 아, 내 아내 로즈와 한때 나의 애인이었던 아망딘이다!

그래, 생각난다.

보잉 747기가 뷔트 쇼몽의 우리 건물을 덮쳤을 때, 로즈와 아망딘은 옆방에 있었다. 이들은 나와 함께 〈타나토노트〉의 위대한 모험을 감행한 사람들이다.

타나토노트란 그리스어 타나토스(죽음)와 나우테스(항행자)를 합친 말이다. 이 용어는 내 친구 라울 라조르박이 만들어 냈다. 일단 말이 생겨나자 학문이 생겨났고, 학문이 생겨나자 선구자들이 나타났다. 우리는 영계 탐사 비행의 이륙장인 타나토드롬을 세우고 본격적인 탐사에 들어갔다.

사후 세계라는 〈테라 인코그니타〉[1]를 지도의 가장자리 쪽으로 밀어내는 것, 그것이 우리의 목표였다. 우리는 그 목표에 도달했다. 마지막 남은 위대한 신비의 커튼을 들어 올린 것이다. 죽음이라는 이 미스터리를 모든 종교가 언급했고 모든 신화가 다소간 구체적인 은유로 표현했지만, 우리는 마치 어떤 대륙의 발견에 대해서 말하듯이 죽음의 신비를 말한 최초의 사람들이었다.

우리는 우리의 모험을 끝맺을 수 없게 될까 봐 두려워하였다. 보잉 747기가 마치 우연처럼 우리 건물을 덮친 것은 어쩌면 우리가 마침내 〈높은 곳〉에 계신 분을 성가시게 했다는 증거인지도 모른다.

저기 우리가 발견했던 것이 다시 보인다……. 하지만 이번

1 terra incognita. 〈알려지지 않은 땅〉이라는 뜻의 라틴어.

엔 돌아갈 수가 없다. 우리의 생명 줄이 끊어졌기 때문이다. 이제 우리의 옛 육신으로 돌아가는 것은 생각도 할 수 없는 일이 되어 버렸다. 우리는 소용돌이의 원추 속으로 빨려 들어간다. 이 원추는 위로 올라갈수록 점점 폭이 좁아진다. 제 1천계를 끝까지 가로지르자 말랑말랑하고 불투명한 막처럼 생긴 장벽이 나타난다. 예전에 나와 내 친구들은 이 장벽을 모흐[2] 1이라고 불렀다. 마하 1이 최초의 음속 장벽이었듯이 모흐 1은 우리가 가장 먼저 맞닥뜨린 죽음의 장벽이었다. 이제 우리는 함께 이 장벽을 다시 넘으려 한다.

지나가기가 망설여진다. 하지만 다른 영혼들은 모두 주저 없이 넘어간다. 할 수 없다. 나도 가야 한다. 장벽을 넘어 우리가 다다른 곳은⋯⋯.

그 문제에 관해서 정말 하고 싶은 말이 있다. 나는 중환자 병동에서 일하는 간호사이다. 죽어 가는 사람들을 돌보는 일을 하다 보니, 죽음에 관한 내 나름의 생각을 갖게 되었다. 그래서 하는 얘기지만, 사람들이 해도 해도 너무 한다는 생각이 든다. 내가 보기에 사람들은 마치 죽음이라는 것이 존재하지 않는 양 행동하고 있다. 어느 날 구급차가 와서 할아버지를 병원으로 데려가면, 손주들은 몇 주 동안 할아버지를 보지 못하게 된다. 그러다가 어느 날 아침 병원으로부터 전화를 받고 할아버지가 돌아가셨다는 사실을 알게 된다. 그 결과 새로운 세대는 죽음이 무엇인지를 알지 못한다. 그 손주들이 자라 성인이 되고 노인

---

2 초음속의 단위인 〈마하mach〉와 죽음을 뜻하는 프랑스어 〈모르mort〉를 동시에 연상시키려는 의도가 담긴 조어.

이 되어서 자기들 자신의 죽음과 대면하게 되면, 그들은 당황해서 어찌할 바를 모른다. 단지 자기들의 소멸이 문제가 되기 때문이 아니라 전혀 모르는 어떤 것에 맞닥뜨리는 신세가 되기 때문이다. 나보고 어린 세대에게 한 가지 조언을 하라고 한다면, 나는 이렇게 말하고 싶다. 겁내지 말고 병원으로 할아버지 할머니를 뵈러 가라고 말이다. 거기에서 아이들은 삶에 관한 가장 큰 교훈을 얻게 될 것이다.

출처: 가두 설문 조사에서 무작위로 질문을 받은 행인

내가 첫 번째 장벽을 넘어 다다른 곳은…… 제2천계이다. 이곳은 온갖 공포의 기억과 다시 대면해야 하는 암흑의 세계이다.

내가 상상할 수 있는 무시무시하고 혐오스러운 온갖 것들이 구체적인 형성으로 나타난다. 한기가 감돌고 전율이 느껴진다. 예전의 익살스러운 괴물들과 현대의 악마들이 나를 맞아 준다.

갈수록 가팔라지는 아홉 굽이 벼랑길에서 나는 나의 가장 흉측한 악몽들과 마주친다. 하지만 중앙의 빛은 여전히 존재하고 앞에서 계속 나를 이끌고 있다.

어둠 속에서 온갖 공포를 대면하고 나자, 다시 불투명한 막이 나타난다. 모호 2다. 그 장벽을 넘어 다다른 곳은…….

나는 남편을 먼저 저승에 보내고 혼자 사는 사람이다. 나는 남편이 임종할 때까지 죽음에 관한 그의 태도가 어떻게 달라지는지를 죽 지켜보았다. 그 과정은 다섯 단계로 진행되었다. 처음에 남편은 자기가 곧 죽게 된다는 사실을 받아들이려 하지 않았다. 그는 우리의 삶이 예전과 조금도 다름없이 계속되어야 한다고 고집을 부렸고 빨리 나아서 집으로 돌아가겠다는 말을 곧잘 했다. 그러다가 의사에게서 자기 병이 치유될 수 없는 것이라는 얘기를 들었을 때, 그는 노발대발했다. 마치 자기를 죽게 만든 죄인을 찾아내야만 직성이 풀릴 사람 같았다. 남편은 담당 의사가 무능하다고 비난했고, 내가 나쁜 병원에 자기를 입원시켰다고 비난했다. 심지어는 내가 자기 돈이 탐나서 하루라도 빨리 유산을 상속받으려고 일부러 나쁜 병원의 무능한 의사에게 자기를 맡긴 거라고 얼토당토않은 소리를 하기까지 했다. 남편은 또 식구들과 친지들이 자기를 내팽개쳐 놓고 자주 보러 오지 않는다고 책망했다. 사실 그때는 남편의 태도가 여간 불쾌하지 않았다. 애들마저도 병원에 오는 것을 꺼릴 정도였다. 그러더니 남편은 평정을 되찾고 세 번째 단계로 들어갔다. 그 단계는 이를테면 죽음을 놓고 장사꾼처럼 흥정을 하는 단계였다. 남편은 이런 식으로 말하곤 했다. 좋아, 나는 불치의 선고를 받았어. 하지만 난 다음 생일 때까지 잘 버티고 싶어. 아니 그것까지는 바라지도 않아. 이번 월드컵 축구 대회 때까지만 버틸 수 있으면 좋겠어. 결승전을 꼭 보고 싶어. 아냐, 결승전이나 준결승전이 아니라도 좋아. 그저 8강전만이라도 볼 수 있다면 여한이 없겠어.

그러나 정말 더 이상 어쩔 수가 없다는 것을 깨닫게 되면서 남편은 우울증 증세를 보이기 시작했다. 그의 모습이 너무나 안쓰러웠다. 말도 하고 싶어 하지 않았고 음식도 먹으려 하지 않았다. 기력이 완전히 쇠해서 더 이상 살려고 발버둥 치는 모습을 보이지 않았다. 마치 너무 많이 얻어맞아서 가드를 내리고 로프에 기댄 채 마지막 일격을 기다리고 있는 권투 선수 같았다.

그러다가 남편은 마침내 다섯 번째 단계로 들어가 죽음을 받아들였다. 그는 미소를 되찾았고, 자기가 좋아하는 음악을 듣겠다고 카세트 플레이어를 요구했다. 그는 도어스라는 미국 록 그룹의 음악을 특히 자주 들었다. 그들의 음악을 들으면 자기의 젊은 날이 생각난다고 했다. 남편은 미소가 어린 듯한 표정을 지으며 죽었다. 헤드폰을 낀 채, 도어스의 「디 엔드」를 들으면서.

출처: 가두 설문 조사에서 무작위로 질문을 받은 행인

초입의 청색 세계와 공포로 가득 찬 암흑세계 다음에는 나의 성적 환상을 다시 대면해야 하는 적색 세계가 펼쳐진다. 이곳에서는 나의 가장 깊숙한 내면에 감추어 두었던 욕망들이 표면에 떠오른다.

이곳이 바로 제3천계이다. 쾌락, 불, 더위, 습기가 느껴지고, 관능이 흐드러진 세계이다. 자기 안에 있던 가장 터무니없는 성적 환상과 가장 억압되어 있던 욕구들을 대면하는 곳이다.

나는 잠시 환상의 진창에 빠져 든다. 대단히 자극적인 장면들이 스쳐 지나간다. 더없이 섹시한 배우들과 더없이 매혹적인 톱 모델들이 자기들을 안아 달라고 나에게 매달린다.

한편 내 아내와 나의 옛 여자 친구는 잘생긴 젊은 남자들과 마주친다.

나는 이 세계에 더 머무르고 싶은 마음을 억누르고 중앙의 빛에 생각을 집중한다. 스쿠버 다이버가 자기의 밧줄에서 멀어지지 않도록 조심하는 것처럼 말이다. 그리하여 나는 모호 3의 장벽을 넘는다.

사람들은 죽음이 찾아오지 않기를 바랄 것이다. 하지만 내 생각에는 죽음이 존재한다는 것이 오히려 다행스럽다. 만일 우리가 영생을 얻게 된다면, 그건 어쩌면 우리에게 일어날 수 있는 일 중에서 가장 고약한 것이 될지도 모른다. 죽지 않고 영원히 산다면 그보다 더 따분한 일이 어디에 있겠는가?

출처: 가두 설문 조사에서 무작위로 질문을 받은 행인

제4천계는 주황색 세계이다. 이곳에서 사자들은 흘러가는 시간에 맞서 싸움을 벌여야 한다. 영혼들의 행렬이 지평선 너머로 끝없이 늘어서 있다.

의복의 상태로 미루어 보건대, 어떤 영혼들은 몇 세기 전부터 줄을 서서 기다리고 있는 듯하다. 이들이 모두 재난 영화에 엑스트라로 출연했다가 촬영 사고로 희생된 자들이 아니라면, 아주 오래전에 죽은 사람들이 아직도 여기에서 뭉그적거리고 있는 것임에 틀림없다.

이들은 하염없이 기다리고 있다.

기독교에서 〈연옥〉이라고 부르는 곳이 어쩌면 바로 이 주황색 세계일 것이다. 우리도 줄 꽁무니에 붙어서 기다려야 할 것 같은 느낌이 든다. 하지만 지상에 있을 때부터 나는 대기자들의 줄을 무시하고 새치기를 일삼는 아주 못된 버릇이

있었다. 그 때문에 욕도 많이 먹었고 주먹다짐을 벌이기까지
했다. 이승의 버릇은 저승에서도 버릴 수 없는 것인지 우리
는 또다시 새치기를 한다. 그러면 안 된다고 소리치는 영혼
이 더러 있긴 하지만 우리를 제지하는 자는 아무도 없다.

영혼들의 행렬을 따라 올라가노라니 역사를 거슬러 올라
가는 느낌이 든다. 학교 교과서에서 배운 호메로스의 전쟁
영웅들과 그리스의 철학자들, 오래전에 지도에서 사라진 나
라들의 왕이 보인다.

반가운 마음에 그들에게서 친필 사인이라도 받아 내고 싶
지만 계제가 별로 적당하지 않다.

로즈와 아망딘과 나는 사자들 위를 날고 있다. 사자들의
행렬은 빛을 향해 흘러가는 길고 긴 강물 같다(그리스 신화
에 나오는 스틱스라는 강은 이것을 가리키는 것이 아닐까?).
주황색 천계의 입구는 이 강의 수원이 되는 셈이다. 앞으로
나아갈수록 사자들의 행렬은 자꾸 폭이 좁아지다가 나중에
는 개울이 된다. 그 어름에서 다시 불투명한 장벽이 나타난
다. 우리는 모호 4라는 그 장벽을 넘는다.

죽음? 나는 그것에 대해서 생각하지 않으려고 한다. 죽
음을 생각하는 것만으로도 그것이 초래될까 두렵기 때문
이다. 그냥 살고 또 사는 것이다. 그런 다음에 무슨 일이 일
어날지는 때가 되면 알게 될 것이다.

출처: 가두 설문 조사에서 무작위로 질문을 받은 행인

이제 우리는 제5천계에 들어와 있다. 이곳은 황색이 주조
를 이루고 있는 절대지(絶對知)의 세계다. 인류가 궁금해하

25

던 중요한 비밀들이 여기에서 밝혀진다. 나는 지나는 길에 몇 가지 소중한 정보를 얻어듣는다. 하지만 이젠 불행하게도 이 정보들을 아직 살아 있는 내 동료들에게 전해 줄 수가 없다.

나 자신이 위대한 지혜를 얻었다는 느낌이 든다. 예전에 내가 제대로 이해할 수 없었던 것들에 대해서 자상하게 설명해 주는 목소리가 여기저기에서 들려온다. 지난 생애에서 내가 무모하게 제기했던 문제들에 대한 답이 차례차례 날아온다.

사자들의 행렬은 더욱 폭이 좁아진다.

많은 영혼들은 자기들을 늘 괴롭혔던 문제들에 대한 답을 얻은 것에 마음이 팔려서 마냥 늑장을 부린다. 개울처럼 좁아진 행렬은 이제 실개천이 된다. 나는 정신적인 만족을 주는 그 달콤한 지식들에 지나치게 현혹되지 않으려고 빛에 매달린다. 모호 5를 넘어 다다른 곳은…….

느닷없이 죽음이 찾아오면 사람들은 아연실색한다. 그래, 내가 겪은 바로는 아연실색이 공통적인 반응이었던 것 같다. 나는 30년 동안 옥살이를 한 뒤에 행형 성적이 좋아 얼마 전에 풀려났다. 이제는 이런 얘기를 해도 처벌을 받지 않을 테니까 털어놓고 얘기하겠다. 나는 사람을 열네 명이나 죽였다. 사람을 죽일 때마다 나는 그들의 반응을 보고 놀랐다. 사람들은 내가 곧 그들의 목숨을 끊을 거라고 알려 주면, 어안이 벙벙한 모습을 보이거나 격분한 모습을 보이기가 십상이었다. 그들은 자기네 생명을 자동차나 개나 집처럼 자기네 소유물로 생각하고 있는 듯했다.

출처: 가두 설문 조사에서 무작위로 질문을 받은 행인

제6천계. 풀빛이나 녹음처럼 푸르른 이 세계에서 우리는 절대미(絶對美)를 발견한다. 미의 환영, 화려한 색채와 조화의 느낌, 그런 것들 앞에서 나는 스스로를 추하고 어색하게 느낀다. 강물처럼 흐르던 사자들의 행렬은 이곳에서 한동안 지체한다. 많은 영혼들이 아름다운 광경에 매혹되어 앞으로 나아갈 생각을 안 하기 때문이다.

아내 로즈가 내 팔을 잡아끈다. 아름다운 광경에 홀리지 말고 계속 나아가야 한다는 뜻이다.

앞으로 나아갈수록 우리 주위의 영혼들이 점점 적어진다.

모흐 6을 넘으니 백색 나라인 제7천계가 펼쳐진다. 사자들의 행렬은 여기에서 끝나는 듯하다. 거대한 빛의 산맥이 보인다. 우리를 여기까지 이끌어 온 빛은 바로 저 산맥에서 나온 것임에 틀림없다. 가장 높은 산이 가장 강렬한 빛을 발한다. 나는 그 봉우리를 향해 나아간다. 작은 오솔길을 따라 한참을 오르니 심판의 평원이 나타난다.

강물처럼 이어지던 사자들의 긴 행렬은 평원의 한복판에 이르러서는 한낱 도랑처럼 폭이 좁아져 있다. 행렬은 아주 조금씩 앞으로 나아간다. 한 영혼이 불려 나가면 바로 뒤에 있던 영혼이 한 발짝 앞으로 움직여서 대기 선 뒤에 선다. 마치 관공서의 창구 앞에 줄을 서서 차례를 기다리는 사람들 같다.

로즈와 아망딘과 나는 그 줄에 서 있는 영혼들 사이로 끼어든다.

우리를 맞으러 오는 인물이 하나 있다. 첫눈에 보아도 누구인지 짐작이 가는 인물이다. 천국의 열쇠 관리자, 천국의 수위인 그에게는 여러 가지 이름이 있다. 이집트 신화에 나오는 저승의 신 아누비스, 인도인들이 사자들의 신이라고 생각했던 야마, 그리스 신화에 나오는 스틱스강의 나루지기 카론, 고대 로마인들이 영혼들의 안내자라고 믿었던 메르쿠리우스, 기독교의 성 베드로 등이 바로 그 이름들이다.

「나를 따라오시오.」

그가 우리에게 이른다. 키가 크고 턱수염을 기른 모습이 조금 오만한 느낌을 준다.

「알겠습니다.」

그가 빙그레 웃으며 고개를 끄덕인다. 내가 말을 하면 그도 알아듣는 모양이다. 그는 우리를 심판대 쪽으로 곧장 데리고 가서 세 심판관 앞에 세운다. 심판관들은 아무 말 없이 우리를 살펴보기 시작한다. 어디에선가 성 베드로가 또박또박 이렇게 말하는 소리가 들려온다.

성명 미카엘 팽송

국적 프랑스

모발 갈색

안구 갈색

신장 178센티미터

신체상의 특징 없음

약점 자신감 결여

장점 호기심

나는 이 세 심판관이 누구인지 알고 있다. 이들 역시 모든 신화에서 다양한 이름으로 불린다. 그리스 신화에서 이들은 제우스, 테미스, 타나토스이며, 이집트 신화에서는 마트, 오시리스, 토트, 일본 신화에서는 이자나미, 이자나기, 오모이카네이다. 또 기독교인들은 이들을 세 대천사, 곧 가브리엘, 미가엘, 라파엘이라고 부른다.

「이제 당신 영혼의 무게를 달겠소.」

셋 중에서 가장 키가 큰 가브리엘 대천사가 나에게 알린다.

그러니까 이 심령체가 바로 내 영혼이로군…….

「이 세 영혼을 함께 심판할 수밖에 없겠는걸.」

셋 중에서 가장 뚱뚱한 라파엘 대천사가 그렇게 덧붙인다.

심판은 신속하게 이루어진다. 대천사들은 우리가 이른바 영계 탐사라는 것을 하면서 오로지 크게 깨달은 자들만이 알아야 할 저승의 비밀을 너무 일찍, 너무 널리 폭로했다고 비난한다. 삶과 죽음의 의미를 다른 사람들에게 알려 줄 권리가 우리에게는 없다는 것이다.

「당신들은 그저 호기심에 이끌려서 일곱 천계를 발견했고 그것을 대중에게 알렸소. 마구잡이로 개나 소나 다 알게 말이오.」

「이곳의 어느 누구도 당신들에게 그런 비밀 정보를 유포하라고 허락한 적이 없소.」

「설령 알리더라도 비유나 신화 속에 그것을 감추었어야 했소.」

「하다못해 어떤 입문 의식을 거친 자들만이 그 비밀을 깨닫도록 했어도 사정은 달라졌을 거요.」

대천사들은 우리가 저승의 비밀을 성급하게 누설함으로써 어떤 피해가 야기될 수 있는지를 하나하나 지적한다.

「단지 호기심 때문에 천국을 〈관광하겠다〉고 자살하는 어리석은 자들이 생겨날 수도 있소.」

29

「다행히 우리가 제때에 개입해서 일이 터지기 전에 당신들이 저지른 잘못을 수습했소.」

대천사들은 타나토노트에 관한 책들을 모두 없애 버리기 위해 그것들이 있는 서점이나 도서관을 모두 파괴해야 하리라고 생각했던 모양이다. 또 사람들의 집단적인 기억을 변조해서 우리의 탈선에 관한 정보를 깡그리 지워 버려야 한다고 생각했던 듯하다. 하지만 다행히도 그럴 필요가 없었다. 우리 타나토노트들의 책은 전혀 반향을 얻지 못했다. 어쩌다 그 책을 접하게 된 독자들이 있긴 했지만, 그들은 그것을 흔해 빠진 SF 소설 중의 하나로만 생각했다. 결국 우리 책은 출간 사실이 세상에 알려질 새도 없이 홍수처럼 쏟아져 나오는 신간 서적들 속에 묻혀 버렸다.

사실 전통적인 검열이 사라진 오늘날에는 검열이 그런 식으로 행해진다. 새로운 형태의 검열은 은폐를 통해서가 아니라 과잉을 통해서 이루어진다. 기존 관념을 뒤흔드는 책들이 따분한 책들의 해일에 묻혀 버리는 것이다.

어쨌거나 우리 책이 사람들에게 전혀 영향을 미치지 않음에 따라 대천사들은 직접 개입할 필요를 느끼지 않게 되었다. 하지만 우리는 그들을 불안하게 만들었고, 이제 그 대가를 치러야 한다. 우리에게는 유죄 판결이 내려질 수밖에 없다.

「그럼 우리는 어떻게 되는 거죠? 지옥으로 가는 건가요?」

아망딘이 그렇게 묻자, 세 대천사가 가소롭다는 듯이 그녀를 빤히 바라본다.

「지옥? 미안하지만 그런 건 존재하지 않소. 천국 아니면 지상이 있을 뿐이오. 잘못을 저지른 자들은 지상에 돌아가 환생하도록 되어 있소.」

「어찌 보면, 〈지상이 바로 지옥〉이라고 할 수도 있겠지.」

라파엘 대천사가 약간 놀리는 듯한 말투로 그렇게 동을 단다.

가브리엘 대천사의 설명이 이어진다.

「환생이란 고등학교 학생들이 치르는 대학 입학 자격시험과 같은 거요. 낙방하면 재수를 하게 되어 있소. 당신들은 낙방이오. 따라서 출발점으로 되돌아가 새로운 삶을 시작해야 하오.」

나는 고개를 떨군다.

로즈와 아망딘과 나는 모두 똑같은 생각을 하고 있다. 〈부질없이 또 한 번의 삶을 살아야 한단 말인가.〉

우리보다 먼저 심판을 받은 영혼들 중에서 얼마나 많은 자들이 그런 탄식을 했을까?

하지만 이렇게 마냥 한숨만 짓고 있을 수 없다. 다른 영혼들이 차례를 기다리고 있기 때문이다. 참을성 없는 몇몇 영혼들이 자리를 비켜 달라고 우리에게 재촉한다. 성 베드로가 우리를 빛의 산 쪽으로 데리고 간다. 산꼭대기에서 강력한 빛이 발산되고 있다. 우리를 최후의 심판까지 이끌어 온 바로 그 빛이다.

산꼭대기 바로 아래에 터널 두 개가 나타난다. 한 터널의 입구에는 황토색 테두리가 둘러져 있고, 다른 터널의 입구에는 짙은 청색 테두리가 둘러져 있다. 황토색 입구는 지구로 통하는 것으로서 새로이 환생할 영혼들이 들어갈 문이고, 짙은 청색 입구는 천사들의 나라로 통한다. 무슨 표지판 같은 것이 있어서 그런 사실을 알려 주는 게 아니라, 여기에서는 그런 종류의 정보가 모두 정신을 통해 직접 설명되기 때문에 누구나 저절로 알게 된다.

성 베드로는 우리를 황토색 터널 앞에 남겨 놓고 작별의 뜻으로 가볍게 손짓을 하며 짤막한 인사말을 던진다.

「다음 삶을 살고 난 뒤에 다시 만납시다.」

우리는 통로 속으로 나아가기 시작한다. 한참을 가다 보니 일곱 천계를 가로막고 있는 모호와 비슷하게 생긴 불투명 막이 나타난다. 이 장벽을 넘어가면 우리는 또 한 차례의 삶을 시작해야 한다. 아망딘이 넘어갈 준비를 하고 나를 바라본다.

「우리 이제 헤어져야겠군요. 환생해서도 다시 만날 수 있었으면 좋겠어요. 우리 서로 노력합시다.」

그러면서 아망딘은 나에게 은근한 눈짓을 보낸다. 지난 생애에서 그녀는 나를 영원한 동반자로 삼는 데에 실패했다. 아마도 다음 생애에서는 그 일을 꼭 이루어 내고 싶은 모양이다.

「새로운 모험을 향해 전진!」

아망딘이 뛰어가면서 그렇게 소리친다.

로즈가 나에게 바싹 기대어 온다. 나는 그녀의 귀에 대고 영계 대전투 때에 타나토노트들이 외쳤던 구호를 속삭인다.

「우리 함께 바보들에 맞서 싸우자!」

꼭 껴안을 육신이 없으므로 우리는 투명한 입을 상대의 입에 댄다. 내 입술은 아무것도 느끼지 못하지만, 내 온 영혼에 짜릿한 감동이 밀려온다.

「우리 함께…….」

로즈가 메아리처럼 내 말을 되받는다.

우리는 안타까운 마음에 투명한 손을 맞잡은 채 잠시 머뭇거린다. 하나로 합쳐져 있던 손가락들이 스르르 풀어지며 닿을락 말락 서로 스치다가 마침내 떨어진다.

로즈는 고통스러운 작별의 시간을 줄이려는 듯 몸을 돌려 새로운 환생을 향해 나아간다.

이제 내 차례다. 나는 불투명 막을 향해 성큼 나아간다. 내가 타나토노트였다는 사실을 다음 삶에서 꼭 기억해야 한다고 되뇌면서.

짜릿한 전율이 내 온 영혼을 스치고 지나간다. 이제 곧 나는 알게 될 것이다. 저 장벽 너머에서 나를 기다리고 있는 것이 무엇인지…….

내게 중요한 건 줄을 놓치지 않고 잘 잡는 것이다. 미끄러지지 않게 손에 활석 가루 바르는 것을 잊지 않고, 줄을 잘 잡고 있으면 아무 문제가 없다. 나는 서커스단의 곡예사다. 안전그물 없이 공중그네를 탄다. 줄만 놓치지 않으면 나에겐 아무 위험이 없다. 죽음 따위는 생각하지 않는다. 그래야 더 잘 지낼 수 있다. 아래를 내려다보기 시작하면 추락할 위험이 있다. 그래서 난 죽음을 생각하지 않는다. 솔직히 말해서 난 다른 얘기를 하고 싶다. 혹시 내 곡예를 구경한 적이 있는가?

출처: 가두 설문 조사에서 무작위로 질문을 받은 행인

3. 재심

팔 하나가 보인다. 팔 하나가 나를 붙들어 세운다. 웬 영혼

하나가 나타나 펄쩍 뛰려는 나를 제지하더니, 자기가 없는 사이에 내 재판이 이루어진 것은 받아들일 수 없는 일이라며 불뚝거린다.

「재판 절차가 공정하지 못해. 처음부터 다시 해야 한다고.」

아망딘과 로즈에 대해서도 재판이 그런 식으로 진행되면 안 되는 거였다는 얘기다. 하지만 불행하게도 그녀들에겐 이 미 돌이킬 수 없는 일이 되어 버렸다. 그녀들은 벌써 터널 속 으로 너무 멀리 가 있다. 그런데 나는 아직 재심(再審)을 받을 수 있다고 한다.

도대체 누구이기에 내게 이런 소리를 하는가 하고 나는 상 대를 찬찬히 살펴본다. 키가 작고 턱수염을 길렀는데 안경 너머로 보이는 눈빛이 여간 형형하지 않다. 그가 나를 끌어 당겨 앞장을 세우더니 가자고 재촉한다. 자기가 나의 〈수호 천사〉란다.

그러니까 내게 수호천사가 있었단 말인가? 내가 어떻게 사는지 지켜보고 어쩌면 나를 도와주었을지도 모를 누군가 가 있었단 말인가? 그 얘기를 들으니 마음이 놓이기도 하고 놀랍기도 하다. 그러니까 난 혼자가 아니었던 셈이다. 누군 가가 나를 한평생 따라다닌 것이다. 나는 더 찬찬히 그를 바 라본다.

저 가냘픈 실루엣, 저 턱수염, 저 19세기 시대 안경……. 어 디에선가 본 듯한 모습이다.

그가 스스로를 소개한다.

「나 에밀 졸라일세.」

「소설 『제르미날』의 저자, 에밀 졸라 선생님이시라고요?」

「그렇다네. 하지만 지금은 놀라고 있을 때가 아닐세. 한시가 급해. 서둘러야 한다고.」

그는 처음부터 나의 삶을 지켜보았다면서 이런 처분을 그대로 받아들이면 안 된다고 목청을 높인다.

「소설로 말하자면, 이건 줄거리를 잘 엮어 놓고 대단원을 망친 거나 진배없어. 자네 카르마는 좋았는데, 심판 절차가 제대로 지켜지지 않았단 말일세. 이 재판은 공정하지 않아. 부당하고 반사회적이란 말일세.」

천국의 현행 법률에 따르면, 내가 심판을 받을 때 필요한 경우 내 수호천사가 변호사 노릇을 할 수 있도록 재판에 참석했어야 한다는 것이 에밀 졸라의 설명이다.

그는 나를 터널 밖으로 밀어내어 세 대천사가 있는 심판대 쪽으로 데려간다. 심판대 앞에 다다르자 그는 차례를 기다리는 영혼들을 떼밀고 앞으로 나아가 재판을 다시 하자고 요구한다. 이 사건을 널리 폭로하겠다고 으름장을 놓는가 하면, 자기의 개입이 판례가 될 거라고 장담하기까지 한다. 천국의 모든 법률에 비추어 자기가 옳다는 것이다. 그의 언성이 자꾸 높아진다.

「나는 고발합니다.[3] 대천사들은 내 의뢰인의 영혼을 계량하면서 잘못을 범했습니다. 나는 고발합니다. 대천사들은

---

3 드레퓌스 사건 때 에밀 졸라가 발표한 유명한 공개서한의 서두를 패러디한 것. 1894년 프랑스의 유대인 장교 드레퓌스가 군부와 언론의 반유대주의적인 분위기 속에서 군사 기밀 누설죄로 종신 유형에 처해졌다. 뒤늦게 한 프랑스 장교가 진범으로 드러났으나 무죄로 방면되었다. 그러자 에밀 졸라는『오로르(새벽)』라는 신문에〈나는 고발한다〉로 시작하는 공개서한을 실어 드레퓌스를 옹호하였다(1898). 그 때문에 졸라는 1년 징역형과 3천 프랑의 벌금형을 선고받았다. 그 직후 드레퓌스의 무죄를 증명하는 새로운 증거가 나왔으나 군법 회의는 또다시 그에게 유죄 판결을 내리고 10년 징역형을 선고하였다. 드레퓌스는 며칠 후 사면되었다가 1906년에 가서야 복권되었다.

자기네를 거북하게 한다는 이유로 한 재판을 졸속으로 처리했습니다. 끝으로 나는 고발합니다. 이 천상 법정은 단지 호기심이 많았던 죄밖에 없는 한 영혼을 되도록 빨리 지상에 보내겠다는 일념으로 재판을 진행했습니다.」

세 대천사는 이런 돌발 사태를 예상하지 못했던 모양이다. 하긴 에밀 졸라처럼 감히 그들의 판결에 대해 이의를 제기하는 자가 나타나는 것은 결코 흔한 일이 아닐 것이다.

「졸라 씨, 그러지 말고 천상 법정의 판결을 받아들이시오.」

「그럴 순 없습니다, 가브리엘 대천사님. 다시 한번 분명히 말하지만, 대천사님들은 내 의뢰인이 타나토노트로서 행동했던 것만 고려하고 그의 삶과 일상의 행동은 전혀 참작하지 않았습니다. 재판은 마땅히 그 점을 먼저 고려하면서 진행되었어야 하는데도 말입니다. 제가 보기에 미카엘 팽송은 본보기가 될 만한 삶을 살았습니다. 그는 좋은 남편, 좋은 아버지, 좋은 시민이었고 훌륭한 친구였습니다. 그의 가족과 친지들은 모두가 그를 신뢰하였습니다. 그는 정의롭고 올바르게 한 평생을 살았습니다. 순수한 이타심에서 나온 행동도 숱하게 했습니다. 그런 그에게 다시 지상에 내려가 고통을 겪으라는 판결을 내리시다니요! 그의 영혼이 이렇게 터무니없이 학대받는 것을 가만히 보고만 있을 수는 없습니다.」

잠시 침묵이 흐른 뒤, 라파엘 대천사가 말문을 연다.

「에, 팽송 씨, 당신 생각은 어떻소? 결국 당사자인 당신의 의견이 중요한 것 아니겠소? 그래, 어때요, 우리 법정에 다시 서고 싶소?」

내가 사랑하는 모든 사람들, 즉 로즈, 아망딘, 라울, 프레디 등이 더 이상 내 곁에 없는 상황이고 보니, 다시 재판을 받아 천상에 남는다 한들 그다지 행복하리라는 느낌은 들지 않는다. 하지만 에밀 졸라의 열의가 너무나 감동적이라는 점은 인정하지 않을 수 없다. 만일 드레퓌스에게 에밀 졸라 같은 옹호자가 없었다면, 그의 사건에 관한 재심은 영영 이루어지지 않았을지도 모른다.

「저는…… 다시 재판을 받고 싶습니다.」

에밀 졸라의 표정은 환해지는데, 대천사들의 표정에는 귀찮아하는 기색이 역력하다.

「알겠소, 좋아요 좋아. 곧 심판을 다시 하기로 하지요.」

미가엘 대천사가 그렇게 내 변호인의 요구를 받아들인다.

어머니가 돌아가신 뒤로 내 삶은 더 이상 아무런 의미가 없다는 느낌이 든다. 물론 나는 여기 이렇게 살아 있지만, 오로지 어머니에 대한 추억으로만 살아가고 있다. 어머니는 나의 전부였다. 이제 나는 모든 걸 잃었다.

출처: 가두 설문 조사에서 무작위로 질문을 받은 행인

내 재판이 비로소 격식에 맞게 이루어진다. 세 대천사는 나의 지난 삶이 어떠했는지를 보여 주면서 내가 무엇을 잘했고 무엇을 잘못했는지 스스로 해명하도록 기회를 준다. 내 행동을 심판하기 위한 기준은 진보, 다른 생명과의 공감, 관심, 선행의 의지 등이다. 내 삶의 한순간 한순간이 모자이크를 이루며 마치 비디오 장면처럼 펼쳐진다. 어떤 대목은 빨리 스쳐 지나가고 어떤 대목은 슬로 모션 화면처럼 천천히 전개된다. 나로 하여금 옛날에 벌어진 일을 더욱 잘 이해하도록 하기 위함인 듯, 이따금 정지 화면이 나타나기도 한다.

마침내 나는 미카엘 팽송으로서 내가 행한 모든 일에 대해 거리를 두고 냉철하게 바라볼 수 있게 된다. 대천사들이 나를 심판하기 전에 내가 스스로를 심판하는 셈이다. 기분이 참으로 묘하다. 그러니까 저것이 내 삶이었단 말인가? 무엇보다 나를 놀라게 하는 것은 내가 너무나 많은 시간을 허비했다는 점이다. 나는 겁이 많았다. 미지의 것에 대한 두려움에 사로잡혀 공연히 뭉그적거린 시간이 너무 많았다. 호기심이 주된 장점이었던 인간이 그토록 겁이 많았다는 건 역설도 이만저만한 역설이 아니다.

그 두려움 때문에 나의 의기가 얼마나 많이 꺾였던가! 그나마 강렬한 호기심이라도 있어서 타성에 젖지 않고 일체의 경화증을 거부할 수 있었던 것이 천만다행이다. 새로운 것을 탐구하는 마음마저 없었다면 내 삶은 훨씬 더 보잘것없는 것이 되었을지도 모른다.

내 삶을 다시 돌아보노라니 나에게 〈은둔〉의 경향이 있었다는 생각도 든다. 동료들과 떨어져 무인도나 산속의 암자 같은 곳에서 혼자 조용히 있고 싶어 했던 적이 얼마나 많았던가…….

대천사들은 내 삶을 비판하는 데에 열을 올린다. 그들은 내 삶이 어떤 점에서 독특한지, 어떻게 내 삶이 더 개선될 수 있었는지를 설명한다. 물론 내가 아주 잘한 일에 대해서는 이따금 아낌없이 칭찬을 해주기도 한다.

내 삶의 시간들 중에는 그다지 명예롭지 않았던 때도 적지 않다. 대개는 내가 혼자 조용히 있고 싶어 하며 쩨쩨하고 비열하게 처신했던 순간들이다.

내 행동 하나하나를 놓고 대천사들과 내 수호천사가 토론을 벌인다. 내 수호천사는 최선을 다해서 나를 변호한다.

미가엘 대천사가 나의 선업 점수와 악업 점수를 합산한다. 환생의 의무에서 벗어나려면 6백 점을 받아야 한다는 얘기를 들은 적이 있다. 대천사들의 계산은 빈틈이 없다. 사소한 거짓말, 씩씩한 마음가짐, 겁을 먹고 포기한 일, 주도적인 행위 등 모든 것에 일일이 점수가 매겨진다. 마침내 미가엘 대천사가 내 점수를 알려 준다. 6백 점 만점에 597점.

실패다. 차이는 아주 근소하지만 실패인 것은 분명하다.

내 변호사가 펄쩍 뛴다.

「점수가 잘못 나온 게 틀림없습니다. 계산을 다시 할 것을 요구합니다. 내 의뢰인의 모든 행위를 하나하나 다시 검토해 주십시오. 그러지 않으면 난 이 사실을 고발하겠습니다.」

우리 뒤에서 심판받을 차례를 기다리고 있는 영혼들이 일제히 한숨을 내쉰다. 대천사 가브리엘은 내 수호천사가 말끝마다 〈고발하겠다〉는 말을 되풀이하는 것을 더 이상 견딜 수 없었는지 두 손을 들어 버린다. 게다가 이제 우리를 서둘러 쫓아 버리지 않으면 안 되는 상황이므로 세 대천사는 1초도 채 안 걸려서 협의를 끝낸다. 새로운 판결이 떨어진다.

「됐소. 아주 잘 알았으니까 그쯤 해두시오. 당신들이 이겼소. 그냥 6백 점으로 해주겠소. 당신은 환생의 순환에서 풀려났소. 이렇게 고집 센 수호천사 겸 변호사를 만나게 된 것을 행운으로 아시오.」

미가엘 대천사가 그렇게 말하자, 에밀 졸라는 박수를 치며 기뻐하였다.

「진실은 반드시 승리하게 마련이지요.」

대천사들은 내가 6백 점을 얻었으므로 이제부터 〈6〉의 존재에 속한다고 알려 준다.

「〈6〉이라는 게 뭐지요?」

「의식 수준이 〈6〉에 달했다는 뜻이오. 이제부터 당신이 원한다면 육체의 감옥에서 완전히 해방될 수 있소.」

나는 둘 중의 하나를 선택할 수 있다고 한다. 우선 지상에 내려가 크게 깨달은 자로 환생하여 사람들 속에 살면서 그들을 진보시키는 일을 맡을 수 있다고 한다. 이 경우에 나는 천국에 들렀던 일에 대해서는 희미한 기억만을 간직하게 될 것이다. 내가 선택할 수 있는 또 다른 길은 천사가 되는 것이다.

「그런데 〈천사〉가 뭐지요?」

「인간의 세 영혼을 담당하는 빛의 존재요. 각각의 천사는 자기가 맡은 세 영혼 중에서 적어도 하나를 진보시켜 환생의 순환에서 벗어나게 해주는 임무를 맡고 있소. 에밀 졸라가 당신을 위해 그 일을 해냈듯이 말이오.」

나는 어느 길을 선택할 것인가를 놓고 잠시 생각에 잠긴다. 어느 쪽이나 할 만하다는 생각이 든다.

가브리엘 대천사가 재촉한다.

「어서 선택하시오. 당신 뒤에 기다리는 영혼들이 많소. 자, 선택했소?」

죽음? 나는 그것을 전혀 두려워하지 않는다. 나는 나에게 수호천사가 있어서 모든 위험으로부터 나를 지켜 주고 있다는 것을 알고 있다. 한번은 내가 길을 건너고 있었는데, 문득 한 발짝 뒤로 물러서야 한다는 직감이 들었다. 믿든지 말든지 그건 당신 마음이지만, 내가 뒤로 물러서자마자 난데없이 오토바이 한 대가 내 곁을 스치고 지나갔

다. 나는 수호천사가 내게 위험을 미리 알려 준 것이라고
확신한다.

출처: 가두 설문 조사에서 무작위로 질문을 받은 행인

4. 천사

「저는 천사가 되는 길을 택하겠습니다.」
「좋은 선택일세. 후회하지 않을 거야.」
에밀 졸라가 그렇게 장담을 한다.

대천사들은 다음 영혼들을 위해 자리를 비켜 달라고 우리
를 다그친다. 나의 수호천사는 빛의 산에 있는 두 번째 터널
의 입구로 나를 데려간다. 터널 벽에서 짙푸른 빛이 발산된
다. 마치 내부에 불을 밝혀 놓은 거대한 다이아몬드를 보는
느낌이다.

에밀 졸라는 빛을 발하는 그 거대한 터널 앞에 나를 세워
놓고 손을 꼭 잡으며 마지막으로 한 번 더 나를 축하해 준다.
나는 터널 속으로 나아간다. 막 하나가 길을 막고 있다. 나는
극장의 벽걸이 천을 들어 올리듯이 막을 들어 올린다. 그렇
게 경계를 넘어서자 누군가 통로 한가운데에 아주 곧은 자세
로 버티고 서서 나를 기다리고 있다.

「천사의 나라에 온 것을 환영하오. 나는 당신의 지도 천
사요.」

「지도 천사라고요? 그건 또 뭐죠?」

「수호천사 다음에는 지도 천사가 영혼을 맡아서 교육을
담당하지요.」

나는 그를 찬찬히 살펴본다.

작가 카프카와 생김새가 비슷하다. 귀는 길고 쫑긋하며, 눈은 아몬드처럼 갸름하고, 얼굴은 여우 얼굴처럼 세모가 졌는데, 눈빛이 아주 형형하다.

「내 이름은 웰스요.」

「웰스라고요? 그 유명한 웰스란 말입니까?」

그가 빙그레 웃는다.

「아뇨, 아뇨. 난 에드몽 웰스요. 나와 성이 같은 소설가 허버트 조지 웰스나 영화감독 오슨 웰스를 떠올렸는지 모르지만, 그들과는 아무런 상관이 없지요……. 그래도 나는 내 성을 무척 좋아해요. 웰스가 영어로 무슨 뜻인지 아시지요? 그 뜻 그대로 나는 〈우물〉이오. 당신이 원하는 만큼 무엇이든 길어 갈 수 있는 우물을 내 안에서 발견할 수 있었으면 좋겠군요. 자 이제 우리가 함께 시간을 보내게 되었으니, 말을 편안하게 하도록 하겠소.」

「저는 팽송이라고 합니다. 미카엘 팽송이지요. 성은 팽송이지만 새하고는 아무런 상관이 없습니다.」[4]

「반갑네, 미카엘 천사.」

그러면서 에드몽은 나의 어깨를 툭 친다. 물론 그것이 지상에 있을 때처럼 어떤 물리적인 느낌으로 다가오는 것은 아니지만 말이다.

내 이름 뒤에 〈박사〉나 〈선생님〉 같은 호칭을 붙이듯이 천사라는 말을 붙여서 부르는 소리를 들으니 기분이 묘하다.

「천사가 되기 전에는 어떤 분이셨지요?」

「환생의 순환에서 벗어나기 전의 마지막 삶에서 말인가? 그야 자네와 조금 비슷했지. 이를테면 나도 내 나름대로는

4 프랑스어 팽송은 〈방울새〉라는 뜻이다.

42

탐험가였단 말일세. 하지만 내가 관심을 가졌던 건 〈무한히 높은 곳에 있는 세계〉가 아니라 〈무한히 낮은 곳에 있는 세계〉…… 즉 지하 세계였네.」

「지하 세계라고요?」

「그래. 땅거죽 밑에 감추어져 있는 생명, 숲속의 아주 작은 요정들 말일세.」

우리는 나란히 터널 속을 나아간다. 빛의 산을 통과하는 터널은 아직 끝이 보이지 않는다. 나는 문득 떠오르는 생각이 있어 발길을 멈춘다.

「에드몽 웰스라, 에드몽 웰스…….」

나는 생각에 잠긴 채 그 이름을 되뇐다. 어느 글에선가 그와 관련된 이야기를 읽었던 듯하다. 기억을 이리저리 더듬어 보니 마침내 그 내용이 생각난다. 그래, 생각났다.

「혹시 살충제 제조업자 살인 사건에 연루되시지 않았던가요?」

「정답은 아니지만 비슷하긴 해.」

〈숲속의 아주 작은 요정들〉이라……. 나는 이마에 주름을 잡으며 다시 기억을 더듬는다.

「아, 개미들과 대화하는 기계를 발명한 바로 그분이시군요!」

「나는 그 기계에 〈로제타석〉이라는 이름을 붙였지. 로제타석이 이집트 신성 문자의 해독에 실마리를 주었듯이, 그 기계도 두 문명 사이의 중개자 구실을 했네. 지구에서 가장 복잡한 문명들이지만 서로를 이해하고 존중할 수 없는 두 문명, 즉 인간 세계와 개미 세계 사이에 다리를 놓았단 말일세.」

그는 그 기계를 발명했던 시절을 회상하듯 잠시 침묵을 지키다가 다시 말문을 연다.

「나는 자네에게 천사의 〈일〉을 가르쳐 줄 걸세. 천사의 의무와 일을 수행하는 방법, 천사의 권능 등에 대해서 말일세. 그러기 전에 한 가지 명심할 것이 있네. 이곳에 있다는 것 자체가 이미 막대한 특권이라는 것일세.」

그가 한마디 한마디에 힘을 주어 덧붙인다.

「더 이상 환생하지 않아도 된다는 것은 한 인간이 바랄 수 있는 것 중에서 가장 아름다운 선물이라는 것쯤은 자네도 깨닫고 있겠지?」

비로소 내가 환생의 순환에서 해방되었다는 것이 분명한 사실로 다가오기 시작한다.

「그런데 저에게 뭘 가르쳐 주실 건가요, 웰스 선생님?」

5. 백과사전

생명의 의미

세상 만물의 목적은 진화하는 것이다.

태초에 0, 즉 허공이 있었다.

그 허공이 진화하여 물질이 되었다. 그럼으로써 1, 즉 광물이 생겨났다.

그다음에 광물이 진화하여 살아 있는 존재가 되었다. 그럼으로써 2, 즉 식물이 생겨났다.

그다음에 식물이 진화하여 움직이는 존재가 되었다. 그럼으로써 3, 즉 동물이 생겨났다.

그다음에 동물이 진화하여 의식을 가지게 되었다. 그럼으로써 4, 즉 인간이 생겨났다.

그다음에 인간이 진화하여 의식이 인간으로 하여금 지혜에 도달할 수 있게 해주었다. 그럼으로써 5, 즉 영적인 인간이 생겨났다.

그다음에 영적인 인간이 진화하여 물질에서 해방된 순수한 정신이 되었다. 그럼으로써 6, 즉 천사가 생겨났다.

에드몽 웰스, 『상대적이며 절대적인 지식의 백과사전』 제4권

6. 에드몽 웰스

「그러니까 저는 〈6〉에 속하는 존재로군요.」

「그래, 자네는 천사일세.」

「저는 천사의 모습을 상상할 때면 늘 머리 위로 후광이 내비치고 등에 작은 날개가 달린 모습을 떠올렸습니다.」

「완전히 허구적인 그런 이미지는 고대 사회에서 비롯된 것일세. 후광은 로마인들이 기독교 성인의 조각상을 새똥으로부터 보호하기 위해 둘러쌌던 금속판에서 비롯된 이미지일세. 그런가 하면 등에 달린 작은 날개들은 메소포타미아의 한 전통에 뿌리를 두고 있네. 메소포타미아 사람들은 천상세계와 관련이 있다고 생각되는 것들을 등에 달린 날개로 표현하곤 했지. 그래서 날개 달린 말, 날개 달린 소, 날개 달린 사자 등도 있었다네.」

「천사가 되면 무엇이 달라지죠?」

그렇게 묻고 나서 내 손을 바라보니 이제껏 눈치채지 못하고 있던 푸르스름한 빛이 느껴진다. 후광이 나를 감싸고 있는 것이다.

「물리적인 변화는 그다지 중요하지 않네. 이 새로운 상태는 우선 생명과 사물에 관한 자네의 시선을 변화시킬 걸세.」

에드몽 웰스는 나의 새로운 일이 어떤 것인지를 조금 더

자세하게 설명한다.

「인간으로 환생한 세 영혼이 자네에게 맡겨질 걸세. 자네의 임무는 어떻게 해서든 그 세 영혼 중에서 적어도 하나를 6백 점까지 끌어올려 환생의 순환에서 벗어나 6이 되게 만드는 것이지. 그러기 위해서 자네가 할 일은 그 세 인간의 삶을 늘 지켜보면서 그들에게 적절한 도움을 주는 것일세. 그러다가 그들이 죽으면 세 대천사 앞에서 심판을 받을 때 그들의 변호사 노릇을 해주어야 하네.」

「조금 전에 에밀 졸라가 저를 위해서 그랬던 것처럼 말인가요?」

「그렇지. 에밀 졸라는 자네를 환생의 순환에서 벗어나게 한 덕분에 천사들의 더 높은 진화 단계로 넘어갈 수 있게 되었네.」

에밀 졸라가 세 대천사를 상대로 왜 그렇게 고집스러운 모습을 보였는지, 그리고 재판에서 이긴 다음에 왜 그렇게 좋아했는지를 이제 알 것 같다.

「그 〈천사들의 더 높은 진화 단계〉라는 건 무엇입니까?」

「자네가 각 단계를 넘을 때마다 그에 상응하는 지식을 얻게 될 걸세. 자네가 더 높은 세계에 들어가고 싶다면 먼저 천사로서 자네 임무를 성공적으로 수행해야 하네.」

우리는 그렇게 이야기를 나누면서 터널의 끝에 다다랐다. 출구의 테두리에서는 입구에서와 마찬가지로 짙푸른 빛이 발산되고 있다.

천사? 미안하지만 난 천사의 존재를 믿지 않는다. 그것은 한낱 유행에 지나지 않는다. 어떤 때에는 천사가 유행하고 또 어떤 때에는 외계인이 유행한다. 할 일 없는 사람들이나 미신을 잘 믿는 사람들이 그것들의 존재에 대해서 진지하게 생각한다. 그러고 있는 동안에는 실업도 경제 위기도 잊어버린다.

출처: 가두 설문 조사에서 무작위로 질문을 받은 행인

7. 천사의 나라

눈앞에 거대한 파노라마가 펼쳐진다. 에드몽 웰스가 내게 이른다.

「여기서는 꼭 바닥에서 걸어 다니지 않아도 되네. 중력도 없는 데다가 우리 자신이 물질적인 제약에서 해방되어 있기 때문일세. 자네는 어디로든 마음대로 이동할 수 있네.」

우윳빛이 조금 도는 반투명한 바닥만 아니라면, 사람이 사는 여느 땅의 한가운데에 와 있다는 생각이 들 법하다.

에드몽 웰스가 지형에 관한 몇 가지 사항을 일러 준다.

「서쪽에 보이는 평원은 천사들이 서로 이야기를 나누고 싶을 때 가서 노니는 곳일세. 북쪽의 가파른 산에는 동굴들이 있어서 혼자 조용히 시간을 보내고 싶을 때는 거기로 들어가면 되네. 자, 올라가세.」

위에서 내려다보니 천사의 나라 전체가 하나의 거대한 눈처럼 보인다. 아닌 게 아니라 아몬드처럼 길고 가늘게 생긴 하얀 땅의 한복판에는 눈조리개처럼 동그란 청록색 지대가 있다. 푸르스름한 나무들이 숲을 이루고 있는 곳이다. 그리고 그 눈조리개 한가운데에는 동공에 해당하는 검은 호수가 있다. 하지만 진짜 사람의 동공과는 달리 이 호수는 둥근 형태가 아니라 심장과 조금 비슷한 형태를 하고 있다. 천국이 하나의 눈이 되어 한복판의 검은 심장을 통해 나를 바라보고 있다는 느낌이 든다.

「저건 수태의 호수일세.」

우리는 검은 호수로 다가간다. 청록색 나무들이 호수를 둘러싸고 있다. 그 나무들은 솔잎이 무성하고 윤곽이 가지런한 우산소나무와 생김새가 비슷하다.

나무 아래에 천사들이 있다. 대개는 바닥에서 1미터쯤 떠 있는 상태에서 가부좌 자세를 취하고 있는데, 각 천사들 앞에는 세 개의 구체가 세모꼴로 배치되어 있다. 천사들은 그 구체들을 살펴보는 일에 열중해 있는 듯하다. 이따금 짜증을 내는 천사들도 있고, 들뜬 기색으로 쉴 새 없이 이 구체 저 구체를 번갈아 들여다보는 천사들도 보인다.

수 킬로미터에 걸쳐서 무수한 천사들이 그런 자세로 구체를 관찰하고 있다. 내가 정신없이 그들을 바라보고 있는데, 지도 천사가 나를 위쪽으로 이끈다.

「이 나무들은 뭐지요?」

「진짜 나무는 아니고, 지구와 이곳 사이를 오고 가는 파동의 송신과 수신을 원활하게 하는 데에 쓰이는 것일세.」

우리는 공중으로 날아오른다. 남쪽에 골짜기들이 보인다. 천사들이 삼삼오오 짝을 지어 모여 있다.

다시 방향을 틀어 동쪽으로 가니 또 다른 터널의 입구가 보인다. 입구 주위에서 초록색 빛이 난다. 이곳에선 모든 것이 빛을 내고 모든 것이 투명하거나 반투명하다. 그리고 무엇에나 저마다의 빛깔이 있다. 호수는 검고, 나무들은 청록색이며 바닥은 자갯빛을 띤 흰색이다.

「자네가 아까 여기로 올 때 통과한 사파이어의 문은 천사 나라의 입구이고, 저기 보이는 에메랄드의 문은 출구일세.」

그러면서 에드몽 웰스는 동쪽에서 초록색 빛을 내고 있는 동굴을 가리킨다.

「자네가 천사의 임무를 완수하면 저 문을 통해서 여기를 떠나게 될 걸세. 자, 이제 서쪽 평원으로 가서 이야기를 나눌까? 거기에 내가 아는 조용한 장소가 있네. 우리의 첫 수업은 그곳에서 편안하게 하기로 하지.」

에드몽 웰스의 첫 수업은 숫자의 비밀에 관한 내용이다. 그의 설명에 따르면, 서양에서 사용되는 숫자의 형태는 고대 인도에서 유래한 것으로서 생명이 진화하는 도정을 우리에게 일깨워 준다. 숫자에 있는 가로줄은 집착을 나타내고, 곡선은 사랑을 나타내며, 교차점은 선택의 기로를 나타낸다.

「1은 광물을 가리키네. 1은 곡선도 가로줄도 없이 세로줄 하나로만 이루어져 있지. 따라서 이 단계에서는 집착도 애정도 없네. 광물에는 감각이라는 것이 없지.

2는 식물일세. 밑바닥에 집착을 나타내는 가로줄이 있어. 식물은 땅에 뿌리를 박고 있지. 위쪽의 곡선은 하늘에 대한 사랑을 나타내네. 잎이나 꽃은 빛을 사랑하지.

3은 동물일세. 사랑의 곡선이 두 개야. 동물은 땅도 사랑하고 하늘도 사랑하지. 하지만 3에 가로줄이 없다는 것에서 알 수 있듯이, 동물은 아무것에도 매여 있지 않아. 그래서 동물은 감정에도 쉽게 휩쓸리지.」

어디선가 이런 얘기를 이미 들은 듯하다. 지도 천사는 왜 이 이야기를 되풀이하는 것일까? 혹시 나를 바보로 아는 것은 아닐까?

「이 숫자들의 형태가 우리에게 전해 주는 메시지는 자네가 생각하는 것처럼 그리 단순한 것이 아닐세. 여기에는 의식의 진화에 관한 비밀과 비결이 담겨 있어. 따라서 이 메시지의 의미를 숙고해 보는 것은 아주 중요한 일일세. 세계는 이 숫자들이 상징하는 바대로 진화하고 있네.」

에드몽 웰스는 구름 바닥에 4를 써 보이며 설명을 계속한다.

「4는 인간일세. 이 숫자 안에 있는 십자가 인간을 상징하고 있네. 인간에겐 선택의 권리가 있네. 인간은 교차로에 놓여 있어. 이 교차로에서 어느 방향으로 갈 것인지를 결정하는 거지. 동물의 단계인 3으로 다시 내려갈 수도 있고 더 높은 단계로 올라갈 수도 있네.」

내 지도 천사가 이번엔 손가락 끝으로 5를 그리며 말을 잇는다.

「5는 현자일세. 이 숫자에는 하늘에 매여 있음을 나타내는 가로줄이 있고 땅에 대한 사랑을 나타내는 곡선이 있네. 현자는 정신으로 활공을 하고 세상을 사랑하지…….」

「2를 뒤집어 놓은 것으로 볼 수도 있겠는데요.」

「5에 도달한 존재는 언제나 더 높은 단계의 의식, 더 많은 자유를 향해서 나아가지. 이 5는 육체의 감옥에서 벗어나고 싶어 한다네. 육체가 두려움과 고통을 주기 때문일세. 현자는 6의 단계에 도달하고 싶어 하지.」

그러면서 지도 천사는 6을 쓴다.

「6은 하나의 곡선으로만 되어 있네. 사랑의 곡선만 하나 있을 뿐이지. 이것은 천사의 특성이 사랑에 있다는 것을 뜻하네. 이 형태를 보게. 6의 사랑은 하늘 높은 곳에서 시작되어 땅으로 내려왔다가 다시 중심으로 올라가네. 이렇듯이 사랑은 모든 것을 두루 돌아서 자기 자신을 사랑하도록 이끌어가지.」

「6에 도달한 존재는 모두 그러한가요?」

「그건 아냐. 6에 도달한 존재는 모두 그럴 능력이 있다는 것일 뿐 실제로 그렇다는 얘기는 아닐세. 나는 자네를 변화시켜 6이라는 이름에 걸맞은 6이 되게 할 생각이네.」

「그럼 7은 뭐지요?」

지도 천사는 그 말이 떨어지기가 무섭게 얼굴을 찡그린다.

「오늘 수업은 6에서 끝내기로 하지. 자네는 현재의 자네에 대해서만 알 수 있네. 이것저것에 관심을 분산시키기보다는 먼저 현재의 임무에 마음을 집중하게. 나라고 해서 자네의 모든 질문에 답을 해줄 수 있는 건 아닐세. 가세!」

그는 다시 공중으로 올라간다. 나 역시 이렇게 3차원적으로 이동할 수 있는 능력이 있다는 것을 잘 알지만 아직 이것에 익숙하지 않다. 우리가 움직이는 방식은 스쿠버 다이빙을 하는 것과 비슷하다. 다만, 스쿠버 다이빙의 경우에는 물의 저항 때문에 움직임이 둔하고 느리지만, 이곳에서는 동작 하나하나가 더할 나위 없이 가볍고 유연하다.

내가 적응해야 할 새로운 요소들이 더 있다. 예컨대 호흡을 하지 않는 것도 그중의 하나다. 예전에 내 몸은 거의 무의식적으로 허파의 리듬에 따라 움직였다. 말하자면 태아 시절부터 숨이 멎을 때까지 메트로놈 하나를 몸에 지니고 살았던 셈인데, 이제 그 리듬이 사라졌다. 나는 무한한 시간 속에서 비물질화한 몸으로 살고 있다.

에드몽 웰스는 이제 나의 수호를 받을 영혼들을 선택하러 가자며, 나를 중앙의 검은 호수 위로 데리고 간다. 호수를 찬찬히 내려다보니, 수면에 비친 영상들이 보인다. 호수는 마치 수천의 작은 화면들이 모자이크를 이룬 거대한 화면 같다. 작은 화면 하나하나에 사람들의 모습이 담겨 있다. 벌거벗은 사람들이 서로 얼싸안은 채 열심히 몸을 움직이고 있는 장면들이다. 혹시 내가 헛것을 보는 게 아닌가 싶어, 있지도 않은 눈을 비빈다. 하지만 헛것이 보이는 것도 아니고 내가 꿈을 꾸고 있는 것도 아니다. 분명히 수많은 남성과 여성이 짝을 지어 섹스를 하는 광경이다.

「여기는 무얼 하는 곳이지요? 설마 포르노 영화를 보는 곳은 아닐 테고…….」

「우리는 수태의 호수 위를 날고 있네. 이곳에서 자네가 맡게 될 사람들의 부모를 선택하는 걸세.」

우리 주위에서 다른 천사들도 저마다 지도 천사와 함께 날면서 수면에 어른거리는 작은 영상들을 관찰하고 있다.

「저들이 섹스하는 것을 보면서 말입니까?」

「그렇다네. 하지만 그러기 전에 중요한 비밀 하나를 자네에게 일러 주겠네. 영혼이 무엇으로 이루어졌는가에 관한 것일세.」

8. 백과사전

영혼은 무엇으로 이루어지는가?

사람의 영혼은 유전과 카르마와 자유 의지라는 세 가지 요인에 의해 결정된다. 처음에 이 세 가지 요인은 대개 다음과 같은 비율로 영향을 미친다.

유전: 25퍼센트

카르마: 25퍼센트

자유 의지: 50퍼센트

유전적인 요인이란 유전자의 특성뿐만 아니라 부모에 의해 결정되는 교육의 특성, 생활 장소, 생활 환경의 특성 등을 가리킨다. 삶의 도정이 시작될 때 한 영혼의 4분의 1은 이 요인의 영향을 받아 형성된다.

카르마란 전생에서 쌓은 업의 결과이다. 전생에서 다 이루지 못한 욕망, 전생의 실수나 상처 등이 여기에 해당한다. 이것들은 사람의 무의식에 언제나 내재하면서 사고와 행동의 4분의 1을 결정한다.

자유 의지란 외부의 영향을 받지 않고 자기가 행하는 바를 결정하는 것으로서 삶의 도정이 시작될 때 한 영혼이 생각하고 행동하는 것의 반은 이것에 의해 결정된다.

이 25퍼센트, 25퍼센트, 50퍼센트는 출발점에서의 비율이다. 사람은 50퍼센트의 자유 의지를 가지고 이 비율에 변화를 가져올 수 있다. 어린 나이에 부모의 영향으로부터 벗어남으로써 유전적 요인의 영향력을 감소시킬 수도 있고, 무의식적인 충동에 이끌리는 것을 거부함으로써 자기의 카르마로부터 벗어날 수도 있다. 아니면, 그와 반대로, 한낱 부모의 꼭두각시나 무의식의 장난감이 되는 것을 받아들임으로써 자기의 자유 의지를 도로 물러 버릴 수도 있다. 자기의 자유 의지로써 자신의 자유 의지를 포기할 수 있다는 것, 이것은 인간이 보여 주는 역설 중의 역설이다.

에드몽 웰스, 『상대적이며 절대적인 지식의 백과사전』 제4권

9. 세 건의 수태: 출생 9개월 전

나는 한창 달아올라 있는 이들을 주의 깊게 바라본다. 내가 지도 천사의 가르침을 제대로 이해한 거라면, 나는 이제

내가 담당할 세 인간에게 유전적 요인으로 25퍼센트의 영향을 미치게 될 부모들을 이 쌍들 중에서 골라야 한다.

나는 수태의 호수 위를 활공하면서 작은 화면들을 다시 한 번 두루 살펴본다. 화면에 나타난 커플들은 모든 대륙, 모든 나라, 모든 국민을 대표하고 있다.

이들이 사랑을 나누는 장소도 가지가지다. 침대 위에서 부둥켜안고 있는 쌍들이 있는가 하면, 주방의 식탁 위나 엘리베이터 안, 해변의 백사장, 덤불 뒤에서 요란하게 몸을 움직이는 남녀들도 있다. 삶 속에서 가장 은근하고 내밀한 시간에 속한다는 이런 순간에 사람들의 모습을 포착하여 바라본다는 것이 참으로 기이한 느낌을 준다.

그런데 이들 중에서 어떤 쌍을 선택한다지? 선택에 어려움을 느낄 때는 직감이 시키는 대로 하는 것이 내 버릇이다. 내 눈길이 어떤 화면에 가서 머문다. 화면 속 남녀의 몸놀림이 조화로워 보인다. 남자는 갈색 머리 갈색 눈에 얼굴이 해말갛고 표정이 진지해 보인다. 여자 역시 갈색 머리 갈색 눈인데 머리채가 길고 표정이 상냥해 보인다. 나는 그들을 손가락으로 가리킨다.

「이 사람들이오.」

에드몽 웰스는 그들이 프랑스의 페르피냥에 사는 넴로드라는 성을 가진 부부라고 알려 준다. 둘이서 서점을 경영하고, 아주 부유한 편은 아니지만 그런 대로 살 만하며, 자식이 많은 부부로서 현재 딸이 넷 있고 고양이도 한 마리 키우고 있다 한다. 내 지도 천사는 그 수태가 예약되었다는 뜻으로 화면을 살짝 두드린다.

「이렇게 해두면 더 이상 다른 천사들이 이들에게서 태어날 생명의 수호천사 자리를 자네에게서 빼앗아 갈 수 없게 되지.」

그런 다음 지도 천사는 부모가 될 남녀의 DNA를 검사해 보고 그 결과를 내게 전한다.

「음…….」

「왜 그러시죠?」

「별거 아닐세. 아버지 쪽에 호흡기 질환이 있어. 아이가 잔기침을 좀 하게 될 거야.」

「어머니 쪽은 어떤가요?」

지도 천사는 다시 똑같은 검사를 실시한다.

「어머니는 갈색 머리지만, 그쪽의 유전 형질 때문에 아이가 적갈색 머리가 되겠는걸.」

지도 천사는 정자와 난자가 만나는 광경을 슬로 모션으로 내 정신에 투사해 준다. 그러자 23개의 염색체와 23개의 또 다른 염색체가 결합되는 모습이 보인다.

「그런데 이 수정란이 여자아이가 될까요, 남자아이가 될까요?」

지도 천사는 하나로 결합된 두 생식 세포를 조사해 보고 나서 알려 준다.

「XY, 남자아이일세. 이제 다음 쌍으로 넘어갈까?」

나는 한참을 찾다가 이윽고 꿀빛 살갗의 한 쌍을 골라낸다. 두 사람 다 벌거벗고 있는 모습이 어찌나 아름다운지 그들 사이에서는 반드시 아주 예쁜 아이가 태어날 것만 같다.

「로스앤젤레스 출신의 미국 흑인들일세.」

지도 천사가 알려 준 바에 따르면, 이들은 셰리든이라는 성을 가진 대단히 부유한 부부로서 여자는 패션모델, 남자는 영화배우이다. 방금 수태된 생명은 이들이 간절히 원하던 첫 아이가 될 것이다. 혹시 불임이 아닐까 하고 오랫동안 걱정하던 끝에 전문 클리닉에서 치료를 받고 수태된 아이인 것이다. 이들의 DNA는 더할 나위 없이 만족스럽다. 장차 태어날 아기에겐 신체적인 장애가 전혀 없을 것이다.

「XX, 이 수정란은 여자아이가 될 걸세.」

문득 이렇게 남자를 XY, 여자를 XX로 분류하는 것이 따지고 보면 성서에 이미 언급되어 있다는 엉뚱한 생각이 든다. 아담에게서 〈갈비뼈〉를 빼냈다는 그 유명한 이야기는 그저 X의 한쪽 받침 획을 떼면 Y가 되는 단순한 사실을 가리키는 것이 아닐는지.

나는 다시 내 직감을 발휘하여 마지막 커플을 골라낸다. 지도 천사가 그들에 관한 정보를 알려 준다.

「상트페테르부르크의 러시아인들일세. 성은 체호프이고 여자와 남자 모두 실업자인 가난한 가정이야. 이 생명이 이들의 첫 아이일세.」

이들은 서로 사귄 지 얼마 되지 않은 커플로서 따로 살면서 이따금 만나는 사이인데, 시간이 흐를수록 사이가 나빠져서 여자 혼자 아이를 키우게 될 가능성이 많다고 한다. 그래도 이들의 DNA가 훌륭해서 태어날 아기는 아주 튼튼할 거라고 한다. 아이의 성별은 남성이다.

지도 천사는 자기만 아는 방식으로 파동에 접속해서 여러 가지 정보를 확인한 다음 고개를 들고 말을 잇는다.

「남자 둘에 여자 하나, 잘 골랐네. 남자만 있거나 여자만 있는 것보다는 고루 있는 게 좋지. 세 사람의 건강 상태를 예상해 보면, 프랑스인은 나쁜 편이고, 미국인은 이렇다 할 문제가 없으며, 러시아인은 아주 좋을 걸세. 이런 식으로 우리는 신체적인 조건이 각자의 인격에 미칠 영향을 가늠해 볼 수 있지.」

그는 만족스러워하는 표정을 지으며 두 손을 비비더니, 마음속으로 세 장의 서류를 작성하여 바로 내 정신 속에 옮겨 주며 소리친다.

「잘됐어, 정말 잘됐어!」

그는 다시 정신을 집중하여 정보를 확인하고는 이렇게 덧붙인다.

「세 아이에게 어떤 이름이 붙여질지 벌써 느낌이 오는 걸. 내가 감지한 바로는 프랑스인은 자크이고, 미국인은 비너스이며, 러시아인은 이고르일세. 이들이 바로 자네의 세 〈의뢰인〉이야.」

「〈의뢰인〉이라고요?」

「여기 천사들이 각자가 맡은 영혼들을 지칭하기 위해 사용하는 전문 용어일세. 사실 천사들은 자기들의 의뢰인을 변호해야 하는 변호사들과 조금 비슷하지.」

「그럼 이 〈의뢰인〉들을 위해서 지금 제가 할 일은 무엇인가요?」

「7개월 동안 기다렸다가 이들이 어떤 카르마를 받게 되는지 확인해야 하네.」

「7개월요? 긴 시간이군요.」

「지상에서는 길지만 여기서는 아닐세. 여기에선 시간이 절대적이지 않고 상대적이라네.」

그가 빙그레 웃는다.

「하긴 누구에게나 시간은 상대적이지. 저마다 시간을 다르게 지각하니까 말일세.」

지도 천사는 한 편의 시를 암송하듯 이렇게 읊조린다.

「한 해의 가치를 알고자 하면, 시험에 떨어진 학생에게 물어보라.

한 달의 가치를 알고자 하면, 조산아를 낳은 어머니에게 물어보라.

한 주일의 가치를 알고자 하면, 주간지의 편집자에게 물어보라.

한 시간의 가치를 알고자 하면, 약속 시간을 기다리는 연인에게 물어보라.

1분의 가치를 알고자 하면, 버스를 놓치고 허둥거리는 사람에게 물어보라.

1초의 가치를 알고자 하면, 아차 하는 순간에 벌어진 자동차 사고로 소중한 존재를 잃은 사람에게 물어보라.

1천 분의 1초의 가치를 알고자 하면, 속도를 다투는 올림픽 경기에서 은메달을 딴 선수에게 물어보라.」

그러고는 장난기 어린 말투로 이렇게 덧붙인다.

「인간 운명의 가치를 알고자 하면, 그대의 지도 천사에게 물어보라. 우리는 우리 의뢰인들이 일상적으로 경험하는 사소한 일이나 대수롭지 않은 순간들에는 관심을 갖지 않네. 우리는 중대한 선택이 이루어지는 결정적인 순간에만 직접 달려가는 걸세.」

지도 천사가 멀어져 간다. 다른 초보 천사들을 가르치러 가는 것이다.

나는 그대로 남아서 수태의 호수에 비친 무수한 여자들과 남자들의 성교 장면을 홀린 듯이 바라본다. 인류의 새로운 구성원들이 수태되려 하고 있다. 할 수만 있다면 저들을 격려하고 싶다. 저 몸짓에서 많은 기쁨을 얻으면 얻을수록 임신이 성공적으로 이루어질 거라는 생각이 들기 때문이다.

10. 백과사전

난자

수정과 관련해서 사람들은 오랫동안 가장 빠른 정자가 난자를 수태시키는 거라고 믿었다. 그러나 우리는 이제 수정이 그런 식으로 이루어지는 것이 아님을 알고 있다. 1백여 마리의 정자가 동시에 난자에 도달하면, 난자는 그 정자들을 잠시 기다리게 한다. 난자의 표면이 마치 하나의 대기실처럼 되는 셈이다.

난자는 왜 정자들을 기다리게 하는 걸까?

정자들이 기다리는 동안 난자는 이 청혼자들 중에서 자기 나름의 선택을 하는 데에 몰두한다. 그 선택의 기준은 무엇일까? 연구자들이 그것을 발견한 것은 그리 오래된 일이 아니다.

난자는 유전자식(式)이 자기 것과 가장 다른 정자를 선택한다. 자연은 유사성을 통해서가 아니라 차이를 통해서 풍요로워진다는 사실을 우리 세포들은 이미 이 원초적인 단계에서부터 알고 있기라도 한 모양이다. 난자는 가장 〈낯선〉 정자를 선택함으로써, 근친 교배의 문제를 피한다는 중요한 생물학적 지혜를 따르는 셈이다. 두 유전자식이 가까우면 가까울수록 근친 교배에 따른 질병의 위험이 커질 테니 말이다.

에드몽 웰스, 『상대적이며 절대적인 지식의 백과사전』 제4권

「이런, 관음증에 걸린 친구 같으니! 눈요기를 하시나 보지?」

나는 화들짝 놀란다. 귀에 익은 이 목소리!

「교접하는 인간들을 보면 난 혐오감이 들어. 땀을 뻘뻘 흘리고 숨을 헐떡거리면서 왜들 저러고 있나 싶다니까. 게다가…… 더 이상 육체적인 쾌락을 경험하지 못하게 된 우리 처지에, 이렇게 섹스를 하고 있는 사람들을 보고 있어 봐야 욕구 불만 상태에 빠지기밖에 더 하겠어?」

나는 목소리가 나는 쪽으로 몸을 돌린다.

라울 라조르박이다!

후리후리한 몸, 길고 각진 얼굴, 뾰족한 코, 독수리를 연상시키는 인상. 그는 길고 알쌍한 손가락을 움직이며 손장난을 치고 있다. 페르라셰즈 묘지에서 그를 처음 만났을 때의 모습 그대로이다. 그에겐 언제나 내 마음을 사로잡는 힘이 있었다. 그의 자신감과 대담성, 자기가 꿈꾸는 탐험에 대한 강한 신념이 내 삶의 방향을 바꿔 버렸다.

「라울, 자네가 어떻게 여기에 와 있지?」

그는 가만히 무릎을 꿇고 앉아 다리 위에 손을 얌전히 올려놓는다.

「나는 좀 쉬고 싶어서 식물계에 환생할 수 있게 해달라고 부탁했네. 인간이 식물로 환생하는 것은 예외적인 일이지만, 그 요구가 받아들여져서 나는 포도나무가 되었네. 그 나무에 포도가 열리고 사람들이 그것을 따서 포도주를 담가 마신 뒤에 나는 필요한 점수를 얻어 여기로 다시 돌아왔네. 나로 하여금 이렇게 천사의 지위를 얻게 하려고 내 수호천사가 온갖 노력을 다 기울였지.」

「자네를 이렇게 천국에서 다시 만나게 될 줄이야!」

「천국이라고? 농담이겠지. 여긴 천국이 아니라, 양로원보다 못한 곳이라고! 어디를 가나 마음씨 곱고 착한 존재들뿐이라서 너무나 따분해. 여기를 빨리 벗어나서 우주 탐험을 계속하고 싶어.」

그가 흥분된 기색을 보이며 말을 잇는다.

「이곳은 그저 거대한 관리소일 뿐이야. 지상의 인간들을 관리하고 엿보고 감독하는 곳이지. 이런 곳에서 무슨 기쁨을 느낄 수 있겠나! 나는 하루라도 빨리 이따위 공무원 같은 생활을 끝내고 싶은 생각뿐이라네. 이럴 줄 알았으면, 크게 깨달은 자 노릇을 하러 지상으로 돌아가는 길을 택할걸 그랬어. 우리가 잘못 생각한 거야. 천사는 별 게 아니라고! 만일 우리가 뭔가를 하지 않으면 우리는 천년만년 천사로 남아서 의뢰인들이나 지켜보고 있어야 할 거야. 여긴 도형장(徒刑場)이나 다름없다고!」

비록 격노해 있는 모습일지언정 나의 가장 친한 친구를 다시 만나게 되어 기쁘다. 갑자기 마음이 든든해지는 느낌이다. 난 이제 혼자가 아니다. 지상에서 알았던 친구를 천상에서 다시 만난다는 건 정말이지 대단한 행운이 아닐 수 없다.

라울은 산맥처럼 우리 주위를 둘러싸고 있는 구름을 가리킨다.

「분명히 말하지만, 이곳은 감옥 중에서도 가장 나쁜 감옥일세. 보라고, 우리는 저 장벽들 사이에 갇혀 있어. 우리는 지옥에 있는 거란 말일세!」

「라울, 자네 말이 너무 심하군.」

「천만에. 나는 지옥이 존재하지 않는다는 걸 잘 알고 있어. 지옥이란 그저 성화에나 나오는 이미지일 뿐이라고. 뜨거운 불가마 속에서 벌거벗은 음녀들과 하르피아이5 같은 괴물과 악마들에 둘러싸여 있는 게 지옥이라면 차라리 그런 곳에 있는 게 재미있을 거야. 제3천계처럼 분위기가 화끈하고 음탕한 곳이 더 낫지 않겠어? 여기는 온통 청색과 백색의 세상이야. 구름과 투명한 동료들밖에 없어. 어디를 둘러봐도 재미있는 게 없단 말일세. 아, 여기에서 벗어나 어딘가로 떠날 수 있다면 좋겠어. 21세기 탐험가들의 모험에 동참하고 싶어. 그래서 이미 알고 있는 세계의 경계선을 뒤로 밀어내기 위한 타나토노트들의 대서사시를 다시 시작하고 싶어. 미지의 세계로 더욱 멀리 가고 싶단 말일세.」

그가 한쪽 팔로 내 어깨를 감쌌다.

「인류가 존재한 이래로 〈저 산 너머에 무엇이 있는가〉를 알고 싶어 하는 사람들은 늘 있었네. 미카엘, 자네와 나는 산 너머에 있는 것을 보기 위해 가장 먼저 떠나는 사람들에 속하네. 우리는 탐험가였고 여전히 탐험가일세. 그러니 또 다른 〈테라 인코그니타〉를 발견하러 떠나지 않겠나?」

라울을 찬찬히 살펴보니, 셜록 홈스 같은 예전의 모습을 그대로 간직하고 있다. 그의 곁에 있음으로써 나는 다시 왓슨 박사가 되는 셈이다. 라울은 나에게 또 어떤 모험을 제안할 것인가? 이렇게 천국에 와서 알 만한 것은 다 알았는데, 우리가 무엇을 더 탐험할 수 있단 말인가……?

5 그리스 신화에 나오는 괴물. 새의 몸에 여자의 얼굴을 하고 어린이를 납치하거나 영혼을 호렸다고 한다.

그렇다. 나는 죽음에 대해서 생각해 본 적이 있다. 나는 잠이 든 채로 죽고 싶다. 잠이 들어서 죽는 것을 꿈이라고 생각하며 죽고 싶다. 그러고 나서 환생하기를 바란다. 그렇게 죽어야 내 가족에게 고통을 덜 주게 될 것이다. 나의 유족은 내 유골함을 그냥 벽난로 위에 올려놓기를 바란다. 그러면 그들은 내 무덤에 꽃을 바치러 올 필요도 없게 될 것이다. 유산에 대해 말하자면…… 음…… 좋다, 말을 하겠다. 나는 지하실의 하마 조각상 속에 돈을 감추어 놓았다. 루이 15세 시대 스타일의 커다란 모조 서랍장 뒤에 있는 조각상이다. 그것을 밀기만 하면 된다. 누구든 그 보물을 발견하는 사람이 가지면 될 것이다.

출처: 가두 설문 조사에서 무작위로 질문을 받은 행인

12. 영혼의 선택: 출생 2개월 전

지도 천사가 내 어깨를 툭 친다.

「자네 의뢰인들의 몸속에 곧 영혼들이 자리 잡을 시간이 되었네. 서두르세. 날 따라오게.」

나는 라울을 두고 떠난다. 지도 천사는 나를 데리고 남쪽의 조용한 구역으로 가더니 어떤 곳의 입구에 다다라 가부좌를 틀고 앉으라고 나에게 권한다. 이곳에서는 천사의 나라가 한눈에 들어온다.

「이후에 일어나는 일들을 편안하게 관찰하는 데에는 여기보다 좋은 곳이 없지.」

그는 내 손을 잡아 손바닥이 하늘을 향하게 한다. 그러자 놀라운 일이 벌어진다. 세 개의 구체가 북동쪽 지평선으로부터 우리 쪽으로 날아와서 내 두 손 사이에 놓는다. 하나는 왼손 위에, 또 하나는 오른손 위에, 나머지 하나는 그 두 구체 사이의 위쪽에 자리를 잡는다. 전체적으로 보면 세 구체가 공중에서 삼각형을 이루고 있다.

「이 구체들을 통해서 자네는 의뢰인들의 영혼을 보게 될 뿐만 아니라, 그들이 말하는 것을 들을 수 있고 통제할 수도 있다네.」

그는 세 구체를 하나하나 문지른다. 구체들이 환해지면서 그 안에 내 의뢰인들의 모습이 나타난다. 마치 내가 이들의 어머니 배 속을 찍을 수 있는 카메라를 가지고 있기라도 한 듯하다. 내 구체들은 오렌지빛이다. 내 의뢰인들이 양수 속에 들어 있기 때문이다.

「천사들이 사용하는 특별한 표현 하나를 더 가르쳐 주지. 영혼을 관리하는 구체들을 〈알〉이라고 부른다네. 마치 새가 알을 품듯이 우리가 이것들을 관리하기 때문이지.」

지도 천사는 내 곁으로 바짝 다가와 자리를 잡는다.

「이제 영혼이 부여될 시간이 되었네.」

「우리가 이들의 영혼을 선택할 수 있나요?」

그 물음에 지도 천사가 빙그레 웃는다.

「아닐세. 이번엔 저 위쪽 세계, 그러니까 7의 세계에서 직접 나선다네.」

우리는 기다린다. 세 구체가 차례차례 무지갯빛으로 빛난다. 마치 전기 같은 것이 전해지기라도 한 모양이다. 지도 천사는 막 환해진 첫 번째 구체를 살펴보고 나서 자크가 어떤 푸에블로 원주민의 영혼을 받았다고 알려 준다. 그 원주민은 한 세기 전에 마지막 삶을 살았던 사람으로서 이 부족 저 부

족을 찾아다니며 아이들에게 원주민의 위대한 전설을 들려
주던 떠돌이 이야기꾼이었다고 한다. 그가 부족의 야영지에
머물고 있을 때 황금을 찾는 백인들이 그 야영지를 습격했
다. 그는 몸을 숨겼지만, 공격자들은 그를 쫓아와서 붙잡았
다. 그는 곰 기름을 발라 길게 땋아 늘인 검은 머리를 무척이
나 자랑스러워했는데 공격자들은 그 머리채를 자르고 그를
목매달아 죽였다. 대천사들의 심판을 받을 때 그가 받은 점
수는 350점이었다.

지도 천사는 방금 환해진 두 번째 구체를 살펴본다. 이고
르는 프랑스 우주 비행사의 영혼을 가졌다. 그 우주 비행사
는 까탈스러운 어머니 밑에서 불우한 어린 시절을 보낸 고독
한 사람이었다. 그는 감옥살이를 경험했지만 우주 공간에서
의 위험한 임무를 자진해서 맡음으로써 사면을 받았다. 그
후 시련을 당하고 난 뒤에 대단히 위험한 임무를 띠고 우주
비행에 나갔다가 스스로 목숨을 끊었다. 대천사들의 심판을
받을 때에 그가 받은 점수는 470점이었다.

세 번째 구체가 방금 환해졌다. 누군가의 영혼을 받은 것
이다. 그것은 2세기 전에 죽은 어떤 부유한 중국인의 영혼이
다. 쾌락주의자였던 그 중국인은 산해진미와 미색을 대단히
좋아하였다. 그는 황제의 총애를 받았고 궁중의 권세가들과
친하게 지냈다. 어느 날 그는 지방으로 여행을 하던 중에 산
적들을 만났다. 산적들은 그가 가진 것을 모두 빼앗고 그를
산 채로 묻어 버렸다. 그는 오랫동안 땅속에서 발버둥을 쳤
다. 참혹한 죽음이었다. 대천사들의 심판을 받을 때 그가 받
은 점수는 320점이었다.

「구색이 잘 갖춰졌어. 세 영혼 중의 둘은 333점을 넘었네.」

「그게 무슨 뜻이죠? 333점이라뇨?」

「인류가 도달한 의식의 평균 수준일세. 60억 영혼들의 점수를 합해서 평균을 내면 333점이 되네. 이것은 인류의 다수가 바닥보다는 천장에 더 가까이 있다는 것을 의미하지…….우리의 임무는 그 평균 점수를 높이는 걸세.」

나는 내 〈의뢰인〉들의 〈알〉을 통해서 그들을 살펴본다. 지도 천사의 설명이 이어진다.

「우리의 목표는 이들의 의식 수준을 고양시키는 걸세. 한 영혼이 고양되면 온 인류가 고양되는 거라네.」

「만일 제가 세 의뢰인들 중 하나라도 그 의식 수준을 높이는 데에 성공하면 인류가 333점에서 334점으로 나아갈 수 있다는 뜻인가요?」

「진보란 그렇게 성큼성큼 이루어지는 것이 아닐세. 평균 점수가 1점이라도 올라가려면 많은 사람들이 한꺼번에 진보해야 하네.」

지도 천사는 나의 수호를 받는 사람들의 출생을 지켜보라고 권한다. 그들이 어머니 배 속에서 나오자마자 천사의 손가락 자국을 남겨야 한다는 것이다. 이 자국은 수호천사와 수호를 받는 인간 사이에 맺어진 계약을 최종적으로 확인하는 행위이다. 천사들이 손가락 자국을 남기는 순간부터 사람들은 이전의 카르마를 잊을 수 있게 된다.

「사람들이 태어나자마자 코와 입 사이에 자네의 손가락을 대어 인중을 만들기만 하면 되네.」

그러면서 지도 천사는 자신의 손가락으로 자기 얼굴에 인중을 만드는 듯한 동작을 되풀이한다.

「하지만 그렇게 손가락 자국을 남기고 여기로 돌아오고

나면 자네는 더 이상 지상에 내려갈 수 없네. 그 뒤로는 여기에서 그들을 감독해야 하는 걸세.」

13. 백과사전

협동, 상호성, 용서

1974년에 철학자이자 심리학자인 토론토 대학 교수 아나톨리 라포포르트는 다음과 같은 견해를 발표한다. 타인을 상대로 행동하는 방식 중에서 가장 〈효율적인〉 것은 1) 협동, 2) 상호성, 3) 용서이다. 다시 말해서 한 개인이나 조직이나 집단이 다른 개인이나 조직이나 집단을 만날 때 먼저 협동을 제안하고, 상호성의 원칙에 따라서 자기가 받은 만큼 남에게 주는 데에서 이익을 얻게 되는 것이다. 상대가 도움을 주면 이쪽에서도 도움을 주고 상대가 공격을 하면 똑같은 방식과 똑같은 강도로 반격을 가한다. 그러고 나서는 상대를 용서하고 다시 협동을 제안해야 한다는 것이다.

1979년에 수학자 로버트 액설로드는 살아 있는 존재처럼 행동할 수 있는 컴퓨터 프로그램들 중에서 가장 우수한 것을 가리는 일종의 토너먼트를 주최하였다. 이 대회에는 한 가지 제한 규정이 있었다. 어느 프로그램이든 다른 프로그램과 의사소통을 할 수 있는 하위 프로그램을 갖추고 있어야 한다는 것이었다.

로버트 액설로드는 이 토너먼트에 관심을 가진 동료들로부터 열네 개의 프로그램 디스켓을 받았다. 각 프로그램에는 저마다의 행동 법칙이 있었다(행동 암호가 두 개의 라인으로 된 가장 간단한 것부터 1백여 개의 라인으로 된 가장 복잡한 것까지). 승부는 어느 프로그램이 가장 많은 점수를 축적하는가로 판가름 나게 되어 있었다. 어떤 프로그램들은 가능한 한 빨리 다른 프로그램에 접근하여 그 프로그램의 점수를 빼앗은 다음 상대를 갈아 치우는 것을 행동 규칙으로 삼았다. 또 어떤 프로그램들은 다른 프로그램들과의 접촉을 피하고 혼자 해나가려고 애쓰면서 자기 점수를 지키는 쪽으로 나갔다. 그런가 하면 어떤 것들은 〈남이 적대적으로 나오면 그만두라고 경고하고 나서 벌을 가하는〉 방식이나 〈협동하는 척하다가 기습적으로 배신하기〉 같은 방식을 행동 규칙으로 삼았다.

각 프로그램은 다른 경쟁자들 하나하나와 2백 차례씩 대립하였다.

다른 모든 프로그램을 이기고 승리를 거둔 것은 협동, 상호성, 용서를 행동 규칙으로 삼은 아나톨리 라포포르트의 프로그램이었다. 그보다 훨씬 더 놀라운 사실은 협동, 상호성, 용서의 프로그램이 다른 프로그램들 속에 놓이게 되면 처음에는 공격적인 프로그램들을 상대로 점수를 잃지만, 결국에는 승리를 거두고 시간이 흐를수록 다른 프로그램들의 행동에 영향을 미치기까지 한다는 점이다. 이웃한 프로그램들은 그 프로그램이 점수를 모으는 데 가장 효율적이라는 점을 깨닫고 마침내 똑같은 태도를 취하게 된다는 것이다.

이렇듯이 장기적으로 보면 협동, 상호성, 용서의 원칙이 가장 이로운 행동 방식임이 드러난다. 우리는 일상생활에서 그 점을 확인할 수 있다. 이것이 의미하는 바는 직장 동료나 경쟁자가 우리에게 어떤 모욕을 가할 경우 그것을 잊고 마치 아무 일도 없었던 것처럼 같이 일하자고 그에게 계속 제안해야 한다는 것이다. 결국에 가서는 이 방식이 효과를 발휘하게 된다. 이것은 단지 선의의 문제가 아니라 우리 자신의 이익이 걸린 문제이다. 컴퓨터 공학은 무엇이 우리에게 이익이 되는가를 입증해 주고 있다.

에드몽 웰스, 『상대적이며 절대적인 지식의 백과사전』 제4권

이런, 이것 참 묘하다……. 내가 둥둥 떠 있다. 나는 조금 불투명한 액체로 가득 찬 주머니 속에 들어 있다. 이게 어머니 배 속일까? 아마 그럴 것이다.

나의 전생이 생각난다. 나는 아메리카 원주민이었다. 나는 밤을 새워 사람들에게 이야기를 들려주고 있었다. 그러던 중에 백인들이 와서 나를 목매달아 죽였다.

이제 나는 이승으로 돌아가려 한다. 그런데 대체 어디로 가는 거지? 어느 나라, 어느 시대, 어느 부모 밑으로 가는 거지? 불안하다.

밖에서 떠드는 소리가 들린다. 십중팔구는 새로 나의 어머니가 될 여인의 목소리일 것이다. 엄마가 뭐라고 하는 거지? 그녀의 말이 이렇게 잘 이해된다는 것이 놀랍다. 엄마는 내 얘기를 하고 있다. 내가 태어나면 자크라는 이름을 붙이겠다고 한다. 밤마다 내가 발길질을 하며, 그럴 때면 내 발가락 끝이 엄마 배를 찌르는 것이 보인다고 한다. 아 그렇구나!

엄마가 이걸 좋아하는구나. 좋아, 그렇다면 한바탕 발길질을 해볼까나.

엄마는 태아 접촉법이라는 것을 활용해 볼 생각이라고 한다. 그러자 엄마의 친구가 묻는다.

「태아 접촉법이라는 게 뭐야?」

「흔히 임신은 여자들만의 일이라고 생각하기 쉽지만, 이 방법을 활용하면 아기 아버지가 될 남자들을 임신 과정에 참여시킬 수 있어. 남자가 손바닥이 아래로 가게 해서 두 손을 임신한 아내의 배에 올려놓으면, 단지 그런 접촉만으로도 태아에게 또 다른 사람이 존재한다는 사실을 알릴 수 있다는 거야.」

맞는 말이다. 어제도 나는 두 손이 닿는 것을 느꼈다. 그러니까 세상에는 엄마만 있는 것이 아니라 아빠도 있는 것이다.

엄마는 태아인 나 자크가 아빠의 손을 잘도 알아보고 아빠가 엄마 배에 손을 대자마자 그 손에 기대듯 몸을 웅크린다고 설명한다.

나는 탯줄을 밀어낸다. 이곳에 있는 게 지루하다. 바깥은 어떤 모습일지 궁금하다.

15. 태아 비너스, 출생 2개월 전

나는 분명히 존재한다.

참 이상한 일이다. 나는 어머니 배 속에 홀로 있는 태아일 터인데, 자꾸 무엇인가가 느껴진다. 밖이 아니라 바로 내 옆에 누가 있다는 느낌이 든다.

누가 나를 누르고 있다. 답답해서 견딜 수가 없다. 나를 꼼짝달싹 못 하게 하는 것이 무엇인지를 알아내려고 갖은 애를 쓴 끝에, 쌍둥이 오빠가 내 몸에 붙어 있다는 사실을 깨달았다.

나에게 쌍둥이 오빠가 있다!

우리 둘은 저마다의 탯줄로 엄마에게 연결되어 있다. 게다가 더욱 놀라운 일은 우리 둘 사이에 직접적인 연결 통로가 있다는 사실이다. 그러니까 우리는 서로 의사소통을 할 수 있다는 얘기다.

「넌 누구니?」

「그럼 넌 누군데?」

「난 엄마 배 속에 있는 여자아이야.」

「난 남자아이야.」

「누군가와 함께 있게 되어서 무척 기뻐. 난 언제나 태아의 삶은 고독한 경험이라고 생각했거든.」

「내 얘기를 들려줄까? 듣고 싶니?」

「응, 듣고 싶어.」

「난 전생에 자살을 했어. 나에겐 아직 이승에서 때워야 할 시간이 조금 남아 있어. 그래서 내 카르마를 다 끝내도록 여기에 다시 보내진 거야. 넌 어때?」

「난 예전에 부유한 중국인이었어. 여자도 많았고 하인도 많이 거느리고 살았지.」

땅속에 생매장되어 죽었던 전생의 기억이 되살아나자 갑갑증이 다시 일고 기지개라도 한번 켜봤으면 좋겠다는 생각이 든다.

「나 때문에 불편하니?」

「조금 답답하긴 해. 너도 나 때문에 불편하기는 마찬가지일 텐데 뭐.」

「난 상관없어. 이 어두운 곳에서 혼자 편하게 있는 것보다는 비좁더라도 너랑 함께 있는 게 더 좋아.」

16. 태아 이고르, 출생 2개월 전

나는 분명히 존재한다.

하지만 뚜렷하게 식별되는 것이 별로 없다. 주위가 온통

71

주황색으로 물들어 있다는 것과 약간의 소리가 느껴질 뿐이다. 소리가 들린다. 심장이 고동치는 소리, 음식물이 장 속을 지나가는 소리, 엄마의 목소리. 엄마가 무슨 말인가를 하고 있는데, 그 뜻을 알 수가 없다.

「난-이-애-낳-고-싶-지-않-아.」

무슨 뜻인지 종잡을 수가 없다.

음절들을 이리저리 붙여서 다시 검토해 보니, 예전의 지식이 되살아나면서 음절들의 의미가 해독된다.

이번엔 남자 목소리가 들린다. 틀림없이 아빠일 것이다.

「왜 이제 와서 바보같이 구는 거야. 벌써 이고르라는 이름까지 지어 놓았잖아? 무언가에 이름을 붙이면 그 순간부터 그것은 존재하기 시작하는 거야.」

「처음엔 나도 낳고 싶었어. 하지만 이젠 이 아이를 낳고 싶지 않아.」

「너무 늦었어. 이렇게 되기 전에 깊이 생각했어야지. 이젠 어떤 의사도 임신 중지 수술을 받아들이지 않을 거라고.」

「세상에 너무 늦은 일은 없어. 무조건 낳기만 하면 뭐 해? 애 키울 돈도 없으면서. 나중에 고생하느니 지금 당장 지워 버리는 게 낫지.」

아빠의 비웃음 소리가 들린다. 그러자 엄마가 소리친다.

「뭐 하나 해주는 것도 없으면서 제 새끼라고 낳고는 싶은가 보지? 치사한 자식.」

「지금은 이래도 나중에 가면 이 애를 좋아하게 될 거야.」

엄마의 흐느끼는 소리가 들린다.

「내 몸속에서 종양이 자라고 있는 느낌이야. 이게 자꾸 커지면서 나를 갉아먹고 있는 것 같다고. 이 느낌이 너무 싫어.」

아빠가 헛기침으로 목청을 가다듬고 나서 소리친다.

「그럼 네 마음대로 해. 어쨌거나 난 허구한 날 죽는소리를 해 대는 네가 지긋지긋해. 나 떠날 거야. 너 다시는 안 볼 테니까, 낳든 말든 너 혼자 알아서 해.」

문 닫는 소리에 이어 엄마의 울음소리, 울부짖는 소리가 들린다.

시간이 좀 흘러 밖이 잠잠해지는가 싶었는데, 느닷없이 주먹이 연거푸 날아든다. 아빠는 떠났으므로, 엄마가 이렇게 자기 배를 때리고 있는 것이다.

살려줘요!

엄마는 나를 죽이지 못할 것이다. 나는 연달아 발길질을 해서 엄마에게 복수를 해보려고 한다. 하지만 내 발길질은 너무나 미약하다. 자기보다 미약한 존재를 공격하는 건 쉬운 일이다. 하물며 배 속에 갇혀서 달아날 수도 없는 어린 생명을 공격하는 것이니 그게 오죽이나 쉬우랴.

17. 백과사전

태아 접촉법

제2차 세계 대전이 끝났을 때, 유대인 수용소에서 살아남은 네덜란드 의사 프란츠 펠트만은 세상이 갈수록 나빠진다고 평가하면서 그 이유를 아이들이 유아기 때 충분한 사랑을 받지 못하는 데에서 찾았다. 그는 아버지들이 일이나 전쟁에 몰두하느라고 아이들에게 별로 신경을 쓰지 못하고 있다고 지적하면서, 아버지들을 육아뿐만 아니라 임신 과정에까지 참여시킬 수 있는 방법을 모색하였다. 임부의 배를 쓰다듬는 것도 그가 생각해 낸 방법 중의 하나였다. 그는 그리스어 하프토(접촉)와 노모스(법)를 합쳐서 태아 접촉법haptonomie이라는 말을 만들어 냈다.

단지 임부의 탱탱한 살갗을 정성스럽게 쓰다듬는 것만으로도 아버지는 자기의 존재를 태아에게 알릴 수 있고 태아와 최초의 관계를 맺을 수 있다. 실험을 통해 증명된 바에 따르면, 태아는 여러 사람이 번갈아 가며 어머니의 배에 손을 올려놓는 경우에도 그중에서 어느 것이 아빠의 손인지를 정확하게 구별한다. 가장 능숙한 아버지들은 두 손을 번갈아 사용하면서 태아가 이리저리 돌게 만들 수도 있다고 한다.

이 태아 접촉법은 아주 일찍부터 어머니-아버지-아기의 삼각 구도를 형성함으로써 아버지에게 더 많은 책임감을 느끼게 하는 장점을 지니고 있다. 뿐만 아니라 어머니는 임신 기간 동안 혼자라는 느낌을 덜 갖게 된다. 어머니는 아버지의 손이 자기와 아기에게 닿을 때 무엇이 느껴지는지를 말할 수 있고, 자기의 경험을 아버지와 공유할 수 있다. 물론 태아 접촉법이 아이를 행복하게 만드는 만병통치약이 될 수는 없다. 하지만 이 방법이 어머니와 아버지와 태아의 정서적인 삶에 새로운 길을 열어 주고 있음은 틀림없다. 옛날 고대 로마에서는 임부를 아낙네들 commères(라틴어로 그대로 풀자면 cum mater, 〈어머니와 함께 있는 여자〉)과 함께 있게 하는 관습이 있었다. 그러나 어머니가 겪는 일을 함께 겪기에 가장 적합한 사람은 뭐니 뭐니 해도 아버지이다.

에드몽 웰스, 『상대적이며 절대적인 지식의 백과사전』 제4권

18. 라울의 생각

나는 내 알들을 관찰하고 있다.
자크의 부모는 태아 접촉법을 활용한다. 알 품기의 조건

이 좋다.

이고르는 어머니로부터 주먹질을 당한다. 알 품기의 조건이 매우 나쁘다.

놀랍게도 비너스에게는 쌍둥이 오빠가 있다. 이게 좋은 일인지 나쁜 일이지 잘 모르겠다.

지도 천사가 자리를 뜨자마자 라울이 다시 목청을 돋운다.

「우리는 여기에서 시간을 허비하고 있어. 다시 우리 자신의 모습으로 돌아가야 해. 이미 알고 있는 세계의 경계선을 뒤로 밀어내고 새로운 지평을 발견하러 가자고.」

내 구체들은 내 앞에서 계속 빙빙 돌고 있다. 나는 턱을 놀려 그것들을 가리키면서 묻는다.

「이 세 구체를 노상 달고 다닐 수는 없는 노릇인데, 이것들을 떼어 놓으려면 어떻게 해야 되지?」

라울은 손바닥을 아래쪽으로 돌리기만 하면 알들이 내 곁을 떠나 날아오를 거라고 가르쳐 준다. 내가 그대로 하자 알들은 이내 북동쪽으로 날아가 버린다. 마치 모형 비행기들을 원격 조종하고 있는 기분이다.

「알들이 어디로 가는 거지?」

「산속 어딘가로 가는 걸세.」

내가 다시 손바닥을 하늘 쪽으로 뒤집자, 세 구체가 즉시 북동쪽 지평선에서 솟아오르더니 자동으로 내 두 손 사이에 놓인다. 이제 이 구체들을 어떻게 다루는 건지 알 것 같다. 라울이 짜증을 낸다.

「장난 그만 치고 내 얘기 좀 들어 봐. 난 자네 도움이 필요해, 미카엘. 위대한 영계 탐사의 시대에 우리가 내걸었던 슬로건 생각나나? 〈알려지지 않은 세계가 남아 있는 한 우리는 언제까지라도 그곳을 향해 나아가야 한다〉라는 말 말일세.」

나는 고개를 들어 하늘을 올려다본다.

「이젠 미지의 세계가 남아 있지 않네. 우리의 태아들에 대한 책임이 남아 있을 뿐이지.」

라울은 동쪽으로 날아가 보자고 권하며 말을 잇는다.

「관찰 장소가 바뀌었을 뿐, 미지의 세계는 여전히 남아 있네. 우리는 천사 세계의 위쪽에 무엇이 있는지를 모르고 있어.」

우리는 천사 나라의 동쪽 경계에 다다른다.

「그래서 자네가 원하는 게 뭐지?」

라울은 머리를 움직여 에메랄드 문을 가리킨다.

「우리가 한 인간을 구원하면 저 문을 통과하게 될 걸세. 그건 자네도 잘 알잖아.」

내가 그렇게 말하자, 라울은 긴 손가락들을 허공에서 움직이며 대꾸한다.

「자네 아직도 이해를 못 한 게로군. 우리 의뢰인들은 모두 바보 천치들이야. 그들은 절대로 진보하지 못할 걸세.」

19. 태아 자크, 출생 1개월 전

불안하다. 어머니 배 속에서 너무 움직인 탓에 탯줄에 감겨 버렸다. 탯줄이 내 목을 감고 있다. 전생에서 내가 교살을 당하던 참혹한 장면이 다시 생각난다. 공포가 엄습하고 몸이 뻣뻣해진다. 움직임을 멈추고 가만히 있어 보자. 그래, 됐다. 목을 감고 있던 탯줄이 풀렸다.

양수에서 쓴맛이 난다. 무슨 일일까?

「어이, 무슨 문제가 있는 것 같아. 너 자니?」

쌍둥이 오빠는 한참 뜸을 들이다가 대답한다.

「그냥 피곤한 느낌이 들어서 그래. 너무 피곤해……. 속에서부터 내가 비워지고 있는 기분이 들어.」

무슨 일이 벌어지고 있음에 틀림없다. 오빠는 저렇게 피곤하다는데, 나는 오히려 맛있는 영양분을 섭취하면서 갈수록 튼튼해지고 있으니 말이다. 문득 마음에 짚이는 게 있어서 나는 소스라치게 놀란다.

「내가 너의 기(氣)를 다 빨아들이고 있나 봐!」

「그래 맞아. 내가 보기에도 그런 것 같아.」

오빠는 힘겹게 말을 이어 간다.

「우리는 한쪽이 다른 쪽의 기력을 빼앗아 가는 쌍둥이야. 나는 그것을 알고 있어. 전생에 나는 산부인과 의사였거든. 그때의 기억이 조금 남아 있어.」

「알기 쉽게 얘기를 해봐.」

「그래. 우리는 하나로 연결되어 있어. 우리 어머니의 기관들과는 상관없이 작은 대롱 하나가 우리를 직접 연결하고 있다는 얘기야. 그것은 그저 작은 혈관 같은 것이지만, 우리 사이에 체액의 교환이 이루어지게 할 수 있을 만큼 넓어. 그 때문에 우리는 이토록 사이가 좋은 거야. 하지만 그 때문에 우리 둘 중의 하나가 다른 하나의 양분을 빨아들일 수도 있지. 며칠 내로 사람들이 우리를 여기에서 꺼내 주지 않으면, 너는 나를 완전히 빨아들이고 말 거야.」

두려움에 몸이 부르르 떨린다.

「그러면……?」

「그럼 난 죽게 되지.」

오빠가 침묵을 지킨다. 너무 지친 모양이다. 하지만 난 두려워서 견딜 수가 없다.

「밖에서도 사람들이 이 사실을 알고 있을까?」

오빠의 대답에는 시간이 좀 걸린다.

「그들도 쌍둥이가 있다는 건 아마 알고 있을 거야. 하지만 네가 나를 빨아들이고 있다는 건 모르고 있어. 그러니까 어제 우리 둘 다에게 이름을 지어 주었겠지. 네가 자고 있을 때 나는 다 들었어. 네 이름은 비너스이고 내 이름은 조지야. 비너스, 안녕!」

「에…… 조지, 안녕!」

나는 더 이상 가만히 있을 수가 없어서 미친 듯이 엄마의 배를 두드리기 시작한다.

「저기요, 밖에 있는 사람들 말이에요. 어떻게 좀 해봐요! 어서 분만을 시작해야 돼요. 조지가 죽어 가고 있단 말이에요!」

나는 더욱 세게 엄마 배를 두드린다. 오빠가 나를 진정시키려고 한다.

「그만둬. 너무 늦었어. 나는 죽더라도 너를 통해서 계속 살게 될 거야. 비너스, 나는 언제나 여기 네 속에 있게 될 거야.」

21. 태아 이고르, 출생 1개월 전

걱정이 되어서 잠을 편하게 잘 수 없다. 엄마가 또 울고 있다. 엄마는 혼자 중얼거리면서 보드카를 많이 마신다. 엄마가 취한 탓에 나도 약간 취기를 느낀다. 엄마는 내가 술에 중독되어 죽기를 바라는 모양이다. 하지만 내 몸의 저항력은 갈수록 커져 가고 있다. 나는 이제 알코올에는 끄덕도 하지 않는다.

〈엄마, 이런 식으로는 나를 죽이지 못할 거예요.〉

나는 태어나고 싶다. 나의 출생은 엄마에 대한 나의 복수가 될 것이다.

느닷없이 호된 충격이 온다. 납작하게 짓눌리는 느낌이다. 얼굴이 으스러질 것만 같다. 무슨 일이지? 엄마의 중얼거리는 소리가 들린다. 〈널 죽일 거야. 널 죽이고 말 거야. 어서 죽어라. 난 해내고 말 거야.〉

또다시 충격이 온다.

밖에서 무슨 일이 벌어지고 있는지 알 것 같다. 엄마가 배를 깔고 바닥에 엎어짐으로써 나를 눌러 죽이려 하고 있다.

그래도 내가 한사코 달라붙자 엄마는 이런 방법으로는 더이상 안 되겠다 싶었는지 결국 포기하고 만다.

다음엔 어떤 공격이 가해질지 몰라 한시도 경계 태세를 늦출 수가 없다. 나에게 아직 어떤 시련이 더 남아 있는 것일까? 뜨개질바늘에 찔리는 시련이 남아 있을까? 이고르, 마음 단단히 먹고 잘 버텨야만 해. 밖에 나가면 모든 게 잘될 거야……

22. 7의 신비

라울은 나를 데리고 어떤 천사가 있는 곳으로 간다. 그 천사는 나이 많은 할머니의 모습을 하고 있다. 지상에 있을 때 신문에서 여러 번 본 모습이다. 아, 바로 마더 테레사이다.

「지상에 있을 때, 마더 테레사는 자기희생과 이타적인 실천으로 많은 사람들을 감동시켰네. 그야말로 성인 중의 성인이었지. 하지만 이제는 수호천사가 되어 영혼들을 맡아 돌보고 있는데, 세 사람씩 네 번을 맡았는데도 아직 아무도 천사로 만들지 못했네. 마더 테레사 같은 이가 7의 단계로 올라가는 데에 실패한다면, 아무도, 정말이지 아무도 거기에 도달할 수가 없는 거야.」

아닌 게 아니라 마더 테레사는 세 개의 구체를 마주한 채 아연한 표정으로 외마디 소리를 계속 내지르고 있다. 마치 진짜 알들을 냄비에서 꺼내다가 뜨거운 물에 데기라도 한 것처럼 성이 나 있는 모습이다.

「에드몽 웰스가 내게 이런 얘기를 하더군. 우리는 해결할 준비가 되어 있는 문제들에 대해서만 과감하게 맞설 수 있다고.」

라울은 경멸이 가득 어린 표정으로 반박한다.

「자네는 우리가 알 만큼 알고 있다고 생각하는 모양이지? 내가 보기에 우리는 우리가 얼마나 무지한지조차 모르고 있어.」

「절대지의 세계인 황색계에서 나는 내가 인간으로서 궁금해하던 문제들의 답을 얻었네. 에드몽 웰스는 의식의 진화에 관한 비밀이 숫자의 모양에 다 들어 있다고 하더군. 그 비밀을 깨닫는 것이 중요하다고 했어.」

「자네도 그렇게 생각해? 옛날에 우리는 타나토노트였어. 다시 말해 영적인 인간, 즉 5의 단계에 도달한 존재였지. 이제 우리는 천사가 되었어. 6의 단계에 도달했지. 다음 단계는 7의 존재가 되는 거야. 그런데, 7이란 게 뭐지?」

「7이란 7백 점의 점수를 받은 존재가 아닐까?」

나는 물질적인 존재가 아님에도 라울이 나를 잡고 마구 흔들고 있음을 느낀다.

「아니 그렇게 추상적으로 말하지 말고, 7이라는 게 구체적으로 어떤 존재를 가리키는 것인지 생각해 보라고. 그게 뭐지? 슈퍼 천사인가? 5의 단계에 도달한 존재와 6의 단계에 도달한 존재 사이에 어떤 차이가 있는지를 생각해 보면, 그 7이라는 게 어떤 존재인지 짐작할 수 있을 것 같아.」

라울이 아무리 흥분된 기색을 보여도, 나는 신중한 태도를 잃지 않는다. 라울은 꿈꾸는 듯한 표정을 지으며 말을 잇는다.

「7이 된다는 건 아마 굉장한 일일 거야. 문헌을 뒤져 보았더니, 천사 위에는 지품(智品)천사 게루빔과 육익(六翼)천사 세라핌이 있다고 하더군. 주천사, 좌천사라는 것도 있고 말이야. 하지만 내 생각에는 천사보다 계급이 높은 존재가 있다면 그건 틀림없이…….」

라울은 마치 누가 들을까 저어하기라도 하듯 나직하게 중얼거린다.

「신들일 거야.」

그 말을 들으니 라울의 진면목이 다시 나오고 있구나 하는 생각이 든다. 라울은 이렇게 늘 당치도 않은 가정을 거침없이 발설하는 친구이다.

「왜 신이라고 하지 않고 〈신들〉이라고 말하는 거지?」

보아하니 라울은 이 문제에 대해서 깊이 생각해 본 적이 있는 모양이다.

「히브리어로 신은 〈엘〉이라고 하는데, 문헌에는 〈엘로힘〉으로 나와 있네. 이건 복수형이지.」

우리는 옛날에 지구의 땅바닥 위를 걸을 때처럼 바닥에 발을 대고 움직이면서 걷는 시늉을 한다.

「다른 천사들하고 그것에 대해 이야기해 본 적 있어? 그들은 어떻게 생각하던가?」

「그 주제에 관해서라면 천사들은 인간들과 별로 다를 게 없어. 반은 신의 존재를 믿고, 3분의 1은 신의 존재를 믿지 않는 무신론자들일세. 우리처럼 신의 존재 여부를 알지 못한다는 것을 인정하는 불가지론자도 4분의 1쯤 되지.」

「2분의 1, 3분의 1, 4분의 1을 합치면 전체보다 조금 더 많은데.」

「당연하지. 두 관점을 동시에 지니고 있거나 이쪽저쪽으로 왔다 갔다 하는 천사들도 있으니까 말일세.」

「하긴 그럴 수도 있겠군.」

「4는 인간, 5는 현자, 6은 천사, 7은 신, 이런 식으로 나가야 말이 되지 않겠어?」

나는 대답하지 않는다. 인간은 신의 존재 여부에 관해서 전혀 알지 못한다. 그것에 관해서 어떤 증거도 가지고 있지 않기 때문이다. 따라서 되도록 겸허한 모습을 보이는 것이 바람직하다.

전생에서 미카엘 팽송이었던 나는 정직한 인간이라면 당연히 불가지론자가 될 수밖에 없다고 생각했다. 내가 보기에 불가지론은 그 유명한 〈파스칼의 내기〉와 크게 다르지 않은 입장이다. 프랑스의 철학자 블레즈 파스칼은 신이 존재한다는 쪽에 내기를 걸면 이기는 경우엔 영생을 얻고, 지는 경우에도 잃을 것이 없다는 논리로 비신자들을 설득하려고 했다. 나는 지상에 있을 때, 사후에 삶이 계속될 확률은 2분의 1이라는 생각을 받아들였다. 천사가 존재할 확률도 천국이 있을 확률도 2분의 1이었다. 타나토노트들의 모험은 내 생각이 틀리지 않았다는 것을 보여 주었다. 현재로서는 신의 존재에 관한 확률을 증가시키거나 감소시킬 필요가 없을 듯하다. 내가 보기에 신의 존재는 여전히 50퍼센트 확률의 가정이다.

라울이 말을 잇는다.

「여기에서는 어떤 지시가 〈높은 곳〉에서 떨어진다는 식의 얘기를 하네. 이제 기적이니 메시아니 예언자니 계시니 하는 것은 끝났고, 어떤 존재가 직접 지시를 내리고 있다는 말일세. 만일 그 존재가 신이나 신들이 아니라면, 대체 누가 그런 결정을 내릴 만한 권능과 통찰력을 가질 수 있단 말인가?」

라울은 자기 말이 조금씩 내게 먹혀들고 있다고 느끼면서 만족해하는 기색이다. 그는 내가 당황하고 있음을 눈치채고 있다. 신이 된다는 것, 그것이 나의 다음 임무일까? 그런 것은 감히 생각조차 못 할 일이다.

「이 문은 신들이 사는 올림포스로 통할 걸세. 나는 그것을 확신하고 있네.」

라울은 에메랄드 문을 가리키며 한마디 한마디에 힘을 주어 그렇게 말한다.

나는 마음이 편치 않아져서 짐짓 상상의 손목시계를 바라보는 시늉을 한다. 마치 그 시계가 내 알들이 얼마나 성숙해 가고 있는지를 알려 주기라도 할 것처럼.

「이제 가봐야겠어. 지상에 내려가서 내 의뢰인들이 태어나는 것을 지켜봐야 해.」

「나랑 같이 가.」

이건 또 무슨 소리인가!

「자네도 나와 함께 지상에 가겠다고?」

「그래. 거기에 가본 지도 오래 되었어. 지난번에 손가락 자국을 남기러 갔다 온 뒤로 못 갔으니까.」

「손가락 자국을 남기러 갈 때 말고는 지상에 내려가는 게 금지되어 있다는 걸 자네도 잘 알 텐데.」

라울은 답답해서 견딜 수가 없다는 듯 펄쩍펄쩍 뛰어오른다. 장거리 비행을 하면서 기분 전환을 하고 싶다는 뜻이리라.

「천국에서는 금지하는 것이 금지되어야 한다[6]고 생각해. 걱정 마, 미카엘. 나는 천생 반골이야. 그건 자네가 잘 알잖아.」

그는 펄쩍거리기를 멈추고 내 앞에 서더니, 더할 나위 없이 순진한 표정을 지으며 『상대적이며 절대적인 지식의 백과사전』제4권의 한 항목을 발췌하여 암송하기 시작한다.

23. 백과사전

위반자

사회는 위반자들을 필요로 한다. 사회는 질서를 유지하기 위해 법률을 제정하지만, 그 법률을 위반하는 자들은 늘 있게 마련이다. 만일 모두가 현행 법률을 준수하고 규범에 따름으로써 교육, 노동, 시민권 행사,

---

6 〈금지하는 것을 금지한다〉는 프랑스의 1968년 5월 혁명 때 학생들이 내걸었던 슬로건이다.

소비 등 모든 것이 규범적으로 이루어진다면 어떤 사회든 정체를 맞게 된다.

위반자들은 적발되는 즉시 기소되고 제외된다. 하지만 사회가 진보하면 할수록, 사회의 독이 되는 요소를 조심스럽게 관리함으로써 스스로를 위한 항체를 발달시킨다. 그럼으로써 사회는 갈수록 자기 앞에 나타나는 장애물을 점점 더 가뿐하게 뛰어넘는 법을 배우게 된다.

위반자들은 사회에 필요한 존재들이지만 희생양이 되는 운명을 피할 수 없다. 그들은 규칙적으로 공격을 받고 망신을 당한다. 그러면 뒷날 규범적인 사람들과 위반자들의 중간쯤에 위치한 〈사이비 위반자들〉이 똑같은 위반을 되풀이하더라도, 그 위반은 한결 순화되고 견딜 만한 것이 되어 사회 체제 속에 편입된다. 말하자면 처음 위반을 감행한 자들의 열매를 나중에 위반하는 자들이 거두어들이는 셈이다.

여기서 우리가 잘못 생각하면 안 될 것이 있다. 열매를 따 먹고 명성을 얻는 자들은 〈사이비 위반자들〉이지만, 그들의 재능이란 그저 최초의 진정한 위반자들을 알아보고 흉내를 냈다는 것뿐이다. 그에 비해서 최초의 위반자들은 사람들의 몰이해와 망각 속에서 스스로 이해받지 못한 선구자였다는 확신만을 간직한 채 죽어 간다.

에드몽 웰스, 『상대적이며 절대적인 지식의 백과사전』 제4권

24. 지상 여행

우리는 사파이어 문을 지나, 대천사들에게 들키지 않도록 조심스럽게 사자들의 행렬에 끼어들어 그들을 따라 내려간다. 일곱 천계를 지나 영계의 원추를 빠져나가자 어둠에 휩싸인 우주 공간이 펼쳐진다. 우리는 지구를 향해 날아간다. 천사인 우리는 죽은 이들의 영혼보다 훨씬 빨리 날 수 있다.

빛만큼이나 빠르게 나아가고 있는 느낌이다. 이내 우리의 고향인 지구가 멀리에 모습을 드러낸다. 우리는 갖가지 운석들과 동시에 대기권을 통과한다. 운석들은 대기권에 진입하면서 찬란한 불꽃을 내며 타오른다.

우리는 계속 내려가다가 비행기 한 대와 마주친다. 비행기로부터 스카이다이버들이 떨어져 내리고 있다. 라울은 그들 중의 한 사람 앞으로 가더니 그의 낙하 속도를 배가시키면서 장난을 친다. 물론 스카이다이버의 눈에는 라울이 보이지 않는다. 나는 라울에게 그 짓궂은 장난을 그만두라고 타이른다.

나의 알 하나가 곧 부화하려고 한다. 우리가 착륙한 곳은 토스카나 평원 언저리다. 옛 생각이 절로 난다. 아마 최초로 우주여행을 하고 돌아온 비행사들도 지금 우리가 느끼고 있는 것과 똑같은 것을 느꼈으리라. 다만 그들과는 달리 이 지상엔 더 이상 우리가 돌아갈 집이 없다. 〈우리 집〉은 이제 〈이승〉에 있지 않고 〈저승〉에 있으므로……. 나는 내 고향에서 스스로가 이방인이 되었음을 느낀다.

라울이 서두르자고 신호를 보낸다. 어서 페르피냥 병원으로 가야 한다는 것이다. 나의 첫 의뢰인인 자크 넴로드가 거기에서 나를 기다리고 있다.

25. 자크의 출생

이제 나는 곧 태어날 것이다.

내가 가장 먼저 본 것은 어떤 터널 안쪽으로부터 오는 눈부신 빛이다.

안에서는 나를 밀어내고 밖에서는 나를 잡아당기고 있다는 느낌이 든다.

내 전생이 생각난다. 나는 푸에블로 원주민이었고 황금을 찾는 자들이 나를 목매달아 죽였다. 죽으면서 나는 마지막으로 이런 생각을 했다. 〈내 발이 땅바닥에서 너무 멀리 떨어져 있다. 나를 이런 식으로 죽이는 건 온당치 못해.〉 그들은 나의 목을 매달았다. 나는 숨이 막혀 죽었다. 지금도 나는 숨이 막힌다.

라울이 빨리 하라고 나를 재촉한다. 곧 태어날 아기에게 어서 〈천사의 입맞춤〉을 해주라는 것이다.

백인들이 우리 부족을 학살하던 때의 장면들이 머릿속에 되살아난다. 그들의 총과 총알에 맞선 우리의 활과 화살. 불길에 휩싸인 야영지. 나의 피신과 그들의 추적. 내 땋아 늘인 머리를 잘라 버리는 그들의 손길. 내 목에 감겨 오는 밧줄.

자크는 전생을 마칠 때 받은 충격에서 아직 벗어나지 못하고 있다. 그는 너무 불안해한다. 나는 그에게 속삭인다. 〈자, 이제 과거를 잊어.〉 라울은 어서 천사의 손가락 자국을 남기라고 다그친다. 처음이라서 어떻게 해야 할지 잘 모르겠다. 라울은 집게손가락 끝으로 태어날 아기의 입 위쪽을 누르라고 일러 준다.

나는 라울이 가르쳐 준 대로 집게손가락으로 아기의 코밑을 살며시 누른다. 아기의 작은 콧구멍 아래로 가느다란 자국이 생겨난다.

자크의 불안이 스러진다.

방금 무슨 일이 일어났는데 그게 뭐였는지 모르겠다. 누가 왔다 간 걸까? 어쨌거나 전생의 기억이 다 사라졌다. 내가 뭔가를 되새기고 있었던 듯한데 그게 무엇이었는지 더 이상 생각이 나지 않는다. 내게 전생이 정말 있기는 있었던 것일까? 그것마저도 이젠 자신이 없다.

그건 그렇고 이제 나는 곧 태어날 것이다.

누군가가 나를 빛 쪽으로 끌어당기고 있다. 누가 소리를 지른다. 나의 어머니이다. 이렇게 명령하는 목소리도 들린다.

「자아, 힘을 주세요. 한 번에 끝내겠다 생각하지 마시고 여러 번에 나누어서 조금씩 힘을 주세요. 개가 숨 쉬는 것처럼 한번 해보세요.」

어머니가 거친 숨을 내쉬기 시작한다.

또 다른 목소리가 들린다.

「벌써 몇 시간째 이러고 있어서 아기한테 좋지 않을 것 같은데요. 제왕 절개를 해야 되지 않을까요……?」

그러자 어머니가 말한다.

「아뇨. 아니에요. 그냥 해볼래요. 나 혼자서 해낼 거예요.」

아, 내가 다시 밀려 나가고 있다. 마치 물결 같은 것에 실려 가는 느낌이다. 나는 컴컴한 살의 통로 속으로 자꾸자꾸 들어간다. 내 발이 먼저 눈부신 빛 쪽으로 미끄러져 나간다. 발가락에 찬 기운이 느껴진다. 다시 올라가서 따뜻한 곳에 웅크리고 있었으면 좋겠다. 하지만 고무장갑을 낀 손들이 나를 움켜쥐고는 냉기가 도는 쪽으로 끌어낸다.

　이제 내 다리가 밖으로 나갔다. 뒤이어 엉덩이와 배도 밖으로 나갔다. 손들이 다시 나를 잡아당긴다. 내 팔과 머리만이 아직 따뜻한 곳에서 보호를 받고 있다. 잡아당기는 힘이 다시 느껴진다. 하지만 내 턱이 어떤 모서리에 꽉 끼였다. 이렇게라도 안전한 곳에 계속 머물러 있고 싶다.

　「안 되겠는데요. 어렵겠어요.」

　의사가 말하자, 어머니가 신음 섞인 소리로 대답한다.

　「될 거예요. 된다니까요.」

　「회음을 절개해야겠어요.」

　의사가 그렇게 말하자 어머니는 별로 내키지 않는다는 듯이 묻는다.

　「꼭 그래야 되나요?」

　「이렇게 계속 무리를 가하면 아기의 머리를 다치게 할 염려가 있어요.」

　내 몸은 찬 곳에, 머리는 따뜻한 곳에 있다. 두 팔을 귀에 붙인 채 잠시 그러고 있는데, 내 턱 근처에 칼날 하나가 불쑥 나타난다. 칼날에 살이 갈라지면서 내 둘레의 압력이 느슨해진다. 사람들은 마지막으로 한 번 더 내 발을 잡아당긴다. 이번에는 내 머리가 쑥 빠져나간다.

　나는 눈을 뜬다. 빛이 나사송곳처럼 내 머리를 뚫고 들어오는 듯하다. 나는 서둘러 다시 눈을 감는다.

　누군가가 나를 붙잡는다. 나에게 무슨 일이 벌어지고 있는지 이해할 겨를도 없다. 나는 발을 붙잡힌 채 머리가 아래로 가게 매달려 있다. 아야! 아야! 아야! 사람들이 나를 학대하는 것에 싫증이 난다. 나는 화가 나서 소리를 내지른다. 사람들도 소리를 지른다.

아, 태어난다는 게 이런 거라니! 나는 이 장면을 두고두고 기억할 것이다. 내 외침은 숫제 울부짖음으로 바뀐다. 내가 이러는 게 이들에게 오히려 기쁨이 되는 모양이다. 사람들이 웃고 있다. 이들은 나를 조롱하는 걸까? 그럴지도 모르겠다는 생각이 들자 눈물이 난다. 사람들은 여전히 웃고 있다. 나는 이 사람 저 사람 손으로 옮겨진다. 이봐요! 난 장난감이 아니란 말이에요! 어떤 사람이 내 생식기를 살짝 건드리면서 말한다.

「아들이에요.」

천사의 관점에서 객관적으로 말하자면, 아기는 꽤나 못생겼다. 라울은 갓 태어난 아기를 가만히 들여다보다가 예전에 가끔 그랬던 것처럼 껄껄거리며 웃는다.

「그래, 정말 못생겼어.」

「크면 괜찮아지겠지?」

의사는 내 의뢰인의 몸무게가 3.3킬로그램이라고 알려 준다. 라울은 내 등을 탁 치는 시늉을 한다. 마치 이 장한 일을 해낸 사람이 바로 나이기라도 한 것처럼.

「어머니 배 속에서 갓 나온 아기들은 모두가 조금은 쪼글쪼글해 보이게 마련일세. 집게 분만을 하는 경우에는 정도가 더 심하지. 아기들의 살갗에 격자무늬가 생기거든.」

나는 태어났다.

「아기가 참 예쁘네요!」

축하의 말들이 오고 간다. 말하는 사람들이 누구인지는

아직 분간할 수가 없다.

이 행성에서는 모두가 외치듯이 큰 소리로 말을 하는 모양이다. 이들은 속삭일 줄 모르는 걸까? 빛이 너무 강렬하다. 공기의 흐름도 너무 세고, 소음도 냄새도 너무 많다. 이 장소가 도무지 마음에 들지 않는다. 내가 왔던 곳으로 다시 돌아갈 수는 없을까? 하지만 내 의견을 묻는 사람은 아무도 없다. 사람들은 이야기를 나누는 데에 열중해 있다. 무엇에 대한 이야기인지는 모르지만, 이들에게는 대단히 중요한 이야기인 듯하다.

「아기 이름을 뭐라고 지을 거죠?」

「자크요.」

소동이 계속된다. 가위 하나가 내 쪽으로 다가온다. 나는 몸을 떨고 있다. 살려줘요! 사람들이 탯줄을 자른다. 매우 차가운 기운이 온몸을 스치고 지나간다.

26. 비너스의 출생

내 전생이 생각난다. 나는 아주 부유하고 권세가 있는 중국 상인이었다. 나는 하인들을 대동한 채 가마를 타고 여행하던 중이었다. 산적들이 우리를 습격했다. 놈들은 우리에게서 모든 것을 빼앗은 다음, 내가 묻힐 구덩이를 파게 했다. 나는 재산을 달라는 대로 줄 테니 목숨만 살려 달라고 애원했지만, 놈들은 나를 구덩이 속으로 밀어 넣었다. 내 종들 중의 하나도 내 뒤를 이어 구덩이에 던져졌다. 놈들은 〈자, 이 종년을 남겨 줄 테니 재미 좀 보거라〉 하고 빈정거리면서 우리를 흙으로 덮어 버렸다. 종이 나보다 먼저 질식했다. 나는

91

그녀의 숨이 끊어지는 것을 느꼈다. 나는 나를 짓누르고 있는 흙을 헤치면서 빠져나가려고 안간힘을 썼지만, 그러기에는 내가 너무 뚱뚱했다. 그동안 맛난 음식들을 너무 많이 먹었던 모양이다.

숨이 막힌다. 이렇게 답답하게 갇혀 있는 것을 견디지 못하겠다. 나는 눈을 뜬다. 전생에서 나는 캄캄한 세계에 갇힌 채 죽었는데, 다시 눈을 떠보니 불그스름한 세계 속에 들어와 있다. 나는 여전히 짓눌리고 있는 느낌이다. 게다가 시체 하나가 나에게 달라붙어 있다.

이건 나의 쌍둥이 오빠 조지이다. 나는 전혀 원하지 않았음에도 조지를 죽이고 말았다.

질식할 것 같다. 여기서 나가고 싶다. 공기, 공기가 필요하다. 나는 온몸을 버둥거린다. 전생에서와는 달리 이번엔 몸이 가볍게 느껴진다. 나는 주먹을 내지르고 발길질을 해댄다. 분명히 누군가 나를 밖으로 나가도록 도와줄 수 있는 사람이 있을 것이다.

라울과 나는 비너스의 머리맡에 와 있다.

비너스의 정신에 뭔가 문제가 있는 것 같다. 나는 아기의 영혼에 들어가려고 애를 쓴 끝에 그것은 내가 할 수 있는 일이 아님을 깨닫는다. 천사로서 우리가 할 수 있는 일의 한계가 바로 여기에 있는 것이다. 우리는 우리 의뢰인들의 생각을 읽을 수 없다.

비너스는 전생의 기억 때문에 괴로워하고 있을 것이다. 어서 나의 손가락을 대어 그 기억을 지워 주어야 한다. 하지만 아기가 계속 움직이고 있어서 손가락 자국을 남기기가 쉽지 않다.

「아기가 폐쇄 공포증 발작을 일으키고 있네.」

라울이 그렇게 말한다.

「벌써?」

「그래. 이따금 전생에서 겪은 고통의 기억이 후유증을 남기는 경우가 있네. 이 아기는 폐쇄된 곳에 갇혀 있는 것을 견디지 못해. 꾸물거릴 시간이 없어. 빨리 손가락 자국을 남기게.」

「나는 의사가 제왕 절개 수술이 필요하다는 것을 직감하도록 힘을 써보겠네.」

빛이다. 마침내 이곳에서 나갈 수 있게 된 것이다. 손들이 나타나더니 나를 감옥에서 꺼내 준다. 그러나 무엇이 나에게 달라붙어 있다. 조지의 죽은 몸이다. 조지의 시신이 마치 나와 떨어지고 싶지 않다는 듯이 나를 껴안고 있다. 참으로 끔찍한 일이다! 여자의 시체를 안은 채 남자로 죽었던 내가 한 남자의 시신을 매단 채 여자로 태어나고 있는 것이다.

간호사들은 작은 집게들을 사용해서 조지의 손가락들을 하나하나 떼어 내야만 했다.

「자, 이제 과거를 잊거라.」

비너스의 몸이 바깥 공기에 노출되자마자 나는 입술 위쪽에 천사의 자국을 찍는다. 의사와 간호사들은 조지를 떼어 내는 데에 너무 골몰해서 비너스의 얼굴을 보고 있지 않았다. 그렇지 않았다면, 그들은 비너스의 코밑에 갑자기 눌린 자국이 생겨나는 것을 보았을지도 모른다.

27. 이고르의 출생

이제 나는 곧 태어날 것이다.

내가 우주 비행사였던 것이 생각난다. 내가 절망에 빠져 있던 때가 기억난다.

이제 우리는 이고르의 곁에 와 있다. 이고르 역시 불안해하고 있다. 전생의 기억이 되살아나면서 마음의 상처가 다시 고통을 주고 있는 것이다. 나는 이고르에게 서둘러 천사의 자국을 찍는다. 〈자, 이제 과거를 잊어라.〉 하지만 이고르는 진정되는 기미를 보이지 않는다. 나는 더 세게 누른다. 이고르의 인중이 너무 깊어지는 건 안된 일이지만 어쩔 수가 없다. 이고르는 마침내 안정을 되찾는다.

어머니가 방금 길바닥에 주저앉았다. 산기가 오고 있는데도 그게 아니라고 할 때부터 이런 일이 벌어지리라는 것을 예상할 수 있었다. 어머니는 자주 구토와 현기증을 느끼곤 했다. 그때마다 어머니는 모든 게 다 내 탓이라는 듯 배 속의 나를 쥐어박곤 했다.

이번엔 어머니에게 탈수 증세가 생기는 바람에 내 주위가 온통 메말라 있는 듯한 느낌이 든다. 게다가 어머니는 기절까지 해버렸다.

지나가던 사람들이 어머니를 발견하고 소리를 질러 대자 구경꾼들이 몰려들었다.

「임산부가 쓰러져 있어요.」

「빨리 병원으로 옮겨야 해요.」

어머니가 다시 정신을 추스르고 말한다.

「이제 괜찮아요. 술 때문에 잠시 정신이 아뜩해졌던 것뿐이에요.」

다행히도 사람들은 어머니의 말을 곧이듣지 않았다.

병원은 먼 곳에 있는 모양이다. 자동차가 빠르게 달리고 있다. 내 몸이 심하게 까불리고 있는 것으로 보아 그것을 짐작할 수 있다.

「숨을 길게 쉬도록 해봐요.」

어떤 여자가 그렇게 권하자 어머니는 같은 소리를 되뇐다.

「이제 괜찮아요. 집에 돌아가고 싶어요.」

숨이 막혀 오기 시작한다. 나는 곧 죽을지도 모른다. 그러면 어머니가 이기게 되는 셈이다. 자궁에 경련이 일기 시작한다. 지금 나가지 않으면 안 된다. 남자 목소리와 여자 목소리가 번갈아 들리고 있는 것으로 보아 우리를 자동차에 태우고 가는 사람들은 한 쌍의 여성과 남성이다. 그들은 마음이 급해서 어쩔 줄을 모르고 있다. 자동차의 속도가 더욱 빨라진다. 차가 더욱 심하게 흔들리고 자궁의 경련도 더욱 심해진다. 나는 밖으로 나갈 자세를 취한다.

〈자아 어서 하세요. 난 준비됐어요.〉

남자가 한숨을 쉬며 옆의 여자에게 말한다.

「어떻게 하는 건지 모르겠어. 빵 만드는 내가 언제 애를 받아 봤어야 말이지.」

〈그럼 오븐에서 빵을 꺼낸다고 생각하고 한번 해봐요.〉

「이러다가 애가 죽겠어.」

남자가 울음 섞인 목소리로 그렇게 말했지만 그건 나를 몰라서 하는 소리다. 나를 밴 여자가 아무리 악독하고 이 두 사

95

람이 아무리 무능해도 난 살고 싶고 반드시 살고 말 거다.

출구는 이쪽이다. 나가자.

머리가 완전히 밖으로 나왔다. 가장 어려운 고비는 넘겼다. 나는 눈을 뜬다. 아무것도 보이지 않는다. 모든 게 흐릿하다.

「애를 당신 웃옷으로 감싸요.」

남자는 여자가 시키는 대로 한다.

됐다, 나는 가장 어려운 일을 해냈다. 이제 세상에 나왔으니, 이후의 삶은 한결 편해질 것이다.

「안 될 거라고 생각했는데 우리가 해냈어. 아이 낳는 게 이렇게 힘든 줄 몰랐어.」

라울은 이제 안심해도 된다면서 이렇게 덧붙인다.

「어때, 내가 같이 오길 잘 했지? 다른 운전자들에게 영향을 미쳐서 자동차 사고가 일어나지 않게 하는 데에는 천사가 둘이라도 많은 게 아니야.」

「사람들의 선의에 감동을 받았어.」

「글쎄……. 그건 섣부른 감동일 수도 있어. 두고 보면 알겠지만 사람들은 괴물이야. 악몽은 이제 시작일 뿐이라고. 자네는 곧 악몽 중의 악몽을 경험하게 될 거야.」

「그게 뭐지?」

라울은 딱하다는 표정을 지으며 목청을 높인다.

「바로 인간의 자유 의지 때문에 생기는 재앙을 말하는 걸세. 자유 의지란 인간이 자기 삶을 어떻게 만들어 나갈 것인지를 선택할 수 있는 권리이지. 따라서 이것은 잘못을 저지를 수 있는 권리가 될 수도 있어. 또 누구도 고려하지 않고 아무것도 책임지지 않으면서 재난을 불러일으킬 수도 있다는 얘기야. 그러고도 아무렇지 않을 수 있는 게 인간이지. 자네에게 부탁하는데, 그〈자유 의지〉라는 것을 조심하게.」

28. 백과사전

임신

인간의 태아가 완전하게 성숙하기 위해서는 임신 기간이 18개월 정도는 되어야 정상일지도 모른다. 그런데 9개월이 지나면 태아를 모체 밖으로 내보내야 한다. 그러잖아도 태아의 머리가 너무 큰 상태인데, 더 성숙하기를 기다리다가는 머리의 부피가 너무 커져서 어머니의 골반을 통과할 수 없게 될 것이기 때문이다. 그건 마치 포탄의 크기가 대포의 구경에 맞지 않아서 포를 쏠 수 없게 되는 상황과 비슷하다.

따라서 태아는 완전히 발육되기 전에 어머니 배 속을 떠나게 된다. 그 결과, 태아가 자궁 속에서 보낸 9개월의 삶을 자궁 밖에서 9개월 정도 연장시키는 것이 불가피해진다.

이 기간 동안 아기는 대단히 정성스럽게 보호를 받아야 한다. 태아와 모체의 밀착된 관계가 자궁 밖에서도 유지되도록 어머니 또는 어머니를 대신하는 존재가 늘 곁에 있어 주어야 한다. 아기의 부모는 아기가 아직 진정으로 세상에 태어난 것이 아닌 만큼 아기 스스로가 보호받고 사랑받고 있다고 느끼도록 애정이 가득한 가상의 자궁을 마련해 주어야 할 것이다. 그렇게 9개월이 지나면, 아기가 자기와 외부 세계 사이에 차이가 있음을 의식하게 됨으로써 이른바 〈아기의 애도〉라고 부르는 일이 생긴다. 그때부터 아기는 거울에 비친 자기 자신을 주위의 다른 것들과 구별되는 존재로 인식하게 된다. 마침내 아기의 진정한 출생이 이루어지는 셈이다.

에드몽 웰스, 『상대적이며 절대적인 지식의 백과사전』 제4권

29. 의뢰인들을 관리하는 방법

지도 천사 에드몽 웰스가 사파이어 문 입구에서 나를 기다리고 있다. 그는 라울을 보자 조금 이단적인 이 천사가 나와 지구에 같이 갔었다는 사실을 깨닫고 조금 기분 나빠하는 기색을 보인다. 하지만 그는 라울을 직접 지도하는 천사가 아니므로 섣부른 질책을 피하고 신중한 태도를 보인다. 그가 짐짓 태연하게 묻는다.

「자네 의뢰인들의 전생의 기억을 지워 주는 일은 잘 되었는가?」

「네, 잘 되었습니다.」

에드몽 웰스는 남동부 쪽으로 가자고 나에게 권한다. 우리 주위에서 다른 천사들이 머리를 맞대고 이야기를 나누고 있다. 마치 쌍쌍이 희룽대는 제비들 같다. 지도 천사는 팔을 쭉 뻗더니 갑자기 왼쪽으로 방향을 튼다. 나도 그를 따라 한다.

「이제 자네에게 진짜 일을 가르쳐 줄 때가 되었네.」

지도 천사는 산속의 조용한 장소를 하나 골라 내려앉는다.

「자네는 자네 의뢰인들을 바른길로 인도해야 하네. 그들이 갈 길은 저마다 다르다네. 그 영혼들의 임무는 이미 오래 전에 정해졌어. 저마다 자기만의 특별한 목표가 있고, 매번 삶을 살 때마다 그 목표에 가까워지도록 노력하는 걸세. 그런데, 자네는 그 임무들에 대해서는 전혀 아는 바가 없어. 물론 그들의 행동을 보면서 그것들을 추론할 수는 있을 거야. 하지만 그들이 얼마나 진보했는가에 대한 객관적인 판단은 오로지 그들이 심판 때에 받는 점수로만 이루어지지. 바른길

로 나아가고 있는 영혼은 생을 거듭할수록 점수가 좋아진다
네. 다시 한번 말하지만, 6백 점을 얻은 영혼은 환생의 사슬
에서 벗어나는 걸세.」

「제가 그들을 도울 수 있는 방법은 무엇인지요?」

지도 천사가 내 손을 잡고 손바닥이 위로 향하게 뒤집자,
나의 작은 세 구체들이 환한 빛을 발하며 돌아온다. 구형 화
면의 일렁이는 빛이 우리의 투명한 얼굴 위에서 춤을 춘다.

「자네가 그들의 삶에 개입할 수 있는 수단은 다섯 가지가
있네. 첫째는 직감, 둘째는 꿈, 셋째는 징표, 넷째는 영매, 다
섯째는 고양이일세.」

나는 그의 말을 하나도 빼놓지 않고 정신 속에 기록해 나
간다. 그의 말이 이어진다.

「먼저 직감에 대해서 말하겠네. 자네는 자네 의뢰인이 무
슨 일인가를 꼭 해야 되는 경우에 그를 그런 방향으로 이끌
수 있네. 하지만 그 지시는 그가 거의 느끼지 못할 만큼 아주
완곡하고 은근하게 전달되어야 하네.」

「꿈은 어떤 식으로 이용하는 건가요?」

「물론 그들이 어떤 문제에 봉착했을 때 꿈을 통해서 직접
그 해결책을 일러줄 수 있다면 좋겠지. 하지만, 우리에겐 그
런 권한이 없네. 우리는 그들이 꿈을 꾸는 동안에 우리의 지
시를 상징적인 형태로 넌지시 끼워 넣는 우회적인 방법을 사
용해야 하네. 예컨대 자네 의뢰인이 위험에 빠져 있다면, 그
의 이나 머리카락이 빠지는 꿈을 꾸게 하는 식으로 말일세.
꿈을 이용할 때의 문제는 그들이 깨어나서 꿈을 기억하지 못
하거나 그릇되게 이해한다는 것일세. 그래서 때로는 어떤 메
시지 하나를 전달하기 위해 며칠 밤 내리 꿈에 개입해야 하

는 경우도 있네. 정보의 핵심은 달라지지 않지만, 밤마다 다른 상징을 이용하면서 말일세. 천사들 중에서 가장 유능한 축에 드는 자들은 바로 그 꿈의 연출가들일세. 의뢰인들은 저마다 자기 나름의 준거 체계를 가지고 있으므로 그것을 적절하게 활용하는 것이 중요하네. 꿈의 일반적인 상징체계를 목록으로 만들어 놓은 책들이나 해몽에 관한 책들이 다 쓸모가 없는 것도 바로 그런 이유에서일세.」

지도 천사는 비너스의 알을 쓰다듬는다.

「징표는 어떤 식으로 사용하는 건가요?」

「징표는 직감과 같은 방식으로 활용하는 걸세. 이것은 직접적으로 개입하는 방식이지만, 매번 통하는 것은 아니라네. 옛날에 사람들은 새가 나는 것을 보면서 또는 닭의 내장을 보면서 자기들의 결정을 내리곤 했네. 지금도 사람들이 그러고 있다면 우리 일이 한결 편해졌겠지. 하지만 이제는 우리 자신이 징표들을 만들어 내야 하네. 예를 들어, 짖어 대는 개를 징표로 이용해서 그쪽으로 가면 안 된다는 것을 알려 준다든가, 녹이 슬어서 돌쩌귀가 돌아가지 않는 문을 통해 들어가면 안 된다는 것을 알려 주는 식이지…….」

「영매를 이용할 때는 어떻게 하는 겁니까?」

「영매는 절제해서 활용해야 하네. 영매란 천사의 음성을 지각할 수 있는 능력을 받은 사람들일세. 하지만 이들을 이용하는 데에는 두 가지 장애가 있네. 첫째는 이들이 때때로 우리의 말을 곡해한다는 것이고, 둘째는 이들이 자신들의 능력을 이용해서 어수룩한 사람들에게 영향력을 행사하는 경우가 있다는 것일세. 따라서 영매들은 다른 수단이 없는 절망적인 경우에만 사용해야 할 걸세.」

「그럼…… 고양이는요?」

「고양이는 대개 조금씩은 영매 노릇을 할 수 있는 영물일세. 고양이가 인간 영매보다 나은 점이 있다면, 자기 능력을 이용해서 권력이나 돈을 얻으려 하지 않는다는 것이지. 하지만 고양이에게는 중요한 단점이 있네. 말을 하지 못하기 때문에 사람들에게 직접적으로 경고를 할 수 없다는 것이지.」

지도 천사가 말한 것을 놓고 곰곰이 생각해 보니, 나의 개입 수단들이 그리 대단한 것으로 여겨지지는 않는다. 자유 의지의 위협에 맞서 싸우기에는 더 강력한 수단이 있어야 하지 않을까 하는 생각이 든다.

「다른 개입 수단들은 없습니까?」

지도 천사가 이고르의 구체를 어루만지며 대답한다.

「앞에서 말한 다섯 가지 수단을 제대로 사용하기만 해도 대단히 좋은 결과를 얻을 수 있을 걸세.」

나는 기지개를 켠다.

「좋습니다. 사람들을 제가 원하는 방향으로 이끌어 보는 것이 제가 늘 꿈꾸던 일이었습니다. 〈당신의 인물이 적대적인 환경에서 살아남도록 해보세요〉라는 식의 비디오 시뮬레이션 게임도 흥미로운데, 진짜 사람을 이끄는 일은 그보다 훨씬 흥미진진할 것 같군요.」

「조심하게. 무엇이든 자네 마음대로 할 수 있는 것은 아닐세. 자네는 자네 의뢰인들에 대해서 한 가지 큰 의무가 있어. 자네는 그들의 소원을 들어주어야 하네. 한두 가지 소원을 들어주라는 게 아니라 그들이 원하는 거라면 무엇이든 들어주어야 한다는 말일세.」

「그들의 이익에 반하는 소원까지도 들어주라는 건가요?」

101

「바로 그런 점에서 그들이 지닌 자유 의지는 엄청난 특권이 되는 셈이지. 자네는 그들의 자유 의지를 거스르면 안 되네. 그들의 욕구가 아무리 황당무계하더라도 그것을 존중하는 것이 자네의 의무일세.」

라울이 옳았던 셈이다. 우리의 적은 악마도 아니고 천상의 어떤 못된 존재도 아니다. 우리의 적은 바로 인간의 자유 의지이다.

30. 자크, 한 살

나는 아기의 삶을 살고 있다.

나는 엄마 아빠가 내 겨드랑이 밑으로 손을 넣어 나를 들어 올리는 것을 좋아하지 않는다. 반면에, 그들이 내 엉덩이를 잡아 자기들 손바닥 위에 앉히는 것은 좋아한다.

아빠는 종종 나를 공중으로 띄워 올리곤 한다. 그러다가 내가 천장에 부딪혀 박살이라도 날까 봐 두렵다. 왜 아빠들은 자기네 자식들을 공중에 던져야만 한다고 생각하는 것일까?

나를 불안하게 하는 것이 너무나 많다. 나는 이불 속으로 숨고 싶지만 사람들은 나를 가만히 내버려두지 않는다.

어린 여자아이 하나가 나의 누나로 소개되었다. 그 여자아이는 나를 만나서 기쁜 모양이다. 〈자아, 아가야, 이거 먹어〉하면서 끊임없이 무언가를 내 입안에 집어넣고 있으니 말이다. 그 여자아이는 나를 인형 유모차에 태워서 사방으로 끌고 다니며 이렇게 소리친다. 〈아기가 더러워요! 목욕시켜야 돼요. 눈에 샴푸를 묻혀야 돼요.〉

여기에는 그 여자아이 말고도 스스로 나의 누나라고 주장하는 여자아이들이 더 있다. 그 아이들이 있어서 재미있긴 하지만 언제든지 나에게 위험한 짓을 할 수 있다는 점 때문에 마음을 놓을 수 없다. 나에게 시도 때도 없이 뽀뽀를 해대는 아이도 있고, 내 머리카락을 잡아당기는 아이도 있다. 또 내 입에 젖병을 물려 주는 아이가 있는가 하면, 나를 간질이는 아이도 있다.

나는 집 안에 사람뿐만 아니라 고양이도 한 마리 있음을 알게 되었다. 고양이는 우리 집에서 가장 조용하고 차분한 존재인 것처럼 보인다. 녀석의 털가죽은 내 곰 인형만큼이나 부드럽다. 녀석이 나직하게 가르랑거리는 소리를 내면 나는 기분이 좋다.

누나들이 나에게 걸음마를 가르쳐 주려고 한다. 나는 이미 한차례 된통 넘어진 적이 있다. 그래서 멍이 들었던 기억 때문에 새로운 시도를 하기가 겁이 난다. 직립 자세는 나를 불안하게 한다. 사지로 기어다니면 넘어지더라도 충격이 훨씬 덜하다.

고양이 말고 집 안에서 나에게 위안을 주는 것으로는 유아용 변기와 텔레비전이 있다. 유아용 변기에 앉아 있으면 아무도 나를 귀찮게 하지 않는다. 텔레비전은 한시도 쉬지 않고 움직이는 속성을 지니고 있다. 게다가 고양이처럼 가르랑거리는 소리를 낸다.

텔레비전에는 언제나 이야기가 있다. 나는 이야기를 무척 좋아한다. 이야기를 듣고 있노라면 나의 불안을 잊게 된다.

31. 비너스, 한 살

나는 입맞춤 세례를 받으며 많은 관심 속에서 자라고 있다. 엄마는 내가 세상에서 가장 예쁜 여자아이라는 말을 되풀이한다. 거울에 비친 내 모습을 보니, 아닌 게 아니라 나는 꽤나 매력적이다. 내 긴 머리는 흑단과 같고 내 꿀빛 살갗은 비단결처럼 부드러우며 내 눈은 연한 초록색이다. 태어날 때부터 다른 아기들과는 달리 나는 쭈글쭈글하지도 않았던 것 같다. 엄마의 설명에 따르면, 그것은 내가 태어날 때 엄마가 나를 배 속에서 내보내느라 힘을 쓰지 않고 배에서 직접 나왔기 때문이라고 한다.

엄마 아빠는 노인 한 분을 나에게 소개했다. 그분은 엄마의 아버지라고 한다. 내게 〈할아버지〉가 된다는 그 노인은 축축한 뽀뽀로 나를 성가시게 한다. 나는 축축한 뽀뽀가 싫다. 그렇게 입술에 침이 많이 묻은 채로 뽀뽀를 하는 것을 보면 노인은 애정 결핍 상태에 빠져 있음이 틀림없다.

밤이면 나는 내 침대 옆에 작은 전등을 켜놓으라고 요구한다. 어둠 속에 묻히는 것이 싫기 때문이다. 불을 켜놓지 않으면, 어떤 못된 자가 침대 밑에 숨어 있다가 내 발을 움켜쥘 것 같은 기분이 든다.

나는 사람들이 나를 이불로 감싸는 것도 견디지 못한다. 나는 언제나 다리를 이불 밖으로 내놓고 싶어 한다. 그렇게 하지 않으면 답답하고 짜증이 난다. 게다가 침대 밑에 숨어 있는 괴물이 갑자기 튀어나오면 나는 이불 속에 갇혀서 도망을 칠 수 없게 될 것이다.

나는 아무거나 먹지는 않는다. 부드럽고 달콤한 것만 내 입맛에 맞는다. 나는 예쁘고 착하고 달콤한 것이 좋다.

32. 이고르, 한 살

나는 어머니를 이기고 살아남아야 한다.

어머니가 욕조에 나를 빠뜨려 죽이려 할 때 도망쳐야 하고 침대에서 베개로 나를 질식시키려 할 때도 어머니의 손길을 피해야 한다.

나는 도망치는 법을 알고 위험을 예견할 줄도 안다. 밤중에 아주 희미한 불빛만 보여도 잠에서 깨어나며, 매우 예민한 청각 덕분에 어머니가 언제 내 뒤에 불쑥 나타날지를 알 수 있다.

나는 민감하고 재빠르다. 걸음마도 아주 빨리 배우고 있다. 위험이 닥칠 때 더 빨리 도망가기 위해서다.

33. 백과사전

모성 본능

많은 사람들은 모성애가 인간의 자연스러운 감정이라고 생각한다. 그것은 사실과 전혀 다르다. 19세기 말까지 서양의 부르주아 계급에 속하는 대부분의 여자들은 자녀들을 유모에게 맡겨 놓고는 더 이상 돌보지 않았다. 시골의 아낙네라고 해서 아기에게 더 관심을 가졌던 것은 아니다. 그녀들은 아기를 얇은 천에 돌돌 말아서 아기가 춥지 않도록 벽난로에서 그리 멀지 않은 벽에 매달아 두곤 했다.

유아 사망률은 대단히 높았고 부모들은 자기네 자녀가 청소년기까지 살아남을 확률이 2분의 1밖에 안 된다는 것을 숙명적으로 받아들였다.

20세기 초가 되어서야 서양의 정부들은 이른바 〈모성 본능〉이라는 것의 경제적, 사회적, 군사적 이익을 깨닫게 되었다. 특히 인구 조사를 하는 과정에서 많은 아이들이 제대로 먹지 못하고 학대받고 매를 맞는다는 사실이 밝혀졌고, 아이들이 그렇게 자라게 되면 결국 나라의 미래에도 도움이 되지 않는다는 생각이 자리 잡게 된 것이었다. 사람들은 육아에 관한 새로운 정보와 질병을 예방하기 위한 방법들을 개발하고 널리 보급하였다. 또한 소아의 질환과 관련된 의학 분야에서도 점진적인 발전이 이루어졌다. 그럼으로써 부모들은 자녀들이 너무 어린 나이에 죽을까 봐 염려하지 않고 마음껏 애정을 쏟아도 된다는 확신을 갖게 되었다. 그런 사정에서 〈모성 본능〉이 중요한 문제로 부각되었다.

팬티형 기저귀, 젖병, 분유, 유아용 변기, 장난감 등 육아와 관련된 새로운 상품들이 등장했고, 산타클로스의 전설이 전 세계로 퍼져 나갔다. 유아용품 제조업자들은 다양한 광고를 통해서 책임감 강한 어머니들의 이미지를 만들어 냈고, 아이의 행복은 현대적인 이상의 하나가 되었다.

그런데 참으로 역설적인 일이 벌어지고 있다. 모성애가 누구도 부정할 수 없는 본능적인 감정으로 치부되며, 너 나 할 것 없이 그것을 표현하고 요구하고 있는 판국에, 아이들은 좀 컸다 싶으면 어머니가 자기들을 제대로 돌봐 주지 않았다며 원망하기 일쑤다. 심지어는 정신 분석가를 찾아가서 어머니에 대한 자기들의 유감과 원망을 마구 쏟아 내기까지 한다.

에드몽 웰스, 『상대적이며 절대적인 지식의 백과사전』 제4권

34. 위쪽 세계

나는 감시용 구체들을 이용해서 내 의뢰인들을 모든 각도

에서 관찰한다. 마치 스무 대 정도의 카메라들이 그들의 일 거수일투족을 촬영해서 계속 보내 주고 있기라도 한 듯하다. 파노라마 촬영, 원거리 촬영, 상반신 촬영, 근접 촬영 등 어떤 식으로 찍은 화면이든 내가 생각하는 대로 얻을 수 있다. 카 메라들은 내 의뢰인들의 주위를 자유롭게 돌면서 조연 배우 들과 단역 배우들과 배경까지 자세하게 살필 수 있게 해준 다. 나는 촬영 각도뿐만 아니라 빛도 내 마음대로 조절할 수 있다. 내 주인공들이 어둠에 묻혀 있거나 억수같이 쏟아지는 비를 맞고 있을 때도 그들의 모습을 똑똑하게 볼 수 있다. 또 그들의 몸속에 들어가서 심장이 뛰는 것과 위장에서 음식물 이 소화되는 것을 볼 수도 있다. 다만 그들의 생각만은 내게 감춰져 있다.

나는 의뢰인들을 관찰하는 일에 흥미를 느끼고 있지만, 라울은 그렇지 않은 모양이다.

「처음엔 나도 자네처럼 흥미를 느꼈지. 그러다가 결국 내 가 할 수 있는 일은 아무것도 없다는 것을 깨달았네.」

그는 이고르의 구체를 들여다본다.

「음, 여기는 상황이 별로 좋지 않은데.」

나는 한숨을 내쉬며 맞장구를 친다.

「이고르 때문에 걱정일세. 이 애 어머니가 너무 악독해서 이 애가 살아남을 수 있을지 모르겠어.」

라울이 그 말을 받아 중얼거린다.

「어머니에게 미움을 받는 아이라……. 이렇게 말하니까 뭐 생각나는 거 없나?」

라울의 느닷없는 질문에 이리저리 생각을 해보았지만 딱 히 떠오르는 것이 없다. 그러자 라울이 내게 이렇게 뚱기

친다.

「펠릭스.」

나는 소스라치게 놀란다. 펠릭스 케르보스, 우리의 첫 타나토노트! 그 역시 자기 어머니에게 미움을 받았다. 나는 혹시나 하는 생각이 들어 이고르의 카르마를 더욱 면밀하게 조사해 본다. 아닌 게 아니라 이고르는 영계 탐사의 개척자인 옛 동료 펠릭스의 환생이다.

「어떻게 이런 일이 생길 수 있지?」

라울은 대수로운 일이 아니라는 듯 어깨를 한 번 올렸다 내리고는 이렇게 설명한다.

「당시에는 〈타나토노트〉라는 말이 아직 통용되고 있지 않았기 때문에 천상 법정에서 펠릭스를 그냥 〈우주 비행사〉로 분류했을 거야. 그래서 자네도 그를 우주 비행사로만 알고 있었을 거고.」

생각이 약간 단순했던 그 펠릭스라는 친구가 생각난다. 그는 감옥에서 하루라도 빨리 나오기 위하여 새로운 의약품의 효능을 시험하는 위험한 일에 참여하였고, 사면을 얻는 대가로 자진해서 영계 탐사 비행에 나섰다. 그럼으로써 그는 저승에 갔다 돌아온 최초의 인간이 되었다. 어쨌거나 그는 전생에서 이미 못된 어머니의 미움을 받았는데, 이번 생에서 훨씬 더 악독한 어머니를 만났다는 것은 너무 혹독한 일이 아닌가 하는 생각이 든다.

라울은 그게 당연한 일이라고 잘라 말한다. 어떤 문제가 한 생에서 해결되지 않으면, 다음 생에서 해결하도록 자동적으로 이월된다는 것이다.

「펠릭스 케르보스의 영혼은 어머니를 이해하지도 못하고

초월하지도 못했기 때문에 이고르 체호프으로 태어난 새로운 삶에서는 그 문제를 해결하려고 할 거야. 아마도 〈위쪽 세계에 있는 존재들〉, 즉 신들이 그렇게 결정해 놓았을 걸세. 만일 이고르가 이번 생에서도 어머니와의 문제를 해결하지 못한다면, 다음 생에서는 얼마나 더 악독한 어머니를 만나게 될까……?」

그 생각을 하니 저절로 이마가 찡그려진다.

「세상에 이고르의 어머니보다 더 못된 어머니가 있을까…….」

라울은 차가운 웃음을 지으며 말을 잇는다.

「그 점에 대해서는 〈위쪽 세계에 있는 존재들〉을 믿어도 될 걸세. 그들은 상상력이 아주 풍부해서 인간이 아직 겪어 보지 않은 새로운 시련들을 얼마든지 만들어 낼 수 있다네. 펠릭스와 이고르의 영혼이 다시 환생한다면, 그 영혼을 받을 사람은 이전의 어머니들과는 달리 지나치게 소유욕이 강한 어머니를 만나게 될 수도 있어. 아들을 너무 사랑하는 나머지 질투심 때문에 아들을 숨 막히게 하는 그런 어머니 말일세.」

「카르마란 정말 악착같은 것이로군.」

라울은 기다란 손을 까딱거리며 깊은 생각에 잠긴 듯한 표정을 짓고 있다가 다시 말문을 연다.

「이제야 자네가 내 말을 이해하기 시작하는가 보군. 저 위쪽 세계에 있는 존재들은 우리 의뢰인들로 하여금 처음부터 바른길로 가게 하기보다는 나쁜 길로 갈 데까지 간 다음에야 돌아갈 마음을 먹게 만드는 것 같아. 그들은 인간을 물에 빠뜨려 놓고는 발뒤꿈치가 바닥에 닿을 때까지 끌어내리고 있어. 그래야 바닥을 차고 다시 수면 위로 올라갈 수 있다고 생각하는 모양이야. 그 〈신들〉이 어떤 존재인지는 모르지만, 그들이 정말 인류의 행복을 추구하고 있다는 생각이 들지 않아.」

「그런데 내가 인류를 돕기 위해서 할 수 있는 일이 뭐가 있지?」

라울은 주먹을 쥐었다 폈다 하며 이렇게 대답한다.

「애석하게도 별로 할 일이 없어. 우리는 천사 군대의 졸병들일 뿐이야. 우리는 최전선에서 패배를 목격하고 있지만 이건 우리 책임이 아냐. 모든 결정은 우리 뒤에 숨어 있는 작전 장교들이 내리고 있어……. 그리고 우리는 그들이 무엇에 근거해서 그런 결정을 내리는지 알 수가 없어.」

갑자기 나 자신이 무력하다는 느낌이 든다. 라울은 무척 성이 난 모습이다. 그가 나를 잡고 흔들며 덧붙인다.

「바로 그 때문에 우리는 어떤 대가를 치르더라도 그 장교들이 누구인지, 그들이 무엇에 따라 움직이는지, 우리 천사들과 인간들을 이용하는 그 〈신들〉이 누구인지를 알아내야 하는 거야.」

아마도 이고르의 비참한 처지 때문이겠지만, 나는 처음으로 내 무모한 친구인 라울의 주장에 마음이 흔들렸다. 하지만 나는 아직 천사 나라의 법률을 위반할 엄두가 나지 않는다.

35. 자크, 두 살

지금 엄마 아빠는 집에 없다. 유모는 발코니로 나가서 담

배를 피며 전화를 하고 있다. 절호의 기회가 왔다. 주방으로
가자. 주방은 경이로운 곳이다. 나는 늘 그곳에 가보고 싶었
다. 그곳에는 깜빡깜빡 빛을 내는 것들이 많다. 하얗게 빛나
는 것이 있는가 하면 빨간색과 초록색 빛도 있다. 거기에서
는 훈훈한 단내와 우유 냄새, 녹은 초콜릿 냄새, 짭짤한 증기
냄새가 난다. 요즈음에 나는 이것저것 끊임없이 냄새를 맡는
다. 게다가 이제 나는 기어오르기에 미립이 나 있다.

어라, 저 위에 있는 게 뭐지?

마침 레인지 옆에 의자가 하나 놓여 있다. 의자 위로 올라
가면 저것을 잡을 수 있을 것이다.

자크가 뜨거운 물에 델지도 모르는 위험한 상황에 놓여 있
다. 국수물이 끓고 있는 냄비의 손잡이를 잡아당기려 하고
있으니 말이다. 자크를 구해야 한다. 나는 다섯 가지 수단을
차례차례 생각해 낸다.

먼저 직감이다.

나는 유모의 마음을 움직여 보려고 애쓴다. 〈아기가 주방
에 있어. 아기가 위험한 상황에 놓여 있다고!〉 하지만 그녀
는 애인과 전화 통화를 하는 데에 온통 마음이 팔려 있다.

이번엔 자크의 정신에 침투해 보기로 한다. 하지만 자크
의 머리통은 뚫고 들어갈 수 없는 금고와 같다.

다음엔 징표를 이용해 보기로 한다.

참새들이 창턱에 내려앉아 짹짹거린다. 그 소리에 마음을
빼앗기기를 바랐으나, 자크는 냄비에만 정신이 팔려서 참새
를 보지도 못하고 우는 소리를 듣지도 못한다.

영매를 이용할 수 있으면 좋으련만 주위에는 영매가 전혀

없다.

그럼 어떻게 하지?

저 손잡이가 너무 멀어. 손을 앞으로 더 내밀어야 해. 저 긴 막대기를 잡아당기면 왜 저 위에서 김이 나고 소리가 나는지를 알게 될 거야.

고양이. 그래, 내게 고양이를 이용하는 방법이 남아 있다.

다행히 이 집에 고양이가 한 마리 있다. 나는 고양이의 정신에 접속한다. 대번에 녀석에 관해서 많은 것을 알아낸다. 먼저 이 고양이는 암컷이고 이름이 모나리자이다. 인간의 정신에 접근하는 것은 불가능한데, 놀랍게도 이 암고양이의 정신에 침투하는 것은 아주 쉬운 일이다. 〈이 사내아이를 구해야 돼!〉 하고 나는 모나리자에게 이른다. 문제는 모나리자가 내 지시를 수신한 것은 분명하지만 도통 이것에 따르려고 하지 않는다는 데에 있다. 모나리자는 이 집에서 태어나 한 번도 밖에 나가 본 적이 없다. 온종일 텔레비전 앞에 꼼짝 않고 앉아 있었던 탓에 녀석은 뚱보가 되어 버렸다. 녀석이 육중한 몸을 일으키는 것은 하루에 딱 세 번, 제가 좋아하는 물렁물렁한 파스타와 동글동글한 먹이를 먹을 때뿐이다.

모나리자는 사냥을 하거나 싸움을 해본 적이 없고, 밖에 나가서 어슬렁어슬렁 돌아다녀 본 적도 없다. 그저 따뜻한 아파트 안에 틀어박혀서 텔레비전에 눈을 붙박은 채 하루하루를 보내고 있을 뿐이다. 모나리자에게는 저 나름의 좋아하는 프로그램들이 있다. 퀴즈 프로그램, 그중에서도 출연자들에게 〈코트디부아르의 수도가 어디입니까?〉와 같은 종류의 문제를 내는 프로그램에 많은 관심을 보인다.

출연자들이 실수를 하거나 아슬아슬하게 상금을 놓치면, 모나리자는 좋아서 어쩔 줄을 모른다. 인간의 비탄은 이 고양이에게 위안을 준다. 고양이 팔자가 상팔자라는 생각을 갖게 하기 때문이다.

모나리자는 자기 주인들을 절대적으로 신뢰하고 있다. 아니, 그보다 더 심하게 말하면, 녀석은 그들을 주인으로 생각하지 않고 종으로 생각한다. 기가 찰 노릇이다! 녀석은 고양이들이 이 세상을 이끌고 있다고 생각하며, 저에게 편안한 삶을 마련해 주는 집 안의 덩치 큰 두발짐승들을 제가 조종하고 있다고 여긴다.

나는 모나리자에게 이렇게 메시지를 보낸다.

〈움직여. 가서 저 어린애를 구해.〉

녀석은 여전히 아랑곳하지 않는다. 대답이 뻔뻔하기 이를 데 없다.

〈난 너무 바빠. 텔레비전 보고 있는 거 안 보여?〉

나는 모나리자의 뇌에 더욱 깊숙이 접속한다.

〈네가 거기에서 일어나지 않으면, 저 어린애가 곧 죽게 돼.〉

녀석은 계속 태연하게 제 몸을 핥고 있을 뿐이다.

〈내가 알 바 아냐. 그 애가 죽으면 다른 애를 또 만들겠지. 어쨌거나 이 집에 있는 애들은 한결같이 너무 심해. 얼마나 시끄럽고 극성스러운지 몰라! 게다가 수염을 잡아당겨서 나를 아프게 하는 짓을 밥 먹듯이 해. 나는 인간의 새끼들이 싫어.〉

어떻게 이 암고양이를 움직여 저 아이를 구하게 한다지?

〈이봐, 고양이야, 당장 저 아이를 구하러 달려가지 않으면,

113

텔레비전 안테나에 방해 전파를 보낼 거야.〉

　말은 그렇게 했지만 내게 그런 능력이 있는지는 모른다. 어쨌거나 중요한 건 고양이가 내 말을 곧이듣는다는 것이다. 고양이는 혹시라도 그런 일이 생길까 봐 염려하는 눈치다. 폭풍과 뇌우 때문에 화면이 지지직거리던 일과 어떤 알 수 없는 이유로 화면이 온통 하얗게 변했던 일에 대한 기억이 녀석의 머릿속을 스치고 지나간다. 게다가 녀석은 텔레비전 고장과 방송국의 파업 때문에 텔레비전을 못 보는 아주 고약스러운 경험을 한 적도 있다.

　「어라, 고양이잖아. 네가 어쩐 일로 나한테 와서 이렇게 몸을 비비대지? 너 참 착하구나. 네 털을 만지니까 기분이 참 좋다. 저 위에 있는 막대기를 가지고 노는 것보다 너랑 노는 게 더 좋겠다.」

36. 비너스, 두 살

　어제 나는 한참 동안 거울 앞에 앉아 있었다. 얼굴을 찡그리면 내가 어떻게 보일까 궁금했는데, 나는 얼굴을 찡그려도 예뻐 보인다.

　엄마 아빠는 반들반들한 분홍색 팬티형 기저귀를 내게 채워 주었다. 거기에다 〈쉬〉와 〈응가〉를 하라는 것이다. 나는 엄마 아빠가 무슨 이야기를 하는 건지 몰라서 〈쉬가 뭐야〉 하고 묻는다. 엄마는 노란 액체를 내게 보여 준다. 나는 그것을 찬찬히 살펴보다가 냄새를 맡는다. 역겹다. 내 몸처럼 예쁜 몸에서 어떻게 냄새가 나쁜 액체가 나올 수 있지? 화가 난다. 이건 정말 온당치 못하다. 게다가 기저귀를 찬다는 건 모욕적인 일이다.

사람들은 누구나 〈쉬〉와 〈응가〉를 한다고 한다. 엄마와 아빠는 그렇게 말하지만, 나는 그 말을 믿을 수 없다. 이 세상 어딘가에는 그런 불행에서 벗어난 사람들이 있을 것이다.

머리가 아프다. 이런 때가 종종 있다.

아주 중요한 일이 일어났던 것 같은데, 그게 무엇이었는지 생각이 나지 않는다. 그것을 기억해 내지 못하면, 나는 이렇게 계속 머리가 아플 것 같다.

37. 이고르, 두 살

엄마는 나를 죽이고 싶어 하는 게 분명하다.

어제는 방 창문을 활짝 열어 놓은 채 나를 방 안에 가두어 놓았다. 싸늘한 바람이 내 뼛속까지 스며들었다. 하지만 나는 추위를 견디는 능력을 키워 가고 있다. 나는 잘 견디어 냈다. 어쨌거나 달리 선택의 여지가 없다. 내가 병이 나면 엄마는 나를 돌보지 않을 것이다.

〈엄마, 어디 누가 이기나 해봐요. 엄마가 아무리 그래도 나는 이렇게 여전히 살아 있어요. 엄마가 아주 독한 맘을 먹고 내 배에 칼을 쑤셔 넣지 않는 한, 나는 절대로 죽지 않을 거예요.〉

엄마는 내 말을 듣고 있지 않다. 벌써 보드카에 취해서 침대에 올라가 있기 때문이다.

38. 에메랄드 문

라울과 나는 7들의 세계로 가는 또 다른 길을 찾고 있다. 우리는 동쪽을 향해 날아올라서 어떤 산의 꼭대기로 간다. 그 산을 넘어가 보려고 했지만 눈에 보이지 않는 장벽이 있어서 더 이상 나아갈 수가 없다.

「내가 전에도 말했듯이, 천사들의 세계는 하나의 감옥이야.」

라울은 침울한 표정을 지으며 중얼거린다.

마치 우연인 양, 나의 지도 천사가 우리 앞에 불쑥 나타난다.

「어이, 어이! 자네들 대체 여기서 뭘 하고 있는 거지?」

「우리 일에 싫증이 나서 그래요. 우리 임무를 완수한다는 것은 불가능한 일이에요.」

라울은 대드는 듯한 자세로 허리에 두 손을 얹고 그렇게 대꾸한다.

「미카엘, 자네도 그렇게 생각하나?」

라울이 나 대신 대답한다.

「이 친구의 의뢰인들은 태어난 지 얼마 되지도 않았는데, 벌써 싹수가 노랗습니다. 〈윗분들〉이 이 친구에게 어떤 인간들을 맡겼는지 생각해 보십시오. 자크라는 애는 뒤퉁스럽고 늘 불안에 사로잡혀 있습니다. 비너스라는 애는 경박하고 자아도취에 빠져 있습니다. 그리고 이고르라는 애는 어떻습니까? 그 애 어머니가 그 애를 죽이지 못해 안달을 하고 있습니다. 참 멋진 선물이로군요!」

지도 천사는 내 친구에게는 눈길조차 주지 않는다.

「나는 미카엘에게 물었네. 미카엘, 자네는 어떻게 생각하지?」

뭐라고 대답해야 할지 모르겠다. 지도 천사가 내 대답을 채근한다.

「자네 설마 인간으로 살았던 삶에 대해서 향수를 느끼고 있는 건 아니겠지? 환생의 사슬에 묶여 있을 때의 삶을 기억해 보게.」

두 개의 불길 사이에 갇힌 기분이다. 지도 천사가 지평선을 휘휘 둘러보며 말을 잇는다.

「자네는 생로병사의 고통을 겪는 고해(苦海) 속에서 살았네. 이제 자네는 물질에서 해방된 순수한 영혼일세.」

그렇게 말하면서 지도 천사는 나를 관통해 지나간다.

라울은 언짢은 기색을 보이며 어깨를 들썩인다.

「하지만 우리는 만져서 느낄 수 있는 살아 있는 감각을 잃어 버렸습니다. 우리는 이제 사실상 앉는 것조차 제대로 할 수가 없어요.」

라울은 앉는 시늉을 하다가 마치 어떤 존재하지 않는 의자를 관통하기라도 한 것처럼 바닥에 떨어진다.

지도 천사가 되받는다.

「우리에게는 노화(老化)의 고통이라는 것이 없네.」

라울도 지지 않고 되받아친다.

「하지만 우리에겐 흐르는 시간에 대한 의식이 없습니다. 더 이상 초도 분도 시간도 없고 밤낮도 없지요. 계절도 물론 없고요.」

「그래서 우린 영원하지.」

「하지만 우리에겐 이제 기념할 날들이 없습니다.」

두 천사는 번갈아 가며 논거들을 계속 나열한다.

「우리는 더 이상 고통을 겪지 않지…….」

「그 대신 우리는 더 이상 아무것도 느끼지 못하지요.」

「우리는 정신으로 의사소통을 하네.」

「하지만 우리는 더 이상 음악을 듣지 못하지요.」

지도 천사는 전혀 당황하는 기색을 보이지 않고 되받는다.

「우리는 어마어마하게 빠른 속도로 날 수 있네.」

「하지만 우리는 더 이상 얼굴에 스치는 바람결을 느낄 수 없지요.」

「우리는 언제나 깨어 있지.」

「그 대신 우리는 이제 꿈을 꾸지 않습니다.」

지도 천사는 상대를 꼼짝 못 하게 할 만한 논거를 찾으려고 애를 쓰지만, 라울은 호락호락 포기하지 않는다.

「우리에겐 이제 쾌락도 없고, 성생활도 없어요.」

「그 대신에 고통이 없지 않은가! 그뿐이 아닐세. 우리는 어떤 지식에라도 다다를 수 있는 무불통지의 경지에 있네.」

「그 대신에 여기 천국에는 책이나 도서관조차 없습니다.」

지도 천사는 그 논거에 마음이 조금 흔들린 모양이다.

「하긴, 우리에겐 책이 없지……. 하지만……. 하지만…….」

지도 천사는 잠시 뜸을 들이다가 뒷말을 생각해 낸다.

「하지만…… 우리에겐 책이 필요 없네. 인간의 삶에는 각기 하나의 흥미진진한 플롯이 담겨 있네. 어떤 삶에든 갈등과 위기와 뜻밖의 반전이 있고, 고통과 열정과 사랑의 고뇌가 있으며 성공과 실패가 있지. 그런 삶을 관찰하는 일은 어떤 소설이나 영화보다도 재미있네. 사람 사는 이야기야말로 진정한 이야기가 아니겠나!」

그 대목에서 라울은 반박할 말을 찾아내지 못한다. 하지만 지도 천사는 더 몰아치는 것을 자제하고 어조를 누그러뜨린다.

「옛날엔 나도 자네들처럼 반항적인 태도를 가졌었네.」

그는 마치 하늘의 구름이라도 살피려는 듯이 고개를 든다.

「음…… 가세. 자네들의 호기심을 조금 채워 주기 위해서 비밀 하나를 가르쳐 주겠네. 날 따라오게.」

39. 백과사전

기쁨

자기 내면에 기쁨을 충만하게 만드는 것, 그것이 모든 인간의 의무이다. 그런데 많은 종교가 이 중요한 원칙을 잊고 있다. 대부분의 신전이나 사원은 어둡고 썰렁하다. 전례 음악들은 엄숙하고 비장하다. 사제들은 검은 옷을 입는다. 제례 때는 순교자들의 수난을 기리고 잔혹한 장면들을 경쟁적으로 상기시킨다. 마치 자기네 예언자들이 당한 고난이 종교적 진정성의 증거라도 되는 양 말이다.

만일 하느님이 존재한다면, 생의 환희야말로 하느님의 존재에 감사를 표시하는 가장 훌륭한 방법이 아닐까? 하느님이 어떻게 무뚝뚝하고 따분한 존재일 수 있단 말인가?

물론 경전과 종교 예식 중에는 주목할 만한 예외가 있긴 하다. 일종의 철학서이자 종교서인 『도덕경』과 가스펠 송이 바로 그것이다. 『도덕경』은 자기 자신을 포함해서 세상의 모든 것을 조롱하라고 권하는 책이며, 가스펠 송은 북아메리카 대륙의 흑인들이 미사 때와 장례식 때에 즐겁게 장단을 맞추며 부르는 노래이다.

에드몽 웰스, 『상대적이며 절대적인 지식의 백과사전』 제4권

40. 이고르, 다섯 살

숱한 시도가 좌절된 끝에, 엄마는 날 죽이기를 단념한 듯하다. 엄마는 또 술을 마시고 있다. 술을 마시면서 이따금 매서운 눈으로 나를 흘겨본다. 그러다가 느닷없이 유리잔을 내 쪽으로 던진다. 나는 잽싸게 고개를 낮춘다. 여느 때처럼 술잔은 벽에 부딪쳐 산산조각이 난다.

「난 아마도 널 죽이지 못할 거야. 하지만 더 이상 너 때문에 내 인생을 망치고 싶지는 않아.」

엄마는 그렇게 말하고 나서 웃옷을 걸치더니 내 손을 잡아끈다. 마치 아이를 데리고 시장을 보러 가는 보통 엄마처럼 말이다. 하지만 나는 엄마가 시장을 보러 가려는 것이 아님을 금방 눈치챘다. 아니나 다를까, 엄마는 어떤 성당 앞의 광장에 다다르자, 내 손을 놓는다. 아니, 손을 놓았다기보다 나를 내팽개쳤다고 말하는 편이 낫겠다.

「엄마!」

엄마는 성큼성큼 멀어져 가다 말고 갑자기 다시 돌아와서는 금도금 메달 하나를 던져 준다. 메달 안에는 콧수염을 기른 남자의 사진이 들어 있다.

「네 아버지다. 그 사람을 찾기만 하면 돼. 그 사람이 기꺼이 너를 돌봐 줄 테니까 말이야. 잘 지내!」

나는 눈 쌓인 광장 바닥에 쪼그리고 앉는다. 엉덩이가 축축하게 젖어 온다. 어떻게든 계속 살아야 한다. 눈송이가 다시 쏟아지면서 하얗고 두툼한 천처럼 나를 덮기 시작한다.

「꼬마야, 너 여기서 뭐 하고 있니?」

나는 고개를 든다. 제복을 입은 한 남자가 내 앞에 서 있다.

41. 비너스, 다섯 살

낮에 나는 주로 그림을 그리며 시간을 보낸다. 밤에는 늘 뒤숭숭한 잠을 잔다. 나는 꿈을 많이 꾼다. 동물 하나가 내 머릿속에 갇혀 있는 꿈을 꿀 때도 있다. 그 동물은 밖으로 나가려고 안간힘을 쓴다. 작은 토끼처럼 보이는 그 동물은 내 머리통을 안으로부터 갉아 댄다. 토끼는 입을 오물거리면서 줄곧 이렇게 되뇐다. 〈넌 나를 잊으면 안 돼.〉 그런 꿈에서 깨어날 때면 머리가 빠개질 듯이 아프다. 오늘 밤엔 여느 때보다 두통이 더욱 심하다. 나는 잠자리에서 일어나 엄마 아빠를 보러 간다. 엄마 아빠는 자고 있다. 내 머리가 이렇게 아픈데, 저이들은 어쩌면 저렇게 편하게 잠을 잘 수 있지? 엄마 아빠는 나를 진정으로 사랑하는 것이 아니라는 생각이 든다.

나는 나의 고통을 그림으로 나타낸다. 내 안에서 나를 갉아먹고 있는 존재를 그리는 것이다.

42. 자크, 다섯 살

나는 불안하다. 무엇 때문에 불안한지는 알 수 없다. 어젯밤 텔레비전에 〈서부 영화〉라는 것이 나왔다. 나는 두려움과 혐오감 때문에 온몸이 뻣뻣해지는 듯한 기분을 느꼈다. 내가 사시나무 떨듯이 몸을 떨어 대는 바람에 온 가족이 깜짝 놀랐다.

오늘 아침에 누나들이 불쑥 나타나 카우보이 흉내를 내는 바람에 나는 기겁을 하였다. 나는 누나들을 피해 거실로, 주방으로, 욕실로 달아났지만, 그녀들은 한사코 쫓아다니며 나를 붙잡았다.

막내 누나 마틸드가 겁을 준다.

「우하하, 너의 머리 가죽을 벗겨 주마.」

도대체 누나는 왜 이렇게 고약한 말을 하는 걸까?

누나들은 엄마 아빠의 침실에까지 나를 쫓아왔다. 나는 다시 세탁장으로 달아난다. 누나들이 또 쫓아와 나를 붙잡으려고 했지만, 나는 그녀들의 다리 사이로 빠져 달아난다. 정말 미칠 지경이다. 어디로 숨지? 한 가지 생각이 떠오른다. 나는 화장실 안으로 숨어 들어간 다음, 안전을 기하기 위해 손잡이의 빗장 단추를 누른다. 누나들이 문을 두드리며 난리를 치지만, 문이 튼튼하다는 것을 알기 때문에 이제 아무것도 두렵지 않다. 화장실 안에 있으니, 마치 요새 안에 들어온 것처럼 마음이 놓인다. 누나들은 더욱 세차게 문을 두드린다. 그러더니 갑자기 문 두드리는 소리가 멎고 이야기 소리가 들려온다.

「무슨 일이냐?」

아빠의 목소리다.

「자크가 화장실에 틀어박혀서 나오질 않아요.」

누나들이 새들처럼 쩍쩍거린다.

「화장실에 틀어박혀 있다고? 대체 안에서 뭘 하고 있는 거지?」

아빠가 놀라서 되묻는다.

그때 퍼뜩 내 머릿속에 떠오르는 것이 있다. 그건 아빠가 화장실에 조용히 있고 싶을 때 입버릇처럼 하는 말, 그리고 그때마다 엄마를 화나게 하는 말이다. 나는 에멜무지로 그 말을 입 밖에 내어 본다.

「나 책 읽고 있어.」

화장실 문밖이 갑자기 조용해진다. 우리 집에서는 이 〈책〉 이라는 말이 즉각적으로 존중하는 마음을 불러일으킨다.

「아빠, 열쇠로 따고 들어갈까요?」

막내 누나가 제안한다. 목소리는 제법 상냥하다.

긴장된 순간이다.

이윽고 아빠의 묵직한 음성이 들려온다.

「자크가 책을 읽기 위해서 화장실에 있는 거라면, 그렇게 하도록 내버려둬야지.」

이 사건을 통해서 한 가지 교훈이 내 뇌리에 새겨졌다. 사람들에게 시달리기 싫을 때는 화장실에 틀어박혀서 책을 읽어라 하는 것이 바로 그 교훈이다.

나는 변기에 앉아서 주위를 살핀다. 오른쪽에는 신문이 쌓여 있고, 그 위쪽에는 아빠가 책꽂이 삼아 특별히 마련해 놓은 선반이 있다. 나는 거기에서 책 한 권을 꺼내 든다. 서로 다닥다닥 붙은 글자들이 지면을 가득 채우고 있다. 나로서는 이런 글자들을 도저히 해독할 수가 없다. 나는 다른 책들의 표지를 찬찬히 살펴본다. 다행히 그림이 많이 들어 있는 어린이용 이야기책도 하나 있다. 이건 내가 아는 책이다. 내가 잠들기 전에 아빠가 이 책을 읽어 준 적이 있다. 난쟁이 나라에서는 거인이 되고 거인 나라에서는 난쟁이가 되는 어떤 사람의 이야기를 들려주는 책이다. 그 사람의 이름은 〈걸리버〉였던 것으로 기억된다. 나는 그림들을 보면서 글자들을 해독하여 말을 만들어 보려고 애쓴다. 이건 너무 어려운 일이다. 나는 떼거리로 몰려든 난쟁이들에 의해 꽁꽁 묶여 있는 거인의 그림을 보며 마냥 늑장을 부린다.

언젠가 글을 읽을 줄 알게 되면, 나는 화장실에 오래오래 틀어박혀서 오로지 독서에만 열중할 생각이다. 문밖에서 벌어지고 있는 일은 완전히 잊은 채 말이다.

43. 만물의 영혼이 담긴 네 구체

지도 천사는 우리를 데리고 북동쪽 산악 지역으로 가더니, 바위로 된 어떤 통로의 입구를 가리킨다. 그가 이끄는 대로 미로처럼 얽힌 좁은 터널들을 통과하자 거대한 동굴이 나온다. 동굴 속은 환하다. 높이가 50미터가량 되는 구체 네 개가 바닥으로부터 2미터쯤 떠오른 채 빛을 발하고 있기 때문이다.

지도 천사들이 구체들 주위를 파닥파닥 날고 있다. 마치 형광을 발하며 공중에 매달려 있는 수박들 주위로 날벌레들이 날아다니고 있는 것 같다. 나의 지도 천사가 말문을 연다.

「이곳은 지도 천사들만 드나들 수 있게 되어 있는 곳이네. 하지만 다른 천사들이 보지 못하고, 보려고 하지도 않는 것을 자네들이 너무나 보고 싶어 하기 때문에, 내가 자네들의 호기심을 좀 채워 주려고 여기에 데려왔네.」

다가가서 보니 네 구체들의 크기는 똑같지만 내용물은 각기 다르다. 첫 번째 구체는 광물 세계의 영혼이 전체적으로 어떤 상태에 있는지를 보여 주고, 두 번째 구체는 식물 세계의 영혼, 세 번째 구체는 동물 세계의 영혼, 네 번째 구체는 인간 세계 영혼의 전체적인 상을 보여 준다.

나는 첫 번째 구체로 가서 안을 들여다본다. 핵이 반짝반짝하면서 가만가만 움직인다. 과학자들이 말하는 가이아,

즉 자체 조절 구조를 지닌 살아 있는 지구, 고대인들이 말하던 〈알마 마테르〉[7]의 영혼이 바로 이것일까?

「지구에도 영혼이 있다는 건가요?」

내가 그렇게 묻자 지도 천사가 대답한다.

「그렇다네. 만물은 살아 있고, 살아 있는 것은 모두 영혼을 갖고 있네.」

지도 천사는 나의 놀라움에 아랑곳하지 않고 무심히 덧붙인다.

「그리고 영혼을 가진 것은 모두 진화하려는 욕구를 가지고 있네.」

나는 홀린 듯이 구체들을 바라본다.

「정말 만물이 살아 있습니까? 돌까지도 말입니까?」

「산도 개울도 조약돌도 다 살아 있네. 하지만 그것들의 영혼은 아주 낮은 수준에 있네. 그 수준을 헤아려 보고 싶으면, 핵에서 반짝이고 있는 빛을 살펴보면 되네. 그러면 직감적으로 영혼의 점수를 알아낼 수 있을 걸세.」

「의식의 진화 단계에 관해서 지난번에 말씀하신 것을 토대로 가늠해 보자면, 광물은 1의 단계에 있으므로 1백 점을 받을 것 같고, 식물은 2백 점, 동물은 3백 점, 인간은 4백 점을 받을 것 같습니다.」

「어디 자네가 직접 측정해 보게!」

첫 번째 구체를 응시하고 있으니 아닌 게 아니라 지구의 영혼이 느껴진다. 그런데 그 영혼은 1백 점이 아니라 그보다 훨씬 많은 163점에 도달해 있다. 두 번째 구체에서 확인한 숲과 들과 풀과 나무의 영혼이 도달한 점수도 2백 점이 아니라

7 Alma mater. 〈길러 주는 어머니〉라는 뜻의 라틴어.

236점이다. 그런가 하면 동물계의 구체가 보여 주는 점수는 302점이고, 인류의 점수는 333점이다.

「아니, 이게 어떻게 된 거죠? 인류의 점수는 4백 점에 훨씬 못 미치는 것으로 나와 있는데요.」

내가 놀라서 그렇게 말하자, 지도 천사가 설명한다.

「전에도 말했듯이, 우리 일의 의미가 바로 거기에 있는 걸세. 인간을 더 높은 수준으로 끌어올려서 마침내 4의 단계에 맞는 진짜 인간이 되게 하는 것, 그것이 바로 우리가 할 일이지. 자네도 깨달았다시피, 사람들은 자기들에게 부여된 자리에 아직 올라서 있지 못하네. 그들은 3과 5, 즉 동물과 현자 사이의 한가운데에 있지도 못하고 동물 쪽에 더 가까이 있네. 인류의 진화를 이야기할 때 〈잃어버린 고리〉라는 말을 하지. 내가 보기엔 현재의 인류가 바로 〈잃어버린 고리〉일세. 니체는 〈초인〉을 운위했지만 그런 얘기를 들으면 난 실소를 금할 수 없네. 그들은 초인이 되기 전에 인간이 되어야 하네.」

나는 인류의 구체에 더욱 가까이 다가가서, 저마다 빛나는 핵을 가진 60억 개의 작은 구체들을 좀 더 자세히 살펴본다.

지도 천사도 나를 따라 구체를 살피면서 말을 잇는다.

「이것이 바로 우리 〈의뢰인〉들의 전체적인 모습일세. 이것을 보면 우리 일의 본질을 확연히 알게 되지. 내가 보기에 지금으로부터 몇 세기가 지나서 인류가 더 이상 스스로를 파괴하는 짓을 하지 않게 되면, 사람들은 비로소 4의 단계에 도달한 진정한 사람이 될 걸세. 하지만 사람들을 거기까지 끌어올리자면, 우리 천사들에겐 아직 할 일이 많네.」

지도 천사는 인류의 진화 곡선을 우리의 정신 속에 그려 보인다. 그는 낙관주의자이다. 그의 견해에 따르면 인류의 진보는 지수 함수적이다. 새로운 교통수단의 발전과 그에 따른 여행 기회의 증대, 통신 수단의 획기적인 발전, 지구적 규모의 문화 전파, 갈수록 수가 많아지고 접근하기가 용이해지는 매스 미디어, 이 모든 것들 덕분에 현자(즉 5의 존재)들은 이제 예전보다 더욱 신속하게 영향력을 확대해 갈 수 있다는 것이다.

「사람들이 예전에는 어떻게 살았고 지금은 어떻게 살고 있는지 비교해 보게. 옛날에 사람들은 누구나 사람 잡아먹는 동물들을 두려워했네. 이제 사람들은 그런 동물들을 동물원에 가둬 두고 있지. 또 옛날 사람들은 기근을 두려워했고, 고생을 참아 가며 힘든 일을 했네. 오늘날에는 로봇과 컴퓨터가 사람을 대신해서 그런 일들을 수행하고 있지. 그 결과 사람들은 자유로운 시간을 점점 더 많이 갖게 되고, 그 시간에 사유를 할 수 있게 되네. 생각은 문제 제기로 이어지고, 문제 제기는 다시 의식의 고양으로 연결되네. 오늘날만큼 인류의 의식을 끌어올릴 가능성이 높았던 적은 일찍이 없었네. 고대 그리스에서는 〈시민들〉, 즉 자유로운 사람들 또는 해방된 사람들만이 인간으로 인정되었고, 이방인이나 노예는 배제되었네. 나중에 가서야 점차로 그 모든 〈주변인들〉이 시민권을 얻게 되었지. 인간의 의식은 그런 식으로 발전하는 걸세.」

44. 백과사전

관용

사람들은 이제껏 열등한 것으로 간주했던 존재들이 실제로는 자기들과 대단히 비슷해서 존중을 받을 만하다고 생각할 때마다 〈동류(同類)〉의 개념을 확장해서 거기에 새로운 범주를 포함시킨다. 그렇게 되면, 그 존재들이 어떤 제한에서 벗어나는 것일 뿐만 아니라 온 인류가 진보의 한 단계를 넘어서는 것이기도 하다.

에드몽 웰스, 『상대적이며 절대적인 지식의 백과사전』 제4권

45. 천사의 일

이제 이해가 간다. 우리 의뢰인들의 삶을 보여 주는 작은 구체들이 북동쪽으로 돌아갈 때마다 가는 곳이 바로 이 커다란 구체이다. 작은 구체들이 이렇게 한데 붙어 있기 때문에, 영혼들은 서로에게 영향을 주고 서로 조화를 이루게 되는 모양이다. 내 지도 천사가 전에 했던 말이 새삼스러운 깨달음으로 다가온다. 〈한 영혼이 고양되면 온 인류가 고양된다〉는 그 말이. 혹시 테야르 드 샤르댕[8]이 말한 〈정신권(精神圈)〉,

8 Teilhard de Chardin(1881~1955). 프랑스의 신학자, 철학자, 고생물학자, 지질학자. 예수회 신학교에서 교육을 받고 신생대 제3기 에오세(世)의 포유류에 관한 논문으로 박사 학위를 받은 뒤 파리 가톨릭 신학교의 교수가 되었다. 그무렵부터, 시난트로푸스와 피테칸트로푸스 화석 발굴과 같은 수많은 학술 답사에 참여하였고, 1951년 미국으로 이주한 뒤에도 남아프리카의 오스트랄로피테쿠스 화석 발굴에 참여하였다. 인간의 발전 단계에 관한 연구를 바탕으로 과학과 신앙을 조화시키려고 노력하였다. 그에 따르면, 우주 생성, 생명 발생, 정신 발생이 진화의 핵심적인 시점이나 방향이며, 진화의 과정에서 물질의 점진적인 정신화가 나타난다. 또 인간은 진화의 열쇠이며, 하느님은 진화의 알파이

128

즉 인간의 모든 의식이 한데 뒤섞여 있다는 그곳이 바로 여기가 아닐까?

라울이 불쑥 질문을 던진다.

「그런데 우리 천사들이 인간의 진보에 꼭 개입해야 할 이유가 뭐지요? 우리가 가만히 있어도 사람들이 자기들만의 힘으로 진보해 나가지 않을까요?」

「우리는 양 떼가 흩어지지 않고 올바른 방향으로 나아갈 수 있게 해주는 목자들과 같네. 물론 사람들은 이미 바른길로 나아가고 있네. 그건 과거에 천사들이 나서서 도와준 덕분이지.」

「그렇다면, 사람들이 계속 그 길로 가도록 가만히 내버려두면 되겠네요…….」

지도 천사는 더 이상 대꾸를 할 필요조차 느끼지 않는 모양이다.

라울이 다시 묻는다.

「인간은 그렇다 치고, 우리의 다음 진화 단계는 무엇인가요? 우리는 신들의 세계로 나아가고 있는 건가요?」

지도 천사는 눈썹을 치켜올린다. 언짢아하는 기색이 역력하다.

「자네 같은 젊은 천사들을 보면 가소로운 생각이 들어. 자네들은 당장에 모든 것을 알고 싶어 하지. 인간의 오랜 습성에서 아직 벗어나지 못한 거야. 그렇게 조급하게 굴지 말고

자 오메가이다. 그리스도에게 우주적인 차원을 부여하면서도 은총과 초자연적인 것을 부정하지 않는 그의 사상은 일견 범신론의 입장을 받아들인 것처럼 보이기도 한다. 1962년 교황청에서 〈테야르 드 샤르댕과 그 제자들의 위험한 저서들로부터 젊은이들의 정신을 보호하라〉는 권고를 종교 교육의 책임자들에게 내려보낸 것도 바로 그 때문이다.

자네 알들을 주의 깊게 살피면서, 자네들을 여전히 성가시게 하고 무겁게 만드는 인간 습성의 잔재들이 무엇인지를 깨닫고 그것들을 모두 털어 버리게. 인간의 문제들을 답습하지 말고 이젠 천사로서 행동하란 말일세.」

지도 천사는 그렇게 말하고 나서 몹시 성이 난 모습으로 우리에게서 등을 돌리더니 성큼성큼 가버린다. 그러고는 마더 테레사 쪽으로 달려가서 무슨 얘기인가를 나눈다. 내가 있는 곳에서는 두 천사의 이야기가 잘 들리지 않지만, 어렴풋하게 들은 바를 짐작해 보면, 마더 테레사의 의뢰인들 중에는 어떤 나라의 대통령이 있는데, 마더 테레사가 그 대통령에게 부자들에 대한 세금을 올리라고 계속 암시를 넣고 있는 모양이다. 에드몽 웰스가 하는 얘기의 요점은 부자들에게서 세금을 많이 거둬들이는 것만이 가난한 사람들을 행복하게 만드는 길이 아니라는 것이다.

나는 두 천사의 이야기에 흥미를 느끼고 더 잘 들어 볼 양으로 그들에게 다가간다.

「마더 테레사, 당신의 논거는 때때로 지나치게 단순해요. 내 친구들 중의 하나가 이런 얘기를 합디다. 〈성공하는 것만으로는 충분치 않다. 남들이 실패하는 것을 보는 즐거움도 누려야 한다〉라고 말입니다. 그 친구는 농담으로 한 얘기지만, 당신은 정말로 그와 비슷한 생각을 가지고 있는 게 아닌가 싶어요. 당신은 온 인류가 똑같은 운명을 겪고 있다면 한 인간의 가난과 불행이 한결 견딜 만한 것이 되리라고 확신하고 있어요. 우리의 목표는 부자를 가난하게 만드는 것이 아니라, 모든 사람들을 부자로 만드는 것입니다.」

마더 테레사는 누가 뭐라 하든 자기가 옳다고 확신하는 고

130

집스러운 학생 같은 표정을 짓고 있다.

내가 보기에 마더 테레사는 늘 극빈자들 속에서 살았던 탓에, 천사가 된 지금에도 극빈자들을 중심에 놓고 일을 해나가려는 경향이 있는 것 같다. 누구나 자기가 가장 잘 아는 쪽으로 자꾸 마음이 쏠리는 것은 당연하다. 마더 테레사의 입장에서 보면, 부자들의 삶은 훨씬 더 복잡하다. 그들의 수호천사 노릇을 하자면, 어쩔 수 없이 주식 시장에 대해서도 알아야 하고, 패션의 부침(浮沈)과 외식 문화, 인기 있는 레스토랑, 신경 쇠약증, 사교계의 음주 문화, 간통, 해수(海水) 요법 등 부자들의 온갖 근심 걱정에도 관심을 가져야 한다.

마더 테레사는 에드몽 웰스의 훈계를 듣고 마뜩잖은 표정으로 생각에 잠겨 있다가 말문을 연다.

「그 대통령에게 빈민 지역에서 산아 제한 캠페인을 벌이라고 권해야겠군요. 〈당신들이 책임질 수 있는 아이들만 낳아라. 그렇지 않으면 당신 자녀들은 마약과 범죄의 구렁텅이에 빠지게 된다〉는 식의 캠페인 말이에요. 당신이 원하는 게 그런 건가요?」

에드몽 웰스가 한숨을 내쉬며 대답한다.

「꼭 그래야 한다고 생각한다면 해봐야죠. 그 정도만 돼도 아까 이야기한 것보다는 한결 낫군요.」

어쨌거나 우리 지도 천사는 아주 인내심이 많은 교사라는 생각이 든다. 그는 자기 나름대로 천사들의 자유 의지를 존중해 주고 있다.

라울은 지평선 쪽으로 팔을 쭉 뻗어 날아오른다. 나는 그의 뒤를 따라간다.

「에드몽 웰스는 7의 단계에 도달한 존재들이 무엇인지 알고 있어. 우리 위에 무엇이 있는지 알고 있는 게 분명해.」

「알고 있다 해도 말씀을 안 하실 거야. 그가 어떤 반응을 보이는지 자네도 봤잖아.」

「그래, 그는 절대로 입을 열지 않을 거야. 하지만 그의 책이 있어…….」

「책이라니, 무슨 책?」

「그가 쓴 『상대적이며 절대적인 지식의 백과사전』 말일세. 그가 인간으로 살고 있을 때 쓰기 시작한 그 책을 이 천상에서도 계속 쓰고 있네. 자네도 잘 알다시피, 그는 종종 그 책에서 발췌한 이야기를 우리에게 인용하곤 하지. 그는 자기의 모든 지식을 그 책에 담고 있어. 자기가 발견한 모든 것, 이 우주에서 자기의 관심을 끄는 모든 것을 그 책에서 언급하고 있어. 처음 세 권은 지상에서 집필했기 때문에 사람들이 볼 수 있지. 하지만 네 번째 권은 지금 여기에서 쓰고 있는 중이야.」

「자네 지금 무슨 소릴 하는 거야?」

라울은 공중회전을 한바탕하더니 다시 내 곁으로 돌아와 활공한다.

「에드몽 웰스는 자기 지식을 전파하는 데에 대단히 관심이 많아. 그래서 어떻게 해서든 네 번째 권도 이전의 세 권과 마찬가지로 사람들에게 읽히고 싶었을 거야. 그는 분명히 그것을 현실화할 어떤 수단을 찾았을걸세.」

「에드몽 웰스는 이제 연필이건 펜이건 타자기건 컴퓨터이건 글을 쓸 수단을 가지고 있지 않아. 그가 원하는 정보를 모을 수는 있지만, 그 정보들은 영원히 정신의 상태로 남아 있을거야.」

나는 이 정도면 라울이 더 이상의 허튼 주장을 하지 않으리라 생각하며 한마디를 보탠다.

「그가 지상의 어딘가에 숨겨진 어떤 원고에 천국의 비밀을 기록해 놓기라도 했단 말인가? 설마 그가 그렇게까지 자기 지식을 전파하는 데에 미쳐 있다고 생각하는 건 아니겠지?」

하지만 라울의 태도는 요지부동이다.

「자네 그가 〈신비적 교의의 종말〉에 대해서 말했던 거 기억나나? 그때 그는 분명히 말했어. 〈오늘날 우리는 더 이상 비밀이 필요 없는 시대에 살고 있다. 우리는 어떤 비밀이든 대중에게 다 알려 주어도 문제될 것이 없다고 생각한다. 오로지 깨닫고 싶어 하는 자만이 깨달을 수 있다는 자명한 사실을 받아들이고 있기 때문이다.〉」

「어떤 비밀이든 다 알려도 좋다고 했지만, 7의 비밀은 예외일 거야. 아무려면 에드몽 웰스가 지상의 어떤 인간을 영매로 삼아 천국의 비밀을 어떤 책에 옮겨 적게 했겠어? 그건 상상할 수도 없는 일이지…….」

「그걸 누가 알겠어?」

46. 백과사전

신비적 교의의 종말

옛날에 인간의 본성에 관한 근본적인 깨달음을 얻은 사람들은 그 깨달음을 한꺼번에 사람들에게 드러낼 수 없었다. 그래서 예언자들은 우의(寓意)와 은유, 상징, 인유(引喩), 암시 등을 통해 자기들의 뜻을 표현하곤 하였다. 그들은 자기들이 깨달은 지식이 너무 빨리 퍼져 나가는 것을 두려워하였다. 너무 빠르게 전파되는 과정에서 자기들의 뜻이 그릇되게 이해될까 저어한 것이었다. 그들은 그 중요한 정보를 얻을 자격이 있는 사람들을 엄선하기 위하여 입문 의식을 만들어 내고, 식자들의 위계를 세웠다.

하지만 시대가 달라졌다. 오늘날 우리는 더 이상 비밀이 필요 없는 시대에 살고 있다. 우리는 어떤 비밀이든 대중에게 다 알려 주어도 문제될 것이 없다고 생각한다. 오로지 깨닫고 싶어 하는 자만이 깨달을 수 있다는 자명한 사실을 받아들이고 있기 때문이다. 〈알고자 하는 욕구〉, 그것이야말로 인간을 앞으로 나아가게 하는 가장 강력한 동인(動因)이다.

에드몽 웰스, 『상대적이며 절대적인 지식의 백과사전』 제4권

47. 이고르, 일곱 살

제복을 입은 아저씨는 경찰관이었다. 키 크고 잘생기고 힘이 센 남자였다. 그에게서는 깔끔한 느낌을 주는 냄새가 났다.

그는 나를 품에 안더니 눈발을 헤치며 가장 가까운 고아원으로 나를 데리고 갔다. 마침내 내가 가장 위험한 존재인 엄마로부터 벗어나게 된 거였다. 내가 여기에 온 지 이제 2년이 된다.

이 고아원에는 부모로부터 버림받은 다른 아이들이 있다. 부모들이 원하지 않아서 길바닥에 버려진 사회의 쓰레기, 차라리 이 세상에 태어나지 말았어야 할 천덕꾸러기들, 그게 바로 우리다.

난 아무래도 좋다. 그저 살아 있기만 하면 된다.

여기는 길에 버려진 개들을 보호하는 곳과 비슷하다. 한 가지 다른 점이 있다면, 버림받은 개들을 보호하는 곳에는 수의사도 자주 들르고 먹이도 풍부하지만, 이곳은 그렇지 않다는 것이다.

아이들은 짜증을 잘 낸다. 다행히 나는 힘이 세다. 다른 아이들과 문제가 생기면, 나는 무작정 덤벼들어서 일단 때리고 본다. 나는 되도록 상대의 배를 때린다. 그 때문에 난폭한 놈으로 호가 났지만, 그편이 더 낫다. 내가 다른 놈 때문에 겁을 먹는 것보다는 다른 애들이 나를 무서워하는 게 살기 편하다. 나는 먼저 상대에게 겁을 주고 그다음에 그 녀석을 친구로 만든다. 사람들은 내가 착하게 굴면 힘이 없다고 생각한다. 나는 그 사실을 일찍 깨달았다. 나는 착하지 않다. 나는 약하지 않다.

우리는 넷이서 한 침실을 같이 쓰고 있다. 나와 함께 자는 세 녀석의 이름은 모두 V로 시작된다.

바냐는 우크라이나에서 온 꼬마이다. 녀석의 아버지는 알코올 중독자인데 술에 취하기만 하면 녀석을 벽에다 내동댕이치곤 했다고 한다.

블라디미르는 우리 패거리에서 가장 뚱뚱한 녀석이다. 여기에서 우리에게 먹으라고 주는 그 변변치 않은 음식으로 어떻게 뚱뚱이가 되었는지 그저 신기하기만 하다.

바실리는 우리 패에서 가장 말이 없는 녀석이다. 일단 입을 열었다 하면 언제나 재미있는 이야기를 하지만, 좀처럼 입을 열지 않는다. 우리에게 포커를 가르쳐 준 녀석이 바로 이 녀석이다.

포커란 정말 굉장한 놀이다. 하룻저녁에도 천당과 지옥을

몇 번씩 왔다 갔다 하게 하니 말이다. 바실리는 포커 판이 벌어지면 얼굴이 대리석처럼 무표정해진다. 녀석은 이렇게 말한다. 〈중요한 것은 좋은 패를 갖느냐 나쁜 패를 갖느냐가 아니라, 나쁜 패를 가지고도 게임을 잘하는 거야.〉 녀석은 또이런 얘기도 한다. 〈중요한 것은 내 손에 들어 있는 패가 아니라, 상대가 내 손에 어떤 패가 들어 있을 거라고 생각하느냐야.〉 바실리는 포커를 치는 동안 줄곧 성냥개비 같은 것을 씹는 버릇이 있다.

바실리는 우리 패가 좋은지 나쁜지에 대해서 상대가 잘못생각하도록 즐거워하거나 실망하는 표정을 거짓으로 드러내는 방법을 가르쳐 주었다. 그 녀석 덕분에 나는 포커 학교에 들어온 셈이다. 이 학교는 나에게 많은 것을 가르쳐 준다. 나는 뛰어난 관찰 능력을 계발해 가고 있다. 관찰이란 무척재미있는 것이다. 세상은 작은 신호들로 가득 차 있다. 그 신호들은 우리에게 갖가지 필요한 정보를 제공해 준다.

하루는 바실리가 이렇게 말했다.

「전문적인 노름꾼들 중에는 자기 카드를 보지도 않고 게임을 할 만큼 도가 튼 사람들이 있어. 패를 보지 않으니까 그들의 얼굴에는 패가 좋은지 나쁜지가 전혀 나타나지 않아.」

「그럼 누가 이겼는지를 어떻게 알지?」

「그 사람들은 마지막 순간에 그것을 알아. 돈을 다 걸고 나서 자기 패를 뒤집지. 그때서야 자기 패가 좋은지 나쁜지를 알게 되는 거야.」

바실리는 버림받은 애가 아니었다. 부모에게 매를 맞는애도 아니었다. 녀석은 여섯 살 때 가출을 했다. 경찰이 녀석을 붙잡아 부모가 누군지 어디에서 왔는지를 물었지만, 녀석은 끝내 대답하지 않았다. 경찰은 녀석의 부모를 찾아 주자고 대대적인 수사를 벌일 수도 없는 노릇이어서 결국 녀석을 우리 고아원에 맡긴 거였다.

바실리는 자기가 어디에서 왔는지를 한 번도 말한 적이 없다. 겉으로 보기에는 부모가 제법 부자인 것 같은데, 녀석은 더 이상 그들을 보고 싶어 하지 않는다. 녀석은 그렇게 무작정 부모 곁을 떠나 모험의 길로 나선 것이다. 바실리는 정말 대단한 녀석이다.

아이들은 이따금 부모가 되고 싶어 하는 사람들의 가정에 입양되어 고아원을 떠나기도 한다. 처음에는 나도 그런 날이 오기를 꿈꾸었다. 어느 날 갑자기 부모가 나타나서 나를 구해 주기를……. 하지만 나는 이내 그것이 함정이라는 것을 깨달았다. 아이들 사이에 돌고 있는 소문에 따르면, 입양된 아이들은 대개 아동 성 착취 조직에 팔려 가거나, 불법 작업장에 끌려간다고 한다. 불법 노동을 시키는 공장에 끌려간 아이들은 재봉질을 해서 축구공을 만들거나 서방의 어린이들을 위한 장난감을 조립하는 모양이다.

나는 서방의 아이들이 싫다. 우리가 그 애들을 위해 일을 해야 한다니 말이다. 고아원 지하실에는 이름만 그럴싸한 〈수공 능력 계발 작업장〉이 있다. 그곳에서는 우리에게 일을 시킨다. 인형이나 전자 부품을 조립하게 하는 것이다. 사람들은 돈 한 푼 안 주고 우리를 부려먹는다.

입양이 결정된 친구들이 고아원을 떠나기 위해 보따리를 쌀 때면, 우리는 그 친구들을 비웃으며 이런 말을 던진다. 〈야, 가냐? 그런데 매춘이야, 불법 노동이야?〉 하지만, 사실 우리는 샘을 부리고 있는 거다. 그 친구들은 부모를 찾은 것 같은데, 우리는 그렇지 못하니까.

어제는 바냐가 표트르 패거리에게 얻어맞고 울면서 왔다. 표트르는 바냐를 윽박질러서 우리의 금고가 어디에 있는지를 알아낸 다음 우리가 모아 둔 담배를 모두 훔쳐 갔다고 한다. 이대로 넘어갈 수는 없는 일이다.

우리는 즉시 표트르 패거리의 공동 침실로 갔다. 문은 닫혀 있지 않은데, 안에는 아무도 없다. 모든 게 너무나 조용하다. 어딘가에 함정이 있다. 틀림없다.

거미 한 마리가 전속력으로 천장을 향해 기어 올라가고 있다. 그것이 나에게는 하나의 조짐처럼 보인다. 불길한 조짐이다. 거미, 함정······.

너무 늦었다. 표트르 패거리는 침대 밑에 숨어 있다가 갑자기 나타나더니 잭나이프로 우리를 위협한다.

거미가 옳았다.

칼 앞에서는 내 멋진 주먹도 아무 소용이 없다. 우리가 꼼짝도 못 하고 서 있는 동안 표트르는 똘마니들을 시켜서 우리를 발가벗긴 다음 우리 옷에 불을 지르게 한다. 놈은 이제부터 우리가 어른들의 담배를 훔쳐 오면 자기들에게 반을 바쳐야 한다면서, 그렇게 하지 않으면 다시 본때를 보여 주겠다고 으름장을 놓는다.

「평화롭게 살고 싶으면 그만한 대가를 치러야 하는 거야. 알겠니, 이 녀석들아.」

그런 다음 놈은 내 쪽으로 몸을 돌리더니 칼끝으로 내 배꼽 주위를 간질이며 흰소리를 친다.

「언젠가 이 칼로 네놈의 얼굴을 뜯어고쳐 줄 날이 올 거다.」

놈의 칼을 상대로 내가 할 수 있는 일은 아무것도 없다. 우리는 알몸으로 다른 아이들 앞을 지나가야 했다. 그 이야기는 금방 고아원 안에 퍼졌고, 우리 체면은 완전히 구겨지고 말았다.

지금 밖에는 눈이 내린다. 성탄절 기간이다. 하지만 이곳에서는 아무도 산타클로스의 존재를 믿지 않는다. 만일 산타클로스 할아버지가 존재한다면, 우리를 돌봐 줄 부모를 우리에게 데려왔을 것이다. 그래도 성탄절이랍시고 우리는 저마다 오렌지 한 개와 제대로 씻지 않은 양의 척추뼈 토막들을 받았다. 나는 오렌지 껍질을 벗기면서 한 가지 소원을 빌었다. 산타클로스 할아버지, 만일 어딘가에서 제 얘기를 듣고 계시다면, 표트르가 배에 칼을 맞게 해주세요 하고.

48. 비너스, 일곱 살

간밤에 이상한 꿈을 꾸었다. 아이들이 서로 싸우고 있다가 그중의 한 아이가 내 쪽으로 몸을 돌리더니 이렇게 소리쳤다. 〈언젠가 네 얼굴을 뜯어고쳐 줄 날이 올 거다.〉

어제 저녁에 나는 텔레비전에서 성형 수술에 관한 방송을 보았다. 아마도 그 때문에 그런 악몽을 꾼 게 아닌가 싶다. 그 방송에서는 사람들이 얼굴을 어떻게 뜯어고치는지를 상세하게 보여 주었다. 엄마는 텔레비전 속으로 들어갈 것처럼 화면에 바싹 붙어서 그 방송을 보았다. 피가 흐르는 잔인한 장면이 텔레비전에 나오면, 엄마 아빠는 나보고 방에 가서 자라고 하기가 일쑤이다. 그런데 어제저녁에는 두 분 다 방송을 보는 데에 정신이 팔려서 그 말을 하는 것조차 잊었다.

엄마는 자기 역시 성형 수술을 통해 얼굴을 고쳤으면 좋겠다고 말했다. 젊어서 할수록 결과가 좋으므로 더 늦기 전에 하는 것이 낫겠다는 거였다.

아빠는 돈이 너무 든다고 퉁을 놓았지만, 엄마는 아름다움이란 돈으로 계산할 수 없는 것이라고 되받았다. 아름다움이 직업적인 자산이 되는 경우에는 투자하는 셈치고 수술을 할 수도 있다고 엄마가 동을 달자, 아빠는 자기에게도 외모가 중요한 재산이지만 자기는 수술보다는 운동을 통해서 몸을 가꾸고 피부를 탄력 있게 만들고 싶다고 반박했다.

아빠는 엄마가 되는대로 살면서 돈을 너무 많이 쓴다고 나무랐다. 그러고 나서 아빠가 엄마에게 입을 맞추려고 했지만 엄마는 아빠를 떼밀면서 말했다.

「당신은 이제 나에게 관심도 없어. 나에게 관심이 있다면, 내 주름살을 보았을 거고 주름살을 제거하는 수술을 받으라고 당신이 직접 권했을 거야. 세상에 완벽한 여자란 없어. 끊임없이 가꾸지 않으면 안 된다고. 그리고 어떤 나이 때부터는 자기 얼굴에 대해서 스스로 책임을 져야 한다는 애기도 있잖아.」

그게 정말인가? 그러니까 아름다움이란 한번 얻으면 그것으로 끝나는 보물이 아니란 말인가?

엄마 아빠는 말다툼을 했다.

「당신 요즈음 나한테 너무 관심이 없는 게 수상해. 어떤 젊은 여자랑 재미 보고 있는 거 아냐?」

엄마가 억지를 쓰는 게 아닌가 싶다. 나는 아파트 안에서 닭 같은 것은 전혀 본 적이 없다.

「생사람 잡지 마. 나한테 여자가 어딨어? 당신한테 의심받는 것도 이젠 지긋지긋해.」

「어쨌거나 어떤 여자에게든 자기 외모를 가꿀 권리가 있는 거야. 당신이 수술비를 못 대주겠다면, 우리 공동 계좌에서 돈이 빠져나가도록 수표를 끊을 테니까 그리 알아.」

「누구 맘대로. 그래 봐야 좋을 거 하나도 없어.」

엄마 아빠는 싸움이 험악해질라치면 으레 하는 말이 있다. 〈애 앞에서는 이러지 말자〉가 바로 그것이다. 오늘도 엄마 아빠는 그 말을 하고는 자기들 방으로 들어갔다. 부모님은 계속 소리를 질러 댔다. 물건들이 방바닥이나 벽에 부딪쳐 깨지는 소리가 들려왔다. 그러고는 긴 침묵이 이어졌다.

어른들의 행동에는 이상한 점이 참 많은 것 같다. 나는 텔레비전 앞에 조금 더 앉아서 그 프로그램의 뒷부분을 보았다.

그런 다음 잠들기 전에 종종 그렇듯이 내 방의 거울 앞에 앉아 생각에 잠겼다. 만일 엄마가 더욱 예뻐지기 위해서 성형 수술을 해야 한다면, 나도 그럴 필요가 있다.

어디를 고치면 내가 더 예뻐질까? 나는 거울에 비친 내 얼굴을 찬찬히 살펴본다. 그래, 고칠 곳을 찾아냈다. 바로 코이다. 내 코는 너무 길다. 산타클로스 할아버지, 만일 제 얘기를 듣고 계시다면, 저의 가장 소중한 소원을 말씀 드릴게요. 저의 소원은 코를 짧게 만드는 성형 수술을 받는 거예요.

49. 자크, 일곱 살

「질문 좀 작작 해라, 넴로드.」

「하지만…….」

141

「너 때문에 짜증이 난다. 내가 수업 시간에 가르치는 거나 열심히 배우면 되는 거야. 넌 늘 마음이 딴 데 가 있어. 그러다가 불쑥불쑥 엉뚱한 질문이나 하고 말이야. 내가 원하는 건 질문이 아니라 대답이야. 알겠니?」

교실 여기저기에서 비웃음 소리가 들린다. 나는 고개를 떨군다. 나는 학교가 마음에 들지 않는다. 선생님은 늘 뭔가를 외우라고 하는데 난 기억력이 좋지 않은 탓인지 외우는 걸 잘 못한다. 올해에는 덧셈표와 뺄셈표를 외우려고 무척 애를 쓰고 있다. 작년에는 로마자를 익히고 내 이름과 주소를 쓰느라고 엄청나게 애를 먹었다. 동사 변화를 기억하는 것도 보통 일이 아니다. 우리 집 현관의 비밀번호는 아무리 외우려 해도 자꾸 잊어버린다. 한번은 번호가 기억이 안 나 밖에서 추위에 떨며 이 번호 저 번호를 무수히 눌러 본 적도 있다.

다른 아이들과 관계를 맺는 일도 그리 순탄하지 않다. 나는 적갈색 머리에다 안경을 쓰고 있기 때문에, 아이들은 나를 〈안경잡이 당근〉이나 〈녹슨 못대가리〉라고 부른다. 나는 내가 행성을 잘못 알고 태어난 것이 아닌가 하는 생각이 든다.

그래도 모나리자랑 함께 있으면 기분이 한결 좋아진다. 모나리자는 언제나 나에게 훌륭한 조언을 해준다. 어제 나는 수학 문제를 풀고 있었는데, 그중의 한 문제는 너무 어려워서 보기로 나와 있는 세 개의 답 중에 어느 것이 정답인지를 알 수가 없었다. 그런데 모나리자가 재빨리 정답에 발을 올려놓아 주어서 문제를 쉽게 해결하였다.

만일 내가 이 행성에 태어날 사람이 아니었다면, 나는 어쩌면 고양이들의 행성에서 왔는지도 모르겠다.

지난주에 나는 어떤 장난감 가게 앞을 지나다가 작은 불빛이 반짝이는 특이한 우주선을 발견했다. 저런 우주선이 있다면, 저것을 타고 우주 공간으로 날아가서 나의 진짜 행성을 찾을 수 있을 텐데 하는 생각이 들었다. 나의 행성에서는 대부분의 사람들이 빨간 머리일 것이고 금발과 갈색 머리는 〈옥수수 머리〉와 〈쇠똥 머리〉라고 놀림을 당할 게 틀림없다.

나의 행성에서는 누구에게도 무엇을 암송하라고 요구하지 않을 것이다. 그런 것이 아무짝에도 쓸모가 없다는 것을 누구나 알고 있기 때문이다. 그리고 나의 행성에서는 현관 비밀번호를 알아야만 자기 집에 들어갈 수 있는 그런 우스꽝스러운 짓은 하지 않아도 될 것이다. 곧 크리스마스가 될 것이다. 나는 산타클로스 할아버지에게 그 우주선을 갖다 달라고 부탁할 생각이다.

모나리자에게 그 얘기를 했더니, 내 선택에 찬성한다는 듯한 표정을 짓는다.

50. 소원

나는 청록색 숲의 어떤 나무 아래에서 공중에 뜬 채로 가부좌를 틀고 앉아 있다. 나의 오른편에서는 수태의 호수가 철썩이고, 내 손바닥 위에는 세 구체가 반짝이고 있다. 내 의뢰인들의 삶을 관찰할 때마다 아릿한 아픔을 느낀다. 마치 살을 가진 그 존재들과 연결됨으로써 나 자신에게 육체적인 감각이 되살아나기라도 하는 것처럼 말이다.

지도 천사가 다가온다. 그는 손가락 끝을 이고르의 구체에 갖다 대고, 비너스의 구체에 손을 얹어 본다.

「이제 자네는 다른 건 몰라도 이 세 사람에게 영향을 미치는 가장 중요한 개입 수단이 무엇인지는 알고 있네. 이고르에게는 징표의 관찰이 중요하고, 비너스에게는 꿈이, 자크에게는 고양이가 효과적이네. 하지만 명심하게. 때로는 여러 수단을 동시에 사용해야 하는 경우도 있고, 가장 효과적인 수단이 달라지는 경우도 있으니까, 타성에 젖지 않도록 하게. 그건 그렇고, 크리스마스를 맞이해서 이 세 아이가 원하는 것은 뭐지?」

「이고르의 소원은…… 제 친구 중의 하나가 배에 칼을 맞는 겁니다. 비너스는 성형 수술을 통해 코를 짧게 만들고 싶어 하고, 자크는 외계의 우주선처럼 생긴 플라스틱 장난감을 갖고 싶어 합니다. 그런데 정말 이들의 소원을 모두 들어주어야 하는 건가요?」

지도 천사는 인내심을 잃고 단호한 태도로 말한다.

「자네는 천사가 되는 길을 선택하면서 그런 규칙에 대해서 왈가왈부하지 않기로 약속을 했네. 자네는 자네 의뢰인들의 소원이 무엇이든 그것에 대해 판단할 권리가 없어. 자네가 할 일은 그저 그들의 욕구를 만족시키기 위해 노력하는 것뿐이야.」

「누가 그런 규칙을 만들었지요? 그들의 소원을 들어주는 것이 누구에게 이익이 되지요? 하느님인가요?」

지도 천사는 짐짓 내 질문을 못 들은 척한다. 그는 요리가 잘못될까 불안해하는 주방 심부름꾼 같은 표정으로 내 알들을 이리저리 들여다보다가, 잠시 깊은 생각에 젖는 듯하더니 다시 말문을 연다.

「이제 다섯 가지 개입 수단을 자네 것으로 만들었으니, 의뢰인들을 다루는 세 가지 전술을 가르쳐 주겠네. 우선 가장 간단한 것부터 말하자면 〈당근과 채찍〉의 전술이 있네. 이것은, 한편으로는 보상을 약속하고 다른 한편으로는 벌을 주겠다고 위협을 하면서 의뢰인을 앞으로 나아가게 하는 방법일세. 둘째는 〈냉탕과 온탕〉의 전술일세. 뜻밖의 좋은 일과 뜻밖의 난관을 아주 빠르게 번갈아 가며 겪게 함으로써 의뢰인을 더욱 다루기 쉽게 만드는 걸세. 셋째는 〈당구공〉 전술일세. 어떤 사람에게 영향을 미쳐서 그 사람이 자네 의뢰인에게도 영향을 미치게 하는 방법이지.」

지도 천사는 오늘의 가르침을 전수한 것에 만족해하면서 자리를 뜬다. 그가 멀리 사라지기가 무섭게 나를 유혹하려는 친구 라울이 나타난다.

「에드몽 웰스를 따라가세.」

우리는 나무들 사이로 몰래 나아가서 울퉁불퉁한 바위 사이에 우묵하게 나 있는 빈터에 다다른다. 에드몽 웰스는 가부좌를 틀고 앉아서 손바닥을 앞으로 내민 채 알 하나를 뚫어져라 바라보고 있다. 그의 알은 세 개가 아니라 하나이다. 그렇다면 지도 천사들은 특별히 선별된 영혼들을 직접 돌보기도 하는 것일까?

그의 알이 반짝반짝 빛을 낸다. 에드몽 웰스는 입술을 움직여 알에게 말한다.

「준비됐나, 윌리스 파파도풀로스? 자 이제 『상대적이며 절대적인 지식의 백과사전』에 들어갈 새로운 항목을 부르겠네.」

그러고 나서 그는 백과사전의 한 항목을 낭송하기 시작한다. 언어가 사고에 미치는 영향에 관한 글이다. 도무지 믿을 수 없는 일이 벌어지고 있다. 에드몽 웰스가 한 인간에게 어떤 정보를 받아 적게 하고 있는 것이다. 라울이 옳았다. 내가 잘못 생각한 것이다. 우리의 지도 천사는 영매를 이용해서 자기 지식을 전수하고 있다. 다른 무엇보다 자기의 생각이 물질적인 매체에 기록되지 않고 사라지는 것을 두려워하기 때문이다.

라울이 나에게 귀엣말을 한다.

「저 윌리스 파파도풀로스라는 사람은 천사 나라에 대해서 우리 천사들보다 더 많이 알고 있을 거야. 이 사람을 보러 내려가자. 많은 도움이 될 것 같아……」

51. 백과사전

언어의 문제

우리가 사용하는 언어는 우리의 사고방식에 영향을 미친다. 예를 들어, 프랑스어는 동의어와 이중적인 의미를 지닌 말들이 많아서 사물의 미묘한 차이를 잘 표현할 수 있게 해준다. 이런 언어는 외교 분야에 대단히 유용하다. 또 중국어는 단어의 성조(聲調)가 의미를 결정하기 때문에 말하는 사람의 감정에 언제나 주의를 기울일 것을 요구한다. 그런가 하면 일본어에는 여러 수준의 존대법이 있어서 대화자들은 사회적 위계 속에 자기가 차지하는 자리를 대번에 확인하게 된다.

한 언어에는 교육과 문화의 형태뿐만 아니라 감정을 조절하는 방식, 예의범절 등 한 사회의 다양한 구성 요소들이 들어 있다. 어떤 언어에 〈사랑하다〉, 〈너〉, 〈행복〉, 〈전쟁〉, 〈적〉, 〈의무〉, 〈자연〉 등과 같은 말들의 동의어가 얼마나 많은가를 보면 그 나라의 중요한 가치가 무엇인지를 알 수 있다.

그래서 혁명을 하고자 하는 사람들은 언제나 언어와 어휘를 바꾸고 싶어 한다. 말이 바뀌지 않고서는 진정한 혁명을 이룰 수 없다고 보기 때문이다. 말이 달라지면 사람들의 생각도 달라질 수 있다.

에드몽 웰스, 『상대적이며 절대적인 지식의 백과사전』 제4권

52. 자크, 일곱 살

나는 크리스마스 선물로 내가 갖고 싶어 하던 장난감 우주선을 받았다. 크리스마스트리 아래 있는 상자에서 그것을 발견했을 때 내 기쁨은 이루 말할 수가 없었다. 나는 감사의 뜻으로 엄마 아빠에게 뽀뽀를 했다. 우리는 거위 간, 생굴, 딜크림을 곁들인 훈제연어, 밤소스를 친 칠면조 고기, 장작 모양의 버터케이크 등을 먹으며 성탄을 축하했다.

나는 사람들이 왜 이런 음식들을 좋아하는지 잘 모르겠다. 큰누나는 거위 간이 어떻게 해서 크고 기름지게 되는지를 설명해 준다. 거위에게 억지로 먹이를 잔뜩 먹이면 간이 아주 커진다는 것이다. 나의 누이 마르트는 더 심한 이야기를 한다. 왕새우를 익힐 때는 살아 있는 왕새우를 펄펄 끓는 물에 집어넣는다는 것이다. 엄마는 우리보고 레몬즙을 굴에 짜 넣어서 굴이 정말 살아 있는지를 확인해 보라고 한다. 굴이 꿈틀꿈틀 움직여야 먹기에 딱 좋은 거란다.

식사를 끝낸 다음 우리는 재미있는 이야기들을 주고받았다. 아빠가 우스갯소리를 하나 해서 나는 배꼽이 빠지도록 웃었다.

「어떤 사람이 트럭에 치여서 벌렁 나자빠졌어. 그가 다시

일어서려는데, 이번에는 오토바이가 와서 치고 가는 거야. 그 사람이 다시 쓰러졌지. 그가 다시 일어서는데, 말 한 마리가 지나가면서 그를 또 쓰러뜨렸어. 그는 다시 일어났지. 그런데 이번엔 비행기 한 대가 그를 정면으로 덮쳐 왔어. 바로 그때, 어떤 사람이 이렇게 소리치더래. 〈회전목마를 정지시켜. 부상자가 생겼어!〉 하고 말이야.」

처음엔 이 이야기가 왜 우스운지 이해를 못 했는데, 막상 이해를 하고 보니 너무나 재미있어서 나는 한 시간 동안이나 웃었다. 처음 들었을 때 즉시 이해하지 못한 농담들이 나중에는 더 재미있는 농담이 된다.

우스갯소리는 짤막한 동화나 소설과 비슷하다. 좋은 우스갯소리는 배경, 인물, 위기 상황이나 서스펜스를 필요로 한다. 지나치게 말을 많이 하지 말고 그런 것들을 아주 빠르게 알맞은 자리에 배치해야 한다. 또한 좋은 우스갯소리에는 반드시 사람들의 의표를 찌르는 뜻밖의 결말이 있어야 한다. 물론 뜻밖의 결말을 만들어 내기는 쉽지 않다.

우스갯소리를 지어내는 방법을 배워야겠다는 생각이 든다. 나의 정신을 발전시키기 위한 좋은 훈련이 될 것 같다.

우스갯소리는 그것의 효과를 사람들 앞에서 직접 시험할 수 있다는 장점이 있다. 사람들에게 이야기를 들려주면 그것이 사람들을 웃기는지 웃기지 못하는지 즉시 알 수 있다. 여기에서는 속임수가 통하지 않는다. 사람들은 이야기를 이해하지 못했거나 이야기가 재미있다고 생각하지 않으면 웃지 않는다. 예의상 억지로 웃을 수는 있겠지만 그런 웃음은 금방 표가 난다. 나는 내 우스갯소리가 얼마나 먹히는지를 시험해 보았다.

「파파야를 어떻게 주워 모으는지 아세요?」

식구들은 모두 모른다고 했다.

「갈퀴로 주워 모으지요.」

모두가 빙그레 웃었지만 소리 내어 웃는 사람은 아무도 없었다. 실패다. 엄마가 내 머리를 쓰다듬으며 말했다.

「아이고 착해라.」

나는 화가 나서 화장실로 달아나 손잡이의 빗장 단추를 눌러 놓고 안에 틀어박혔다. 이건 웃지 않은 식구들에 대한 보복이자, 나 자신에 대한 벌이었다. 나는 화장실을 점거하고 아무도 들어오지 못하게 했다. 삼촌이 이런저런 말로 나를 구슬리다가 도저히 안 되겠는지 문을 따고 들어가자고 제안했다. 그러나 아빠는 안 된다고 했다. 내가 이겼다. 화장실은 정말 나의 완전한 도피처이다.

그 뒤로 며칠 동안 나는 우주선을 가지고 재미있게 놀았다. 내 우주선이 착륙할 수 있는 행성이 필요해서, 화장지와 풀과 플라스틱병을 가지고 어떤 별을 만들고 다섯 명의 작은 외계인도 만들어 넣었다. 나의 행성은 내 머리 색깔처럼 빨갛다. 하늘도 빨갛고 물도 빨갛다. 엄마의 매니큐어를 가지고 내 행성을 온통 빨갛게 칠했지만 엄마는 아직 그 사실을 눈치채지 못하고 있다. 나의 행성을 만들고 나서 나는 내 영웅들의 모험담을 쓰기 시작했다. 네 명의 우주 비행사가 빨간 행성에 착륙해서 아주 힘이 센 외계인 전사들을 만난다. 그 전사들은 아무것도 두려워하지 않는다. 우주 비행사들은 외계인들과 우호 관계를 맺고 그들의 행동 규범과 전쟁 기술을 배운다. 그것들은 지구에서 통용되는 것과는 아주 다르다.

모나리자가 내 우주 비행사 중에 하나를 깨물어 버렸다. 그것을 보면서 내 이야기에 괴물 하나를 등장시키자는 생각이 들었다. 나는 그 괴물의 이름을 〈앙고라〉라고 지었다. 놈은 나의 주인공들이 어떻게 해서든 몰아내야만 하는 괴물이다.

이제 내가 바라는 건 내 이야기를 읽어 줄 누군가를 찾아내는 것이다. 내 글을 읽을 사람이 나 혼자뿐이라면 글을 쓴다는 것이 무슨 소용이 있을까?

53. 비너스, 일곱 살

나에게 아주 굉장한 일이 일어났다. 너무나 빨리 이루어진 일이라서 아직도 정신이 얼떨떨하다.

엄마와 함께 베벌리힐스의 고급 아동복 가게에서 옷을 입어 보고 있을 때의 일이다. 어떤 남자가 우리에게 다가와 나의 머리를 쓰다듬었다. 엄마는 나에게 〈다른 사람들이 네 몸에 손을 대게 하면 안 된다. 낯선 사람이 사탕을 주거든 받지 마라. 모르는 사람은 절대 따라가면 안 된다〉라는 식의 말을 자주 하곤 했다. 그러던 엄마가 이번에는 낯선 남자가 내 머리를 쓰다듬고 있는데도 그를 쫓아 버릴 생각을 하지 않았다.

「이 아이의 사진을 찍고 싶은데요. 저는 아동복 카탈로그용 사진을 찍는 사람입니다.」

남자가 그렇게 말하자 엄마는 조금 쌀쌀 맞게 대답했다.

「나도 모델이라서 이런 일을 많이 겪어 봤어요. 내 딸아이가 그 지옥 같은 세계에 들어가는 것을 원치 않아요.」

그러더니 어찌된 영문인지 엄마와 그 남자가 숫자를 들먹이기 시작했다. 남자가 어떤 수를 말할 때마다 엄마는 그보다 높은 수를 부르곤 했다. 그건 하나의 놀이 같았다. 엄마가 더 이상 양보할 수 없다면서 마지막으로 수를 불렀고, 남자가 그것을 받아들였다. 우리는 집으로 돌아왔다.

일주일 후, 엄마는 불을 아주 환하게 밝혀 놓은 어떤 장소로 나를 데려갔다. 모든 사람들이 내 주위에서 바삐 움직였다. 사람들은 내게 화장을 해주고 머리도 손질해 주고 옷을 입혔다. 모두 내가 예쁘다고 말했다. 하지만 그건 내가 오래전부터 알고 있는 사실이다. 어떤 사람은 내가 〈그냥 예쁜 정도가 아니라 완벽하다〉고 잘라 말했다.

그래. 사람들이 너무 기다란 코가 나의 약점이라는 걸 눈치채지 못하고 있다면 내가 일부러 알려 줄 필요는 없겠지.

그들은 나를 의자에 앉히더니 모든 각도에서 사진을 찍어 댔다. 카메라에서 나오는 소리가 무척 마음에 든다. 그건 마치 어떤 동물이 금방이라도 튀어 오를 채비를 하며 가르랑거리는 소리 같다. 그러다가 빛이 번쩍하고 다시 소리가 들린다.

의자에 앉아 사진을 찍은 다음, 나는 구름을 배경으로 인형 놀이를 하는 시늉을 했다. 엄마는 나를 자랑스러운 눈길로 바라보고 있었다. 옷 가게에서 만난 그 남자도 거기에 와 있었다. 엄마와 그 남자는 다시 숫자 놀이를 했고 이번에도 이긴 쪽은 엄마인 것 같았다. 엄마는 내가 아주 훌륭한 일을 해냈다면서, 그에 대한 상으로 내 소원을 하나 말해 보라고 했다. 어떤 소원이든 들어주겠다는 거였다.

나는 정말로 완벽해지기를 원했다.

「넌 완벽해.」

엄마는 그렇게 말했지만 나는 흐느끼며 되받았다.

「아냐, 내 코는 너무 길어. 나는 성형 수술을 받아야 돼.」

「말도 안 돼. 너 되게 웃긴다.」

「엄마도 수술을 받았잖아요. 주름살하고 허벅지 살 때문에…….」

잠시 침묵이 흘렀다. 엄마는 머뭇거리며 뜸을 들이다가 다시 말문을 열었다.

「좋아. 너는 성형외과 분야에서 가장 조숙했던 아이로 역사에 길이 남을 거야. 가자.」

그리하여 나는 어떤 성형 수술 전문 병원에 가게 되었다. 그곳의 외과의는 암브로시오 디 리날디 박사인데, 그는 한때 조각가였다가 살을 다루는 의사로 직업을 바꾼 사람이라고 한다. 그는 〈메스를 든 미켈란젤로〉라는 별명이 붙을 만큼 성형 수술을 잘하기로 소문이 난 사람이다. 대부분의 여성 배우들을 스타 대열에 올려놓은 것은 그녀들의 홍보 담당자나 매니저가 아니라 바로 그 의사라는 얘기도 있다. 성형외과 의사들은 정말 재주가 많은 사람들이다. 하지만 이건 비밀이다. 대중은 이런 사실을 모르고 있다. 암브로시오는 대단히 능력이 뛰어나서 내가 미래에 성장할 것을 감안해서 수술을 할 수 있다고 한다.

사람들은 나를 수술대 위에 눕혀 놓고 잠이 들게 했다. 잠에서 깨어나 보니 내 얼굴은 붕대로 덮여 있었다. 어서 내 코를 보고 싶었지만, 모든 것이 아물 때까지 며칠 동안 기다려야 했다.

수술 자국이 사라질 때까지 나는 내 방에서 영화를 보며 지냈다. 내가 가장 좋아하는 영화는 리즈 테일러가 주연으로 나오는 「클레오파트라」이다. 리즈 테일러는 내가 보기에 세상에서 가장 아름다운 여자다. 나는 이다음에 커서 리즈 테일러 같은 여자가 될 것이다. 진짜 클레오파트라도 나처럼 코가 길었던 모양이다. 어쩌면 그것은 너무나 아름다운 사람들에게 내리는 저주일지도 모른다. 하지만 이제 나는 클레오파트라보다 아름다워졌다. 클레오파트라의 시대에는 미라를 만드는 기술은 있었지만 성형 수술은 없었다.

나의 코 수술은 대중의 인기를 한 몸에 받을 내 화려한 생애의 첫 단계일 뿐이다.

이제 나의 소원은 스타가 되는 것이다.

54. 이고르, 일곱 살

표트르는 우리를 이긴 뒤로 점점 더 많은 것을 요구해 왔다. 녀석은 우리 방뿐만 아니라 모든 공동 침실을 돌아다니며 강탈을 일삼았다. 녀석의 잭나이프가 녀석을 지배자로 만든 거였다.

얼마 전부터 우리는 작업장에서 담배 포장 일을 하고 있다. 표트르는 우리보고 담배를 정기적으로 한 갑씩 훔쳐다가 자기에게 바치라고 명령했다. 녀석은 뒷거래를 어찌나 잘 하는지 우리를 감독하는 여러 성인들까지 담배 밀매매에 끌어들였다.

표트르는 보디가드와 똘마니를 늘 데리고 다닌다. 고아원 관리인들까지 그 패거리의 뒤를 봐주고 있기 때문에 녀석들은 더욱 기세가 등등해져서, 기회만 있으면 공포 분위기를 조성해서 우리를 주눅 들게 한다. 관리인들은 우리에게서 뭔가를 얻어 내고 싶으면, 표트르를 이용한다. 녀석은 어떻게 하면 우리를 복종시킬 수 있는지를 알고 있다. 녀석은 반항하는 아이들이나 〈표트르 세금〉을 내지 않으려고 하는 아이들을 징계하기 위해서 여러 가지 형벌을 만들어 냈다. 그것은 갖가지 구타에서 담뱃불로 지지기나 얼굴에 칼자국 내기에 이르기까지 종류가 많았다.

나는 이곳이 지긋지긋하다. 내 친구 3V, 즉 바실리, 바냐, 블라디미르조차 표트르의 위세에 굴복하기에 이르렀다. 놈은 이제 스스로를 〈황태자〉로 떠받들어 주기를 요구하고 있다.

표트르 패거리와 놈들의 조직력에 맞서고 싶지만, 나의 힘만으로는 아무것도 할 수가 없다. 놈들 중 하나를 패줄 수는 있겠지만, 그러기가 무섭게 모두가 떼거지로 나에게 덤벼들 것이다.

표트르는 바냐를 그들 패거리의 놀림감으로 삼았다. 놈의 똘마니들은 이런 이유 저런 이유를 들어서 바냐에게 매질을 하고 상처를 입혔다. 어쩌다가 우리가 바냐 편을 들면서 녀석을 보호해 주려고 하면, 매를 맞는 건 우리였고 감독들은 우리가 매를 맞아도 전혀 우리를 지켜 주지 않았다.

바실리는 이런 상황을 보다 못해서, 〈이 지옥 같은 고아원에서 도망치자〉고 말했다. 그래서 우리는 도망치기 위해 터널을 파기로 결정했다. 우리의 공동 침실은 담에서 그리 멀리 떨어져 있지 않다. 모든 일이 잘된다면, 우리 네 사람은 표트르도 없고 놈의 똘마니들도 없고 감독자들도 없는 세계를 향해 우리 자신의 날개로 날아갈 수 있을 것이다.

오늘 아침 나는 원장실에 불려 갔다. 쭈뼛거리면서 방 안으로 들어가 보니, 원장이 제복 차림의 키 큰 남자와 함께 있다. 그 남자는 가슴에 훈장을 잔뜩 달고 있는 것으로 보아, 대단히 중요한 인물임에 틀림없다. 원장이 사근사근한 목소리로 내게 말을 건다.

「이고르, 미안하다.」

「저는 아무 짓도 안 했어요. 제가 한 게 아니에요.」

우리 터널이 발각된 게 아닌가 싶어서, 나도 모르게 그런 말이 나왔다.

원장은 짐짓 내 말을 못 들은 척하고 말을 잇는다.

「이고르, 미안하지만 너는 우리 고아원을 떠나야겠다. 너에겐 이 고아원이 네 집이나 다름없다는 것을 알지만, 네 앞에 새로운 길이 열리게 되어서…….」

「감옥에 가는 건가요?」

「무슨 소리야! 감옥이라니. 양자로 가는 거지.」

그 말에 내 심장의 고동이 빨라진다.

「여기 계시는 아파나시예프 대령께서 너를 만나고 싶어 하셨다. 너를 양자로 삼으시려고 말이다. 물론 네가 싫다면 안 가도 된다.」

나를 양자로 삼겠다고?

내가 놀란 얼굴로 대령의 얼굴을 살피자, 그는 싱긋 미소를 지어 보인다. 사람이 착해 보인다. 그의 연한 파란색 눈이 내 마음을 끈다. 게다가 가슴에 달고 있는 그 모든 훈장들……. 나는 제복 차림에 훈장을 주렁주렁 달고 있는 남자들이 너무나 좋다.

나는 대령에게 다가간다. 그에게서는 좋은 냄새가 난다.

아마 그의 아내가 아기를 가질 수 없어서 나를 양자로 삼으려는가 보다. 장차 나의 아빠가 될 남자가 손가락으로 내 턱밑을 만지면서 말문을 연다.

「나중에 보면 알겠지만, 우리 집에 있는 것을 좋아하게 될 게다. 네 엄마가 될 분은 케이크 만드는 솜씨가 아주 훌륭하단다. 특히 초콜릿케이크를 잘 만들지.」

케이크라니! 말만 들어도 입안에 침이 고인다. 여기에서는 대통령의 생일 때나 되어야 케이크를 구경할 수 있다. 게다가 돼지기름과 사카린이 들어간 케이크라서 먹고 나면 토할 것 같은 기분이 든다. 이 착한 사람들 집에 가면 나는 매일 케이크를 먹게 될 것이다. 그것도 초콜릿케이크를……. 장차 나의 새엄마가 될 여자의 모습이 벌써 머릿속에 그려진다. 금발에 환하게 미소 짓는 여인. 하얗고 통통한 팔로 밀가루 반죽을 만드는 여인.

「저는 나이가 너무 많아서 양자로 들어갈 수 없을 거라고 생각했어요.」

「아파나시예프 대령은 공군에 계신 분이다. 이분은 남다른 생각을 갖고 계시단다. 아기를 원하시는 게 아니라 자랄 만큼 자란 튼튼한 아이를 원하신다는구나.」

공동 침실로 돌아와서 그 얘기를 했더니 아무도 내 말을 믿으려 하지 않았다. 블라디미르는 대놓고 악담을 했다.

「그들이 우리를 이 감옥에서 빼내는 건 우리를 여기보다 훨씬 더 나쁜 곳으로 보내려고 그러는 거야. 슬픈 얘기지만, 그게 사실이야.」

바냐도 거들었다.

「그래. 게다가 그 사람들이 너한테 사실대로 말했다며. 네가 크고 튼튼해서 너를 골랐다고.」

블라디미르는 한술 더 떴다.

「공군 대령이라……. 이거 수상한데. 널 신병으로 팔아먹으려고 그러는 거 아냐? 거기에 그런 불법 거래가 많다는 건 알 만한 사람은 다 안다고.」

얘기를 듣고 보니 불안하다.

「바실리, 넌 어떻게 생각하니?」

바실리는 대답 대신 어깨를 으쓱해 보이더니 포커나 치자고 한다. 나는 첫판부터 졌다. 바실리는 나에게서 딴 것을 호주머니에 챙겨 넣고는 비로소 자기 의견을 말해 준다.

「내가 보기에는 우리랑 같이 터널을 계속 파는 게 나을 것 같아.」

바실리는 언제나 좋은 충고를 해주던 친구이니만큼, 녀석이 처음에 보여 준 무관심은 나를 당황하게 했다. 그런데, 이제 보니 녀석은 시기심에 사로잡혀 있는 것 같다.

「너희들 모두 시샘하는 거지? 나에게는 엄마 아빠가 생겼는데, 너희는 여기에 계속 갇혀 있어야 하니 말이야.」

나는 녀석들과 떨어져 혼자 있고 싶었지만, 차마 그럴 수가 없어서 포커 게임을 계속한다. 블라디미르는 담배 스무 개비를 더 걸면서 나를 쳐다보지도 않고 말한다.

「우리는 터널 때문에 네가 필요해.」

「터널 때문이라고? 꿈 깨. 우리는 해낼 수 없을 거야. 1년이 지나도 너희는 여기 그대로 있게 될 거라고.」

며칠만 지나면 나는 더 이상 고아가 아니다. 나에게 진짜 가족이 생기는 것이다. 이제 내 친구들은 과거 속에 묻어 버려야 한다. 우리가 헤어지는 것은 고통스러운 일이겠지만,

3V와의 관계를 빨리 끊으면 끊을수록 나는 더 잘 지내게 될 것이다.

이제 나에게 진짜 아빠가 생겼으니, 내 소원은 여기서 빨리 나가는 것 한 가지밖에 없다.

55. 백과사전

벗어나기

여기 수수께끼가 하나 있다. 다음과 같이 배열된 아홉 개의 점을 펜을 떼지 않고 네 개의 직선으로 연결하려고 한다. 어떻게 하면 될까?

〈해답〉

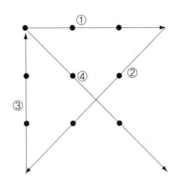

우리는 대개 이 해답을 잘 찾아내지 못한다. 우리의 정신이 그림의 영역 안에 갇히기 때문이다. 그러나 그림의 영역에서 벗어나면 안 된다는 얘기는 어디에도 없다.

이 수수께끼가 우리에게 주는 교훈은 어떤 체제를 이해하기 위해서는 거기에서 벗어나야 한다는 것이다.

에드몽 웰스, 『상대적이며 절대적인 지식의 백과사전』 제4권

56. 파파도풀로스

에드몽 웰스는 모든 신비적 교의의 종말을 예고하고 있는데, 아닌 게 아니라 그가 알아낸 지식들도 이젠 비밀이 아니라 대중의 것이 되어 가고 있다.

그가 영매로 이용하는 윌리스 파파도풀로스는 은거하는 수도사이다. 이 수도사는 집을 한 채 지어, 거기에 죽을 때까지 먹고 살 양식과 생활필수품을 쌓아 놓고는 문을 벽으로 막아 버렸다.

파파도풀로스가 은신처로 삼은 곳도 예사로운 장소가 아니다. 그는 안데스산맥의 지맥들 중에서 가장 높고 가장 외딴 축에 드는 한 봉우리를 골라 거기에 집을 지었다. 그 봉우리는 페루 남부의 쿠스코 유적지에서 그리 멀지 않은 곳에 있다.

거기에서 파파도풀로스는 명상을 하고 글을 쓴다. 그는 검은 턱수염을 기른 자그마한 남자다. 곱슬곱슬한 수염이 텁수룩하고 손톱도 길게 자랐지만 그래도 비교적 깨끗한 편이다. 대여섯 평 되는 공간에서 10년 넘게 틀어박혀 살다 보면, 의복 따위는 물론이고 위생에도 별로 신경을 쓰지 않게 되어서 급기야는 구석구석에 거미들만이 진을 치게 마련이다.

우리가 그의 집을 찾아갔을 때, 그는 에드몽 웰스가 조금

전에 일러 준 것을 기록하는 데에 몰두해 있었다. 어떤 체제를 이해하기 위해서는 거기에서 벗어나야 한다는 것이 그 글의 요점이다. 라울은 그 주장을 무척 마음에 들어 한다. 우리가 지금 하고 있는 일이 바로 그런 게 아니냐는 것이다. 우리가 글의 내용을 더 자세히 살펴보려고 다가가는데, 파파도풀로스가 갑자기 글쓰기를 중단한다.

「게 누구요?」

이런 낭패가 있나! 사람이 우리의 존재를 지각하다니! 어서 저 장롱 뒤로 숨자.

그가 코를 킁킁거린다.

「당신의 존재가 느껴져요. 여기에 와 계신 거 맞지요?」

이 작은 남자는 확실히 특별한 영매다. 그는 생쥐가 있음을 알아차린 고양이처럼 이리저리 맴돈다.

「에드몽 천사님, 당신이 여기에 와 계시다는 걸 느낌으로 알 수 있어요.」

우리는 우리의 아우라가 발산되는 것을 억제하려고 애쓴다.

「거기 계시다는 거 알아요, 에드몽 천사님. 느낌이 분명히 와요.」

원 세상에 이게 무슨 꼴이람. 천사 체면에 사람에게 들킬까 봐 전전긍긍하고 있다니…….

파파도풀로스가 나직한 소리로 중얼거린다.

「오래전부터 당신을 기다려 왔습니다. 절대적인 지혜에 도달하려는 저로서도 외로움과 그리움은 어쩔 수가 없습니다.」

라울과 나는 아무 기척도 내지 않고 가만히 있었다.

「제 믿음이 아무리 깊을지라도 저에게는 한계가 있습니다. 당신께서는 꿈에서 저에게 불러 주시는 것을 모두 적어야 한다고 말씀하셨습니다. 물론 그 뒤로 아침마다 제 머릿속에 글감이 떠오르곤 합니다만, 당신을 직접 보고 만나는 것에 비하면…….」

우리는 발각되지 않도록 한껏 웅크린다. 그가 소리친다.

「찾았어요. 당신이 어디에 있는지 알았어요.」

그가 다가와서 장롱을 끌어당기려고 한다. 그러더니 갑자기 생각을 바꾸어 방 한복판으로 돌아간다.

「마음대로 하십시오. 당신이 정 그렇게 나오시면, 저도 이 일을 그만두겠습니다. 죄송하지만, 저는 남이 저에게 무례하게 구는 것을 끔찍이 싫어합니다.」

정말 화가 났는지, 이 그리스 수도사는 커다란 망치를 잡더니 문을 막고 있는 벽돌을 두드리기 시작한다.

우리 때문에 에드몽 웰스의 서사(書士)가 은거를 떠나려고 하는 것이다! 나는 팔꿈치로 라울을 떼민다. 흥분한 파파도풀로스가 고래고래 소리를 지른다.

「이제 바깥세상으로 가렵니다. 가서 아름다운 여자들이나 끼고 놀겠습니다. 정결 서원은 포기하겠어요. 내 모든 서원을 포기하겠습니다. 으리으리한 저택에서 맛있는 음식을 먹으며 진짜 사는 것처럼 살아 보렵니다.」

그는 망치질로 장단을 맞추듯 한 마디를 할 때마다 망치를 내려친다.

「철학적인 경구들을 베끼느라 10년을 허비하게 해놓고, 이제야 날 보러 와서는 인사 한 마디도 안 하고, 어떻게 그럴 수가 있지요? 아, 이젠 더 이상 못 하겠어요. 종교란 어린 수도사들을 호리는 덫일 뿐입니다. 어떤 천사가 나에게 나타나 산에 가서 은거를 하며 자기 생각을 기록하라고 하기에 나는 주저 없이 그대로 했어요. 내가 정말 어리석었지요…….」

「우리 둘 중의 하나가 나서서 뭔가를 해야 할 것 같은데 말이지…….」

내가 그렇게 말하자 라울이 대답한다.

「자네가 해.」

「난 못 해. 자네가 해.」

파파도풀로스는 망치를 마구 휘두르면서, 핑크 플로이드의 음반「더 월The Wall」에 나오는 노래를 부른다.

「우리에겐 당신들의 가르침이 필요 없어요…….」

벽돌 조각이 먼지를 일으키며 허공으로 튀어 오른다. 나는 장롱 뒤의 은신처 밖으로 라울을 힘껏 밀어낸다. 수도사가 갑자기 동작을 멈춘다. 라울을 본 모양이다. 그는 많은 재능을 가진 진짜 영매다. 그는 너무나 놀라서 꼼짝 않고 있다가 두 손을 모으고 무릎을 꿇는다.

「마침내 나타나셨군요!」

「에, 그러니까…….」

라울은 효과를 높이기 위해 자기 오라를 아롱거리게 만든다.

어떻게 좀 말려 보라고 라울을 내보내기는 했지만, 그가 서툰 배우라서 마음이 놓이지 않는다. 하지만, 그는 살과 뼈를 가진 사람들의 눈에 자기 모습을 보여 주게 된 것을 무척이나 즐거워하는 기색이다. 윌리스 파파도풀로스는 성호를 긋고 또 긋는다. 우리 천사를 볼 수 있는 사람들의 눈에는 우리가 아주 굉장해 보이는 모양이다. 나 역시 모습을 드러내서 효과를 배가시키고 싶은 생각이 든다. 하지만 이 은자는 라울을 본 것만으로도 벌써 졸도할 지경에 와 있다. 그는 점점 더 빠르게 성호를 긋다가 라울의 발아래에 넙죽 엎드린다.

라울은 시간을 벌어 볼 양으로 불필요한 말들을 자꾸 주워섬긴다.

「에, 그러니까…… 뭐냐…… 물론…… 그래…… 맞아…… 나 여기 있어.」

「아, 저에게 이런 행복을 주시다니! 보입니다. 당신이 보여요, 에드몽 천사님. 저의 이 두 눈에 똑똑히 보여요.」

라울은 양심의 가책을 느꼈는지, 수도사가 잘못 알고 있는 것을 고쳐 준다.

「에, 난 에드몽이 아니라 라울일세. 당신에게『백과사전』을 받아 적게 하는 그 에드몽의 〈동료〉이지. 에드몽은 올 수가 없었어. 그는 그 점에 대해서 미안하게 생각하고 있네. 하지만 자기 대신 내가 자네를 만나도록 허락했지.」

그의 말이 수도사에게 제대로 전달이 안 되어서, 라울은 그가 알아듣도록 한 음절씩 끊어 가면서 같은 말을 여러 번 되풀이해야만 했다. 수도사는 자기가 쓰고 있던 책 쪽으로 두 팔을 내밀면서 소리친다.

「성 에드몽에 이어 이번엔 성 라울께서! 아, 성 라울이시여! 저는 축복받은 사람입니다. 감사합니다. 모든 성인의 가르침을 따르겠습니다.」

「좋아, 아주 잘됐네. 우선 한 가지 물어보고 싶은 게 있는데,『백과사전』에 숫자 7에 관해서 언급한 대목이 있나?」

수도사가 놀라서 되묻는다.

「숫자 7이요? 에, 물론 있어요, 있습니다. 여기저기에 그것에 관한 이야기가 있지요.」

「나에게 좀 보여 주게나.」

수도사는 얼른 책을 가져오더니, 조심스럽게 엄지손가락
에 침을 발라 책장을 팔랑팔랑 넘긴다. 맨 먼저 그가 보여 준
것은 타로 카드 게임에서 숫자 7이 상징하는 것에 관한 짧은
글이다. 그다음 것은 길이가 더 긴데, 신화와 전설에 나오는
7이라는 상징의 중요성에 관한 글이다. 세 번째 것은 야곱의
사다리를 이루는 일곱 가로 막대에 관한 글이다……

이 『상대적이며 절대적인 지식의 백과사전』이라는 책의
문제점은 온갖 것이 다 들어 있는 잡학 사전이라는 점이다.
에드몽 웰스의 생각은 온갖 방향으로 널을 뛴다. 이 책은 철
학적인 성찰을 다루고 있을 뿐만 아니라, 요리법, 과학계의
일화, 수수께끼, 사회학 연구, 간단한 인물 묘사, 인류의 역사
적 사실에 관한 새로운 조명 같은 것도 담고 있다. 엄청난 잡
동사니 창고다! 이걸 다 읽으려면 지상에 몇 차례나 더 내려
와야만 할 듯하다.

라울은 수도사에게 색인을 붙이거나 하다못해 페이지에
번호를 매겨 목차라도 만들어 두라고 권한 다음, 책장을 계
속 넘긴다. 심리 테스트와 관련된 항목 몇 개와 스타들의 인
터뷰가 지나자, 한 가지 흥미로운 것이 나온다. 7의 단계에
도달한 존재들의 세계에 관한 항목이다. 거기에 기술된 바에
따르면, 7들의 세계는 6들의 세계와 인접해 있는 것이 아니
므로, 그것을 찾으려면 〈누구도 거기에 있을 거라고 예상하
지 못하는 곳〉으로 가야 하리라는 것이다.

그때, 갑자기 우리 주위에서 찬 기운이 느껴진다. 우리 천
사들은 더 이상 따뜻한 것도 찬 것도 느끼지 못하는데 괴이

한 일이다.

「떠돌이 영혼들이야!」

라울의 목소리에 불안한 기색이 담겨 있다.

아닌 게 아니라 우리 앞에 열 명의 유령이 늘어선다. 그들은 우리와 비슷한데, 다만 우리처럼 빛을 내지 않고 빛을 빨아들인다는 점이 우리와 다르다.

나보다 먼저 천사가 된 라울이 그 유령들에 대해 설명해 준다. 이 심령체들은 때가 되기 전에 스스로 목숨을 끊었거나 억울하게 죽임을 당한 사람들의 영혼이라고 한다. 이 영혼들은 원한이 너무 깊어서 하늘에 올라가 정화되지 못하고, 과거의 문제를 해결하기 위해 지상에 머물러 있다는 것이다.

「죽어서까지 죽기를 거부하는 사람들이로군.」

「그래, 육신의 죽음을 받아들이지 못하는 영혼들이지. 복수심에 불타는 어떤 원혼들은 유령의 형태로 떠돌면서 과거에 자기에게 고통을 주었던 자들을 따라다니지.」

「그들이 우리에게 해를 끼칠 수도 있나?」

「우리에겐 그렇게 하지 못하지. 하지만 파파도풀로스에게는 그럴 수 있어.」

「하지만 우리는 천사이고 저들은 그저 떠돌이 영혼일 뿐인데, 우리 앞에서 저들이 파파도풀로스를 해칠 수 있단 말인가?」

「저들은 우리보다 사람들에게 더 가까이 접근할 수 있어.」

라울은 혹시 우리가 떠돌이 영혼들을 이 그리스 수도사 쪽으로 끌어들인 게 아닌가 걱정했다. 떠돌이 영혼들은 들러붙을 육신을 끊임없이 찾아다니는데, 우리가 지상에 나타남으로써 그들에게 영매 하나를 지목해 준 셈이 되었는지도 모른다는 것이다.

유령들이 자꾸 몰려든다. 이제 서른 명은 족히 될 정도로 수가 불어났다. 유령들은 죽던 때의 모습을 그대로 유지한다고 한다. 우리 앞에 있는 자들은 잉카의 전사들이다. 에스파냐 정복자들의 소총에 맞은 상처들이 그대로 남아 있다. 마치 H. P. 러브크래프트의 소설 속에 들어와 있는 듯한 기분이 든다. 그들의 우두머리로 보이는 자는 훨씬 더 끔찍한 모습이다. 그에겐 머리가 없다. 나는 라울에게 바싹 다가들며 묻는다.

「저들과 싸우려면 어떻게 해야 하지?」

57. 비너스, 일곱 살

드디어 붕대를 풀고 거울을 볼 수 있게 되었다. 코가 짧아지니까 내가 한결 더 예뻐 보인다. 나는 어린이 스타들을 위한 학교에 입학했다. 이곳에서는 햇킨스 박사의 교육법에 따라 우리를 가르친다. 선생님들은 우리가 원하는 것을 우리가 하고 싶을 때에 우리가 원하는 방식으로 하게 내버려둔다. 그래야 우리의 내적인 충동이 자유롭게 표현될 수 있다는 것이다. 나는 무엇이든 하고 싶은 걸 하라고 하면, 대개 어딘가에 갇혀 있는 작은 사람을 그리곤 한다. 그러면 선생님이 묻는다.

「이게 누구니? 아빠니? 엄마니?」

「아니에요. 다른 사람이에요.」

「다른 사람 누구? 멋진 왕자님?」

「아뇨. 그냥 다른 사람이에요. 내가 이따금 꿈에서 보는 사람이에요.」

「그렇게 꿈에서 보는 다른 사람을 멋진 왕자님이라고 부르는 거야. 나도 옛날에 그런 남자를 찾으려고 애썼어. 그러다가 내 남편을 만나면서 그이가 바로 멋진 왕자님이라는 것을 알게 되었지.」

이런 어른들만큼 나를 짜증 나게 하는 것도 없다. 이들은 아이들의 말을 제대로 듣지도 않고 뭐든지 다 아는 것처럼 착각한다. 나는 더 이상 참지 못하고 소리를 지른다.

「아니란 말이에요. 그 다른 사람은 멋진 왕자하고는 전혀 상관이 없어요. 그는 포로예요. 어딘가에 갇혀 있기 때문에 거기에서 나오고 싶어 해요. 그를 도와줄 수 있는 사람은 나밖에 없어요. 하지만 그러기 위해서는 뭔가를 생각해 내야 돼요.」

「뭘 생각해 내야 된다는 거니?」

나는 더 이상 시간을 낭비하고 싶지 않아서 선생님으로부터 등을 돌려 버린다.

지난주에 어떤 잡지사에서 사진을 찍자고 나를 불렀다. 그것은 엄마 덕분에 생긴 일이다. 엄마는 일을 하러 여기저기 다닐 때마다 나에 대한 광고를 하고 있다. 나는 등받이 없는 둥근 의자에 앉아 꽃다발 하나를 든 채 두세 시간 동안 포즈를 취했다. 이번엔 어떤 달력에 쓸 사진을 찍는 모양이었다. 엄마는 예의 숫자 놀이를 하면서 무대 뒤에 있었다. 그 놀이에서 엄마가 부르는 수는 점점 더 커져 가고 있었고, 어떤 수 다음에는 달러라는 말이 붙곤 했다.

엄마는 내가 대단히 중요한 사람이 되었다고 알려 주었다. 내가 제2의 셜리 템플이라는 것이다. 나는 그 여자가 누구인지 모른다. 아마도 엄마가 본보기로 삼고 있는 그 늙은 배우들 중의 하나일 것이다. 어찌되었든 내가 보기엔 리즈 테일러를 빼면 그녀들은 다 못생겼다.

58. 자크, 일곱 살

몇 주일 전에 여자아이 하나가 우리 학교에 새로 들어왔다. 아이들이 전학을 오면, 나는 언제나 그 애들이 잘 적응하도록 돕고 싶어진다.

이번에 온 아이는 조금 특별하다. 이 애는 우리보다 나이가 한 살 많다. 공부를 못하는 애처럼 보이지는 않는데도, 유급을 할 수밖에 없었던 모양이다. 이 애는 서커스단에서 살고 있다. 자꾸 장소를 옮겨 다니는 탓에 학교 공부를 따라잡기가 쉽지 않을 듯하다.

그 애의 이름은 마르틴이다. 그 애는 내가 자기를 환대해 주었다고 고마워하면서 내 조언들을 받아들였다. 그리고 나보고 체스를 둘 줄 아느냐고 물었다. 내가 둘 줄 모른다고 하자 그 애는 가방에서 작은 플라스틱 체스보드를 꺼내더니 두는 법을 가르쳐 주었다. 나는 체스가 마음에 든다. 체스보드는 인형들이 춤을 추고 싸움을 벌이는 작은 무대 같다. 말들은 저마다 움직이는 방식이 다르다. 폰처럼 작은 걸음으로 전진하는 것이 있는가 하면, 비숍처럼 멀리 쭉쭉 미끄러져 가는 것도 있다. 또 다른 말을 뛰어넘어 갈 수 있는 것도 있다. 나이트가 바로 그것이다.

마르틴은 체스의 천재다. 그 나이에 벌써 몇 명의 어른과 동시에 대국을 벌일 정도다.

「어른들과 체스를 두는 건 어려운 일이 아냐. 어른들은 나 같은 어린 여자애가 자기들을 공격하면 얼마나 하랴 하고 만만하게 생각하지. 그럴 때 나는 사정없이 밀고 들어가지. 그러면 그들은 수비에 급급하지. 그들이 수비 상태에 들어가면, 그들의 다음 수가 내 눈에 훤히 보이게 돼. 그러면 그들이 지는 거야.」

마르틴의 말에 따르면, 체스에서 이기기 위해서는 다음의 3대 원칙을 지켜야 한다. 첫째, 초반에는 말들이 작전을 개시할 수 있도록 가능한 한 빨리 방어선 뒤에서 빠져나오게 할 것. 둘째, 중앙을 차지할 것. 셋째, 자신의 약점을 보강하려고 애쓰기보다는 자신의 강점을 더욱 강하게 만들 것.

체스는 이제 나의 취미 중의 하나가 되었다. 마르틴과 나는 제한 시간을 두고 대국을 벌이곤 한다. 마르틴을 이기지는 못하더라도 그런 대로 게임의 꼴을 갖추려면 눈앞의 한 수만을 생각해서는 안 되고 여섯 수 정도를 내다보면서 치밀한 수읽기를 해야 한다.

마르틴은 내가 공격에는 능하지만 수비에 허점이 많다고 지적했다. 그래서 나는 수비 방법을 가르쳐 달라고 부탁했다.

「따로 배울 건 없어. 내가 전에 말했던 거 기억나니? 약점을 보충하는 것보다는 강점을 강화하는 게 낫다고 한 거 말이야. 나는 너에게 더욱 효과적인 공격 방법을 가르쳐 줄 생각이야. 공격이 최선의 방어라는 말도 있잖아?」

마르틴은 자기가 말한 대로 했다. 나의 수읽기는 갈수록 빨라지고 있다. 체스를 두고 있노라면, 하나의 드라마가 펼쳐지면서 시간과 공간이 체스판에 요약되어 나타나는 듯하다. 한 수 한 수를 둘 때마다 내 머릿속에서 생쥐 한 마리가 미로에 갇혀 이리저리 헤매다가 최선의 길을 찾아 빠져나가는 듯한 기분이 든다. 그 생쥐는 길이란 길을 모두 탐색하면서 되도록 빨리 바른길을 찾아내려고 대단히 바쁘게 움직인다.

마르틴은 에드거 앨런 포의 단편소설 「멜첼의 체스 기사」에 나온 일화를 나에게 소개해 주었다. 어떤 자동인형이 누구와 체스를 두어도 이기는 놀라운 능력을 발휘했는데, 나중에 알고 보니 사실은 그 기계 안에 한 난쟁이가 숨어 있더라는 이야기였다. 그 결말이 참으로 기발하다는 생각이 든다. 이렇게 재미있는 이야기를 들으면 전율을 느낄 정도로 좋아한다. 게다가 이 이야기는 실제로 있었던 일 같은 생생한 느낌을 준다.

마르틴과 에드거 앨런 포와 체스는 나의 삶에 새로운 의미를 주고 있다. 이제 나는 내 이야기 속에 서스펜스를 많이 집어넣고 있다. 내 이야기들은 주로 체스에서 영감을 얻은 것들이다. 내 인물들은 종종 어떤 게임에 말려드는데, 그들은 그 게임의 규칙을 알지 못한다. 이 이야기들은 그들이 상상할 수조차 없는, 눈에 보이지 않는 법칙의 지배를 받고 있기 때문이다.

마르틴에게 내 이야기 중의 하나를 읽어 주겠다고 했더니 기꺼이 받아들였다. 마침내 나에게 독자 하나가 생긴 것이다! 나는 귓속말을 하듯이 나직하게 내 이야기를 읽어 주었다. 그것은 인체 내에 침투한 어떤 세균을 찾아내기 위해 수사를 벌이는 두 백혈구의 모험담이다. 두 백혈구가 문제의 세균을 붙잡아 조사해 보니, 그 세균이 침투한 것은 오로지 인체의 세포 사회에 동화되고 싶은 마음에서였다. 결국 그 세균은 인체의 어떤 곳에서 쓸모 있는 일을 할 수 있다는 것이 밝혀져 인체 안에 받아들여지게 된다.

「세균이 쓸모 있는 일을 할 수 있다는 게 무슨 뜻이니?」

「소화 기관에서 음식물의 소화를 도울 수 있잖아.」

「아주 참신한데. 어떻게 그런 생각을 해냈니?」

마르틴이 웃으면서 그렇게 물었다.

「텔레비전에서 세균에 관한 프로그램을 봤어.」

「아니, 내가 물은 건 어떻게 인체가 하나의 사회라는 생각을 갖게 되었느냐는 거야. 네 이야기에 나오는 세균은 인체를 하나의 이상 사회로 보고 거기에 들어가 살고 싶어 하잖아.」

「내가 보기에 우리 인체는 그 자체가 하나의 이상 사회야. 그 안에는 경쟁도 우두머리도 없고, 모두가 서로 다르면서도 서로를 보완하고 전체의 이익을 위해 활동하고 있어.」

마르틴은 내 이야기가 무척 재미있다면서 내 볼에 입을 맞춘다. 나는 답례로 똑같이 입을 맞추려고 했지만, 마르틴은 나를 살짝 떼밀면서 속삭인다.

「다른 이야기를 쓰거든 나한테 또 읽어 줘. 알았지?」

59. 이고르, 일곱 살

나의 새 부모가 오늘 저녁에 나를 데리러 오기로 되어 있다. 나는 나일론으로 흉내만 낸 턱시도를 입었다. 무슨 축제 행사가 있을 때에 입으라고 고아원에서 나누어 준 옷이다. 나는 내 구두에 돼지기름을 발라 반들반들하게 닦은 다음 가방을 꾸렸다. 다른 아이들과는 더 이상 아무 이야기도 나누고 싶지 않다. 점심에 나는 아무것도 먹지 않았다. 내 옷에 얼룩이 묻을까 봐 걱정이 되어서였다. 나는 도서관에서 예의범절에 관한 책을 한 권 골라 대충 훑어보았다. 덕분에 이제 포크는 접시의 왼쪽에 나이프는 오른쪽에 놓는다는 것도 알고, 육류를 먹을 때는 적포도주를 마시고 생선을 먹을 때는 백포도주를 마신다는 것도 안다. 또 부자들이 다른 부자들을 만났을 때는 자기 명함을 주어야 한다는 것도 안다. 그래야 나중에 가난한 사람들이 성가시게 하지 않는 곳에서 자기들끼리 오붓하게 만날 수 있기 때문이다.

나는 훈장에 대해서도 연구했다. 장차 나의 아빠가 될 사람이 가슴에 달고 있던 훈장들은 그가 공군의 엘리트에 속한다는 사실을 뜻할 뿐만 아니라 그가 적의 비행기들을 여러 대 격추시켰다는 것을 뜻하기도 한다. 공군이라……. 벌써부터 보병과 포병과 해군이 우습게 느껴지려고 한다. 공군 만세! 공군은 적군의 위를 날아다니며 적들을 보거나 건드리지도 않고 멀리서 죽인다. 러시아군 만세! 전쟁 만세! 무찌르자 오랑캐! 무찌르자 서방 세계!

공식적으로 〈대령의 아들〉이 되면, 나는 우리 군대의 모든 움직임에 대해서 알게 될 것이고 신문이나 방송에 일체 나오지 않는 비밀 임무에 대해서도 죄다 알게 될 것이다. 나는 학살이나 무력 충돌 같은 진짜 흥미로운 일들은 우리에게 알려지지 않은 채 이루어진다고 믿고 있다. 내 공동 침실의 3V 때문에 자꾸 짜증이 난다. 곧 부잣집에 양자로 들어간다고 생각하니 가난한 녀석들이 신경에 거슬리기 시작한다.

낮 12시가 지나고, 1시가 지나고, 5시가 되었다. 나는 감독 선생들에게 안녕히 계시라고 인사를 하고, 의자에 앉은 채 7시가 되기를 기다리고 있었다. 소맷부리가 조금 터진 턱시도에 때가 묻을까 봐 신경을 쓰면서.

그때, 바냐가 불쑥 나타나더니 화난 모습으로 나를 바라보다가 쏘아붙인다.

「너네 아빠가 될 그 대령이라는 사람은 보나마나 너 같은 사내아이를 데리고 추잡한 짓을 하는 성 착취범일 거야.」

「자식, 샘이 나니까 별소릴 다 하네. 너 초콜릿케이크라는 거 구경이나 해봤어?」

「치사한 자식!」

나는 바냐의 마음을 이해한다. 녀석은 내가 자기를 지켜 주고 도와줄 거라고 믿었을 것이다. 하지만 남들 좋으라고 내가 여기에 계속 머물 수는 없는 노릇이다. 나는 마음을 차분하게 가라앉히고 바냐를 달랜다.

「너에게도 언젠가는 기회가 올 거야. 그런 날이 오면 너도 나처럼 행동하게 될걸.」

나의 새 아빠는 7시에 나를 데리러 오기로 되어 있다. 7시 반쯤 되면 나는 대령과 한 식구가 되어 케이크를 먹게 될 것이다. 진짜 버터와 진짜 초콜릿으로 만든 케이크를.

6시 반이다. 이제 30분만 있으면 이 고아원과 영원히 이 별하게 될 것이고, 나는 가정과 사랑을 얻게 될 것이다.

6시 45분. 바실리가 내 앞에 붙박인 듯이 서 있다. 녀석의 표정이 심상치 않다. 녀석은 나에게 따라오라고 하더니 샤워실로 들어간다. 거기로 따라 들어가 보니 아이들이 작은 무리를 지어 모여 있다. 모두가 천장을 올려다보고 있기에 고개를 들어 보니 천장에 블라디미르가 매달려 있다. 녀석의 목에는 이런 팻말이 걸려 있다. 〈세금을 내지 않으려고 담배를 숨겼음.〉 뚱뚱한 블라디미르를 저렇게 높이 끌어올리자면 힘깨나 들었을 것이다. 블라디미르는 너무나 창백하고 기괴하게 혀를 내밀고 있다. 그런 모습 때문에 사건 현장이 훨씬 더 무시무시하게 느껴진다.

「표트르야…… 표트르가 죽었어…….」

바냐가 힘겹게 더듬거린다. 바실리는 말이 없다. 하지만 녀석의 눈에는 칼이 서 있다. 녀석은 나에게로 와서 내 어깨를 잡더니 제 물건을 숨겨 놓는 장소로 날 데려간다. 언제 이런 곳을 마련해 놓았는지 난 까맣게 모르고 있었다. 바실리는 접혀 있는 천 조각 하나를 펼치더니 번쩍거리는 기다란 물건을 꺼내 든다. 칼이다.

나는 칼을 살펴본다. 이건 바실리가 어디서 주웠거나 산 것이 아니라 만든 것이다. 녀석은 수공 작업실에서 자투리 시간을 틈타 이것을 몰래 만들었다. 이건 장난감이 아니라 진짜 군용 단검과 비슷하다.

「우리 중에서 제일 강한 사람은 너야. 네가 블라디미르의 원수를 갚아야 해.」

갑자기 온몸이 뻣뻣해지는 듯한 느낌이 든다. 공군 대령인 새 아빠가 생각난다. 언젠가 그는 나를 자기 비행기에 태워 줄 것이다…… 언젠가 그는 나에게 비행기 조종하는 법을 가르쳐 줄 것이다……. 뚱뚱이 블라디미르의 모습이 다시 떠오른다. 언제나 아귀아귀 먹어 대고 언제나 콧속에 손가락을 집어넣고 있던 그 돼지 같은 모습이. 침을 질질 흘리며 끄윽 끅 트림을 하던 그 모습이. 그런 녀석 때문에 내 미래를 망칠 순 없다. 나는 바실리에게 말한다.

「미안해. 다른 사람을 찾아봐. 30분 있으면 내 새 부모님이 오실 거야. 난 더 이상 이런 싸움질에 말려들고 싶지 않아.」

내가 돌아서서 나가려는데, 등 뒤에서 이렇게 중얼거리는 소리가 들려온다.

「이고르잖아……. 이고르 저 자식도 세금을 내지 않았어.」

표트르다.

「……어쭈, 이 자식 때 빼고 광냈네. 진짜 부잣집 아드님 같은데. 이거 눈꼴이 시어서 못 보겠네. 아무래도 이 멋진 턱시도를 걸레 조각으로 만들어 줘야겠어.」

바실리는 남들이 눈치 채지 못하게 단검을 내 손에 쥐어 주려고 한다. 내가 그것을 쥐지 않자, 녀석은 내 귀에 대고 이렇게 속삭인다.

「누구도 자기 운명을 피할 순 없어.」

「어때, 이고르. 한판 붙을래? 맞기 싫으면 고분고분하게 굴든지. 그러면 우리가 네 턱시도 자락을 너덜너덜하게 만들어 주마. 요즘은 그런 옷이 유행이라더라.」

놈의 똘마니들이 자지러지게 웃는다.

저 따위 도발에 응수하지 말자. 이제 20분밖에 안 남았어. 어떻게든 20분만 버티면 되는 거야. 운이 좋으면 새 아빠가 시간 전에 올 수도 있어.

나는 달아나려는 동작을 취한다. 하지만 내 다리에 힘이 쪽 빠져 버린다. 〈황태자〉패거리가 다가든다. 아직 선택의 여지는 있다. 죽은 듯이 가만히 있거나 용기를 내서 싸우거나 둘 중의 하나를 할 수 있다.

다른 공동 침실의 아이들이 몰려들어서 싸움 구경을 하려고 우리를 빙 둘러싼다.

「어이 이고르, 겁먹었냐?」

표트르가 이기죽거린다.

내 손이 떨린다. 지금 참지 않으면 모든 걸 망치게 된다.

표트르는 자기의 잭나이프를 정성스럽게 혀로 핥는다. 바실리의 단검은 내 손에서 아주 가까이 있다. 바실리가 다시 속삭인다.

「이번엔 그냥 넘어갈 수가 없어. 네 카드를 보여 주고 정면 대결을 하는 것밖에는 다른 길이 없어.」

나는 내가 해선 안 되는 일이 무엇인지 너무나 잘 알고 있다. 어떠한 일이 있어도 이 칼에 손을 대면 안 된다. 나는 다시 초콜릿케이크와 비행기 여행과 대령의 훈장들을 떠올린다. 참자. 몇 분만 더 참자. 내 신경을 다스리자. 내 마음을 다스리자. 대령의 집에 가서 따뜻하고 배부르게 살다 보면, 이 모든 건 하잘것없는 추억으로만 남게 될 거야.

「얘들아, 저 자식 겁먹은 것 좀 봐라. 이고르, 이 겁쟁이 자식. 네놈의 상판을 뜯어고쳐 주겠다.」

내 팔다리는 나를 버렸는지 모르지만, 내 입은 아직 나를 배신하지 않고 있다.

「난 싸우고 싶지 않아.」

나는 힘겹게 그렇게 말했다. 그래, 그래, 난 겁쟁이야. 나는 새 부모를 원해. 복도 쪽으로 달아나서 저 잭나이프가 미치지 않는 곳으로 가기만 하면 되는 거야. 달아나자. 달아나자. 지금도 늦지 않았다.

그때, 바냐가 바실리의 단검을 잡더니 손잡이를 내 손바닥에 올려놓는다. 어서 칼을 잡으라는 것이다. 내 손가락들이 꿈틀거린다. 안 돼, 안 돼, 안 돼. 이 손잡이를 잡으면 안 돼. 손가락들아, 움직이지 마. 바냐 녀석은 숫제 내 손가락을 잡더니 그것들을 하나하나 구부린다.

갑자기 엄마의 얼굴이 떠오른다. 배가 아프다. 눈에 핏발이 선다. 더 이상 눈에 보이는 것이 없다. 그저 단검이 물렁물렁한 살 속으로, 표트르의 배 속으로, 내가 너무나 아파하는 바로 그 부위로 파고들어 가고 있다는 느낌이 들 뿐이다.

표트르가 놀란 표정으로 나를 바라보고 있다. 마치 이런 생각을 하고 있는 듯하다. 〈난 네가 이렇게 나올 줄 몰랐어. 결국 넌 내가 생각했던 것보다 겁쟁이가 아니구나.〉

힘으로만 사는 표트르 같은 자는 힘을 존중한다. 그 힘이 적의 힘일지라도 그 앞에서 기꺼이 무릎을 꿇는 것이 이런 자들의 속성이다. 어쩌면 표트르는 자기를 쓰러뜨릴 누군가를 늘 찾고 있었던 것인지도 모른다.

시간이 갑자기 정지된 느낌이 든다. 바실리는 입가만 조금 늘여 희미하게 미소를 짓는다. 나는 녀석의 눈빛에서 처음으로 이런 생각을 읽는다. 〈넌 좋은 놈이야.〉

주위에서 아이들이 박수갈채를 보낸다. 표트르의 똘마니들조차 경탄 어린 표정을 짓고 있다. 녀석들은 내가 이길 거라고는 예상하지 못했을 것이다. 나는 안다. 더 이상 녀석들을 무서워할 이유가 없다는 것을. 이제 나는 새로운 세계로 들어섰다. 가족을 갖게 될 절호의 기회를 놓쳤지만 기분은 그리 나쁘지 않다. 나는 야수처럼 소리를 내지른다. 이것은 적을 쓰러뜨린 대신 운명에 무릎을 꿇은 자의 절규이다. 나는 표트르에게는 이겼으나 운명에는 졌다.

블라디미르의 원수를 갚았다. 그 대신 난⋯⋯ 모든 것을 잃었다.

내 손가락에 표트르의 피가 묻어 있다. 나는 표트르가 배에 칼을 맞게 해달라고 빈 적이 있다. 그 소원은 이루어졌다. 하지만 지금 나는 그렇게 소원을 빌었던 것을 너무나 후회하고 있다. 새로운 우두머리를 찾는 표트르 똘마니들이 나를 헹가래 치고 싶어 한다. 나는 녀석들을 밀어 제친다.

그날 저녁, 자동차 한 대가 나와 바냐를 데리러 왔다. 그 자동차는 우리 인생행로의 다음 단계, 즉 노보시비르스크 소년원으로 우리를 데려갔다.

60. 백과사전

원자와 우주

원자에든 분자에든 세포에든 그 나름의 구조가 있다. 수준은 다르지만 동물도 지구도 태양계도 은하도 저마다의 구조를 가지고 있다. 하지만 이 모든 구조는 서로 독립되어 있지 않다. 원자는 분자에 영향을 미치고, 분자는 호르몬에 영향을 미치며, 호르몬은 동물의 행동에 영향을 미치고, 동물은 지구에 영향을 미친다.

세포는 당분을 필요로 하기 때문에 동물에게 사냥을 해서 양분을 섭취하라고 요구한다. 먹을 것을 얻기 위해 사냥을 하다 보니 인간은 자기 영역을 확대하고 싶은 욕망을 느끼게 되었고, 그래서 마침내 로켓을 만들어 지구 밖으로 보내기에 이르렀다.

반대로 우주선에 갑자기 고장이 생기면 우주 비행사의 위장에 장애가 생길 것이고, 우주 비행사가 위궤양에 걸리게 되면 위벽을 이루고 있는 원자들 중의 일부에서는 전자가 핵에서 떨어져 나가는 일이 벌어질 것이다.

이렇게 줌 렌즈를 앞뒤로 움직여, 원자에서 우주로 화상을 확대해 보거나 우주에서 원자로 화상을 축소해 보면, 살아 있는 존재의 죽음이란 그저 에너지가 변화하는 것이 아닐까 하는 생각이 든다.

에드몽 웰스, 『상대적이며 절대적인 지식의 백과사전』 제4권

61. 잉카의 마지막 황제

떠돌이 영혼들이 윌리스 파파도풀로스를 에워싸고 저마다 그의 귀에 대고 속삭인다.

「날 네 안에 들어가게 해줘.」

영문을 모르는 파파도풀로스는 라울에게 묻는다.

「왜 천사님이 제 안에 들어오고 싶어 하시죠?」

라울은 나를 돌아보며 푸념한다.

「자네도 봤지? 이 영매는 우리의 메시지보다 떠돌이 영혼들의 메시지를 더 쉽게 감지한다니까.」

불현듯 이런 생각이 든다. 옛날에 많은 예언자들이 천사와 대화를 나누었노라고 주장했지만, 그들 중에는 천사가 아니라 천사를 사칭하는 떠돌이 영혼들과 이야기를 나눈 자들도 더러 있지 않았을까?

유령이 되뇐다.

「날 네 안에 들어가게 해줘.」

파파도풀로스는 어찌해야 좋을지를 모르고 있다. 라울의 모습은 그대로인데, 왜 갑자기 라울이 목소리를 바꾸어 그런 해괴한 소리를 하는지 이해할 수가 없는 것이다. 그는 의혹을 떨치지 못하여 기도를 하기 시작한다. 하지만 그가 기도에 몰입함에 따라 그의 영혼이 몸 밖으로 빠져나갈 기미를 보이기 시작한다. 위험하다. 내가 나서지 않으면 안 된다.

「어이, 유령들! 너희는 왜 지상에 머물러 있지?」

그들 중의 하나가 파파도풀로스에게서 몸을 돌려 대꾸한다.

「우리는 우리를 죽인 에스파냐 정복자들에게 복수를 해야 해. 이 수도사는 그들을 대리하는 자들 중의 하나야. 우리는 이자에게 붙어 지낼 거야. 그러면 분명히 말하지만, 어떤 구마사(驅魔師)도 우리를 이자의 몸 밖으로 쫓아내지 못해.」

라울이 소리친다.

「야, 이 못된 것들아! 너희는 부끄럽지도 않으냐? 가엾은 한 인간을 이렇게 떼거지로 공격하다니. 너희와 상대가 될 만한 적을 골라야지.」

그 질책은 그들에게 별로 먹혀들지 않는다.

「그럼 우리보고 천사들을 공격하란 말이야? 그래 봤자 득이 될 게 뭐가 있다고? 차라리 당신들의 약점을 공격하는 게 낫지. 당신들이 〈의뢰인〉이라고 부르는 인간들을 말이야.」

수도사는 기도에 너무 집중한 나머지 자기 육체에서 벗어나기 시작한다. 떠돌이 영혼들이 그의 머리통 주위로 몰려든다. 그의 정수리에서 하얀 형태의 심령체가 빠져나가는 것이 분명히 보인다.

나는 다급하게 소리친다.

「안 돼, 그냥 네 몸속에 있어! 기도를 중단해!」

하지만 수도사에게는 내 말이 들리지 않는다. 떠돌이 영혼들은 심령체 주위로 달려들어 육신에서 더 빨리 빠져나오도록 거든다. 가엾은 파파도풀로스는 이제 가는 은빛 줄로만 자기 육신에 연결되어 있다. 그 줄이 팽팽해진다. 그는 스스로 신비로운 황홀경 속에 있다고 생각하겠지만, 사실은 떠돌이 영혼들의 계략에 속아 자기 몸에서 쫓겨나고 있을 뿐이다.

나는 시간을 벌어 볼 양으로 적들과 대화를 시도한다. 떠돌이 영혼들은 천사인 내가 자기들에게 관심을 보이는 것에 자못 놀란 모양이다.

그들은 파파도풀로스의 심령체를 다시 놓아주고 자기들이 너무 고통을 겪고 있어서 이러는 거라고 설명한다. 너무나 괴로워서 하늘에도 올라갈 수 없는 존재들, 그것이 바로 떠돌이 영혼들의 속성이다. 그들은 자기들이 겪은 참혹한 일을 주섬주섬 이야기한다.

파파도풀로스는 자기 몸속으로 되돌아가더니 그만 기절을 해버린다.

이 유령들의 지난 삶에 관한 이야기는 비장한 느낌을 준다. 나는 그들을 이해하기 위해 그들이 겪은 고난을 상상해본다. 동쪽에서 침략자들이 난입하기 전까지만 해도 그들은 마냥 평화롭게 살았다. 그들의 도시 쿠스코의 재난 전 모습과 태양 숭배의 이미지들, 대단히 진보된 문명 속에서 영위되던 일상적인 삶의 모습들이 스쳐 지나간다. 잉카 유령들의 원한을 조금은 이해할 수 있을 것 같다. 내가 자기들에게 관심을 보였을 때 처음엔 어리둥절해하던 그들도 이젠 나를 믿는 것 같다.

「우리가 하늘에 올라가도록 도와줄 수 있겠소?」

이윽고 잉카 전사들 중의 하나가 그렇게 물었다.

나는 잘 모르겠다고 대답하고 나서, 눈을 감고 생각에 잠긴다. 어쩌면 그들을 도울 수도 있겠다는 생각이 든다. 이것은 우리 천사들의 특권 중 하나이다. 이 떠돌이 영혼들이 천국에 올라가도록 해주려면, 내 속으로 들어왔다가 나가게 해

주면 된다. 다시 말해서, 내 척주를 따라 올라가서 내 정수리를 통해 솟구칠 수 있게 해주면 되는 것이다.

하지만 잉카의 유령들은 자기들의 군주가 머리를 되찾지 못하는 한, 자기들은 올라갈 수 없다고 말한다. 머리가 잘린 그 유령은 잉카의 마지막 황제인 아타우알파이다. 그는 1533년에 프란시스코 피사로에게 살해되었다. 그런데 피사로는 황제를 목 졸라 죽인 뒤에 시신에서 머리를 떼어 냈다. 피살자가 천국에 올라가지 못하게 하기 위해서였다. 침략자 피사로는 잉카 사람들의 신앙을 알고 있었다. 그들의 신앙에 따르면, 사람이 죽어서 온전한 몸으로 신들 앞에 가지 않으면, 다시는 환생할 수가 없다. 피사로는 잉카 사람들에게 겁을 주기 위해서 일부러 황제의 머리를 감춘 거였다.

한 유령이 우리에게 그와 관련된 전설 하나를 이야기해 준다. 서로 떨어져 있는 황제의 머리와 몸 사이에 〈빛나는 길〉이 하나 생겨나 둘을 다시 결합시키려 했다는 이야기이다.

「1980년대에 세상을 떠들썩하게 했던 페루의 마오쩌둥주의 혁명 단체 이름이 〈빛나는 길〉[9]인데, 이 단체가 그 전설과 무슨 관련이 있는 거요?」

「맞소. 우리가 그 반란자들을 부추겼소. 당시에 우리는 우리 황제의 머리를 되찾기 위해서라면 무슨 일이든 할 준비가 되어 있었소.」

라울과 나는 이 문제를 해결하기 위해 백방으로 애를 썼다. 우선 바티칸 도서관의 비밀문서들을 참고하여 황제의 머

---

9 에스파냐어로 센데로 루미노소. 1970년대에 창설된 후, 〈인민 전쟁〉을 촉구함으로써 2만 6천 명의 사망과 많은 전략적 테러의 원인이 되었다. 1992년에 지도자 아비마엘 구스만이 체포됨으로써 활동이 크게 위축되었다.

리가 어디에 있는지를 알아냈다. 그것은 잉카의 마지막 전승지(戰勝地)인 키파얀에서 그리 멀지 않은 어떤 동굴에 있었다. 우리는 미국의 한 고고학 탐사대에 암시를 주어 머리를 되찾게 한 다음, 그것을 페루의 한 박물관에 있는 몸과 다시 결합시키게 했다.

잉카 황제의 시신이 다시 하나로 결합되자, 그의 영혼이 환하게 빛을 발하기 시작한다.

너무나 오랫동안 기다려 온 일이 마침내 이루어진 것이다. 황제는 우리가 도와준 것에 대한 보답으로 자기가 할 수 있는 한 우리에게 도움이 될 만한 일을 하고 싶다고 했다. 그러자 라울은 우리가 찾고 있는 것에 대해서 이렇게 말했다.

「우리는 천사요. 천사들 위에 무엇이 있는지 알고 싶소.」

아타우알파는 곰곰이 생각해 보고 나서 이렇게 대답한다.

「나는 잉카의 황제이자 태양의 아들로서 우주가 어떻게 생겨났는지, 어떤 모습인지를 잘 알고 있소. 천사들 위에는 물론 신이 있소. 하지만 당신들이 그것을 어떻게 확인할 수 있을지는 잘 모르겠소.」

라울이 다시 묻는다.

「천사의 나라 위에는 7들의 나라가 있다고 하는데, 이 7이라는 숫자와 관련해서 뭐 생각나는 거 없소?」

「어느 날, 내가 떠돌이 영혼으로 페루에 있는 한국 대사관에서 이리저리 돌아다니고 있다가 아주 특별한 여자아이를 만났소. 그 아이는 많은 것을 알고 있는 것처럼 보였을 뿐만 아니라, 대단히 먼 곳에서 왔다는 느낌을 주었소. 내가 감지한 바로는, 그 아이가 여러 차례 전생을 보낸 곳은 지구가 아니었소. 인간 세계뿐만 아니라 천사 세계보다도 우월한 곳인 것 같았소. 그 아이가 겉으로 보기엔 평범한 한 인간일 뿐이지만, 영혼의 깊은 곳에 7들의 세계에 관한 비밀을 숨기고 있을지도 모르오. 우리가 파파도풀로스에게서 보았듯이, 천사들은 이따금 인간을 이용해서 자기들의 비밀과 보물을 감추지요. 사람들의 무의식 속에 그것들을 집어넣어서 그들을 은닉 장소로 이용하는 것이지요.」

「그 아이가 누구요?」

라울이 묻자, 아타우알파는 우리 쪽으로 다가들며 나직하게 속삭인다.

「나탈리 김이오. 페루 주재 한국 대사의 딸이오.」

그렇게 말하고 나서 아타우알파는 문득 자기가 무엇을 해야 하는지를 깨달은 사람 같은 표정을 짓더니 잉카의 전사들에게 자기 주위에 모이라고 명령을 내린다. 천국을 향해 이륙할 채비를 하고 있는 것이다.

그들은 발을 통해 라울과 내 속으로 들어와 등을 타고 올라간 다음 우리의 정수리를 통해 솟구쳐 오른다. 라울과 나는 너무나 고통스러워 얼굴을 찡그린다. 떠돌이 영혼 하나가 우리를 거쳐 갈 때마다 그의 지난 고통들이 생생하게 느껴진다.

떠돌이 영혼들이 모두 떠나고 다시 우리만 남았다. 나는 라울에게 묻는다.

「나탈리 김이라고? 자네도 아는 아이야? 어떤 아이기에 그러지?」

「공교롭게도 내 의뢰인 중의 하나일세.」

라울은 그렇게 대답하고 깊은 생각에 잠긴다.

62. 비너스, 여덟 살

몽유병 발작이 몇 차례 있었다. 나는 한밤중에 일어나 지붕 위를 거닐었다. 내 몸이 내 뜻과 상관없이 움직인다는 게 싫다. 마치 내 안에 갇혀 있는 다른 사람이 갑자기 움직이고 싶어 하는 바람에 그런 일이 생기는 것만 같다.

잠에서 깨어나면 편두통에 시달린다. 내 안에 갇힌 그 다른 사람이 자기 마음대로 충분히 걸어 다니지 못했다고 계속 안에서 나를 갉아 대고 있는 모양이다.

모델이 되어 처음으로 찍은 사진들이 여기저기 실리고 나니까, 나를 모델로 쓰겠다는 제안이 많이 들어왔다. 나를 찾는 사람들이 갈수록 늘어난다. 엄마는 나를 대신하여 모델 에이전시와의 형식적인 절차들을 맡아서 처리한다.

나는 여덟 살밖에 안 됐지만 내 생활비는 내가 번다. 이쯤 되면 우리 식구 모두가 아주 행복해야 될 법한데, 아빠와 엄마는 끊임없이 다툰다. 그들은 〈아이의 수입〉에 관한 이야기를 곧잘 한다. 내 이야기를 하는 것 같기는 한데, 무슨 말인지 이해할 수가 없다. 어른들은 내가 알아듣지 못하는 말을 자주 한다. 엄마는 교섭이든 홍보든 자기가 다 맡아서 하니까 매니저로서 자기 몫을 갖는 건 당연하다고 말한다. 그러면 아빠는 〈이 애를 자기 혼자 낳았어? 이 애는 우리 둘이 만든 거야〉라고 되받으면서, 〈게다가 이 애는 당신보다 내 어머니를 더 많이 닮았어〉라고 덧붙인다.

엄마 아빠는 내가 예쁜 게 서로 자기를 닮아서 그런 거라고 우긴다. 그런 말을 들으면 기분이 나쁘지는 않다. 하지만 엄마의 목소리는 갈수록 커져 간다. 엄마는 사설탐정을 고용

185

해서 아빠의 뒤를 밟게 했다고 말하면서, 아빠가 〈어떤 젊은 여자와 벌거벗고 있는〉 사진들을 아빠의 얼굴에 던져 버린다.

아빠가 엄마에게 말한다.

「어쨌거나 당신이 늙은 건 사실이지 뭐.」

「내가 늙은 게 아니라 당신이 사랑을 할 줄 모르는 거야.」

이건 틀린 말이다. 아빠가 나에게 마구 뽀뽀를 해줄 때면, 나는 너무 기분이 좋다. 아빠가 나를 사랑하고 있다는 느낌이 절로 들기 때문이다.

「세상에 사랑을 할 줄 모르거나 정력이 없는 남자는 없어. 서툰 여자가 있을 뿐이지.」

그 말에 엄마가 아빠의 따귀를 때린다.

아빠도 지지 않고 되받아친다.

엄마가 파르르 떨면서 말한다.

「당신이 이런 식으로 나오면 나 친정으로 돌아갈 거야.」

그러면서 엄마는 작은 조각상 하나를 집어 아빠 쪽으로 던진다. 상황이 그쯤 되자, 그들이 부부 싸움을 할 때면 늘 하는 말이 다시 튀어 나온다. 〈애 앞에서 이러지 말자고.〉

엄마 아빠는 방으로 들어가더니 더욱 크게 소리를 지르며 싸웠다. 그런 다음 한동안 침묵이 흐르더니, 엄마의 신음 소리와 함께 〈오 예〉, 〈노〉, 〈오, 오, 오〉 하는 소리가 들렸다. 엄마는 계속 〈오 예〉와 〈노, 노〉라는 소리를 번갈아 내질렀다. 아마 엄마는 무언가를 딱 부러지게 결정할 수가 없는 모양이었다.

아무도 내 침대로 와서 뽀뽀를 해주거나 나를 재우기 위해 이야기를 들려주지 않았다. 나는 혼자서 울다가 기도를 했

다. 엄마 아빠가 싸우지 말고 나를 더 많이 돌보아 주었으면
좋겠다.

63. 자크, 여덟 살

「어이, 꼬마야! 너 한판 붙을래?」

「아니.」

나는 분명하고 단호하게 말했다.

「우리가 무섭냐?」

「응.」

「음…… 아주 많이 무서워?」

「응.」

내 돈을 갈취하려는 녀석들은 내 반응이 의외라고 생각하
는 모양이다. 대개 사내아이들은 깡패들이 그렇게 물으면 무
섭지 않다고 대답한다. 허세로 태연한 척하는 것이다. 하지
만 나는 허세로 그렇게 하는 것을 경멸한다. 나는 짐짓 용기
가 있는 것처럼 행세할 필요를 느끼지 않는다.

패거리의 우두머리는 내가 어디 할 테면 해보라며 정면으
로 맞서기를 기대하고 있겠지만, 나는 눈을 들어 먼 하늘을
바라본다. 마치 그 패거리가 안중에도 없다는 듯이.

마르틴이 나에게 가르쳐 주기를, 위험한 개나 깡패나 술
주정뱅이들의 눈을 똑바로 바라보지 말라고 했다. 그들은 그
것을 하나의 도발로 생각한다는 것이다. 하지만 체스를 둘
때는 그와 반대로 상대의 콧잔등, 특히 두 눈 사이의 한가운
데를 똑바로 바라보는 것이 좋다고 한다. 그러면 상대는 당
황하면서 내가 자기 속을 들여다보는 듯한 느낌을 갖게 된다

는 것이다.

확실히 마르틴은 나에게 많은 것을 가르쳐 준 것 같다. 그 아이는 상대를 존중하는 법도 가르쳐 주었다. 그 아이 말에 따르면, 모름지기 진정한 승리란 가까스로 아슬아슬하게 얻어진다. 상대를 너무 쉽게 이기는 것은 가치가 없는 일이다.

「야, 너 우릴 놀리는 거야?」

패거리의 우두머리로 보이는 녀석이 물었다.

「아니.」

마르틴은 또 이런 충고도 했다. 성난 사람의 마음을 불편하게 만들려면 그에게 차분하고 조리 있게 말하면 된다고.

나는 한결같은 태도로 마르틴의 충고를 계속 따른다. 깡패들이 머뭇거리는 기색을 보인다. 체스를 두면서 내가 배운 바로는, 공격자가 망설일 땐 이미 공격의 타이밍을 놓친 것이다. 나는 그 틈을 이용해서 되도록 침착하게 놈들을 심리적으로 제압해 나간다.

나의 호흡은 규칙적이고 내 심장 박동 또한 고르다. 아드레날린의 분비에도 아무런 변화가 없다. 좋아, 나는 이 시련을 잘 극복해 가고 있는 거야.

하지만 몇 분 후에 위험에서 벗어났음을 의식하게 되면 나는 갑자기 공포가 밀려오는 것을 느끼게 될 것이다. 심장의 고동이 빨라지고 두려움에 부들부들 떨게 될 것이다. 하지만 그때 적은 이미 멀리 가버린 뒤라서 나를 두려움에 떨게 하는 즐거움을 누리지 못하게 되리라.

이상하게도 나는 언제나 뒤늦게 두려움을 느낀다. 어떠한 일이든 그것이 벌어지고 있는 그 순간에는 냉정을 유지하고 차분한 모습을 보이다가, 15분쯤 지나서야 뒤늦게 그것이 내 머릿속에서 폭발한다.

참으로 이상한 일이다.

그것에 대해서 마르틴에게 말했더니, 내가 아주 어렸을 때 생겨난 나만의 반응 형태인 것 같다고 말했다. 처음 공격을 받았을 때 너무나 두려움을 느낀 나머지 나의 뇌가 그런 생존 방식을 생각해 냈을 거라는 얘기다. 마르틴은 나의 글쓰기 취미도 예전의 공포와 관계가 있을 거라고 생각한다. 그 아이 말대로라면, 나는 글을 쓰면서 복수를 하고 무의식의 억압에서 풀려나는 셈이다. 비록 가상일지언정 이미 나는 얼마나 많은 악당과 괴물과 살인자 들을 단지 연필 하나만 가지고 산산조각을 냈던가!

글쓰기는 나의 구원이고 나의 생존이다. 내가 글을 쓰는한 악당들은 나를 두렵게 하지 않을 것이다. 나는 글쓰기가 장차 나에게 훨씬 더 멋진 탈출구를 마련해 줄 것이라고 믿는다.

나는 마르틴을 위해서 또 다른 이야기를 쓰고 있다. 그것은 어떤 겁 많고 소심한 사내아이가 자기를 알아주고 자기를 보호해 주는 한 여자를 만나는 이야기이다.

64. 이고르, 여덟 살

나는 전에 상트페테르부르크의 고아원에 대해서 불평을 했는데, 그건 내가 잘못 생각한 거였다. 노보시비르스크 소년원은 거기보다 훨씬 나쁘니 말이다. 고아원에서 우리는 고기의 긁어낸 부스러기밖에 못 먹었지만 그래도 그것은 신선하기는 했다. 여기에서는 상한 고기 부스러기를 먹어야 한다. 여기 온 뒤로 나의 면역 능력이 고도로 발달했을 것임에 틀림없다.

고아원에서는 침구에서 곰팡내가 조금 났었는데, 여기에서는 침구에 내 엄지손가락만 한 빈대들이 우글거린다. 생쥐들조차 그 빈대들을 무서워한다. 또, 고아원에서는 도처에서 지린내가 났었는데, 여기에서는 어디를 가나 썩은 시체 냄새 같은 악취가 풍긴다.

나는 오랫동안 블라디미르의 원수를 갚는다고 대령과 함께 떠나지 않은 것을 후회했다. 그러다가 최근에 나의 양아버지가 될 뻔한 그 남자가 체포되었다는 소식을 들었다. 아이들 말대로 그는 정말로 소년 성 착취범들의 조직망에 속해 있었다. 세상에, 이젠 군인들의 훈장조차 더 이상 믿을 수 없게 되었다……

첫날부터 내가 잠을 자는 동안에 어떤 자식이 내 소지품을 훔쳐 갔다. 밤이면 건물 안에 시끄러운 소리가 울려 퍼진다. 어떤 녀석들이 갑자기 소리를 지르곤 하는 것이다. 그럴 때면 나는 걷잡을 수 없이 상상의 세계로 빠져 든다.

바냐도 여기에 와 있다. 녀석이 나에게 칼을 내밀었기 때문에 공범으로 여겨진 모양이다. 녀석은 첫날부터 다른 애들한테 얻어맞았다. 아무래도 매를 끌어들이는 녀석 같다……. 내가 나서서 바냐를 구해 주자, 녀석은 죽어도 내 은혜를 잊지 않겠다고 했다. 바냐가 이젠 내 동생처럼 느껴진다.

우리는 여기에 와서도 작업장에서 일을 한다. 고아와 비행 청소년과 죄수 들은 기업가들에게 값싼 노동력이 된다. 나는 여전히 서방의 아이들을 위해 장난감을 만들고 있다.

나는 비너스를 상대로 모델 일이라는 자랑거리와 부모의 말다툼이라는 나쁜 일을 번갈아 겪게 함으로써 〈냉탕과 온탕〉이라는 전술을 시험해 보았다.

이고르에 대해서는, 표트르가 싸움을 걸어 왔을 때 그 싸움에 응하도록 부추기라고 이고르의 친구들에게 영감을 줌으로써 〈당구공〉 전술을 시험했다.

그런가 하면 자크에 대해서는 마르틴의 마음에 들고 싶은 욕구를 불어넣고, 깡패들을 만나 겁을 먹게 함으로써 〈당근과 채찍〉 전술을 시험했다.

그들의 영혼이 단련되어 가고 있다. 나는 직감과 꿈을 통해서, 그리고 고양이를 이용해서 나의 일을 완전하게 매듭짓곤 한다. 하지만 나는 알고 있다. 내가 하는 일이란 그저 그들이 원래 가기로 되어 있는 길을 가도록 도와주는 것뿐임을. 지도 천사의 말이 옳다. 양떼는 저희들 스스로 나아간다.

나는 내 구체들을 다시 불러내어 살펴본다. 지금까지의 결과는 내가 기대한 것만큼 긍정적이지는 않다. 나의 양들은 그다지 많이 나아가고 있지 못하다. 나아가긴 나아간다고 할 수 있을지 몰라도, 가장 곧은길로 가고 있다고는 볼 수 없다.

라울은 내가 실망하는 걸 보면서 재미있다는 표정을 짓고 있다.

「우리는 그들을 진정으로 도와줄 수 없어. 우리가 할 수 있는 일이란 그저 그들이 가장 심각한 잘못을 저지르지 않도록 막는 것뿐일세.」

라울의 패배주의를 너무나 잘 알고 있기에 나는 화제를 바꾸기로 한다.

「그건 그렇고, 잉카 황제가 말한 그 나탈리 김에 대한 이야기 좀 해봐.」

「조사해 봤는데, 그다지 특별한 게 없어. 왜 그 아이가 특별하다고 말하는지 이해를 못 하겠어. 카르마로 보건, 유전적인 요인으로 보건 별 게 없거든. 자유 의지에 따라서 그 아이가 선택한 것들을 봐도, 인간으로서 걸어갈 수 있는 가장 고전적인 길들 중의 하나를 걷고 있을 뿐이야.」

「가장 고전적인 길이라니?」

「어리석은 짓들을 자꾸 하고 있다는 뜻이지.」

라울은 자기의 알을 내밀며 살펴보라고 한다.

성명 나탈리 김

국적 대한민국

모발 검은색

안구 검은색

특징 생글생글 잘 웃음

약점 너무 순진하고 고지식함

강점 정신적으로 대단히 성숙하고 용기가 있음

달처럼 둥근 얼굴에 길게 땋아 늘인 검은 머리, 가늘고 긴 검은 눈. 나탈리 김은 열두 살 난 장난꾸러기 소녀다. 아이의 복장은 1970년대에 유행한 히피들의 옷을 연상시킨다. 샌들을 신고 아메리카 대륙 원주민의 긴 옷을 입었다. 아이는 자기 아버지가 대사로 있는 페루의 리마에서 가족과 함께 살고 있다.

좋은 부모를 만나 좋은 태아기를 보냈으며, 이번 생애를 시작할 때의 점수는 564점이었다.

「564점이라고! 6백 점 만점에 564점이면, 이번 삶으로 환생의 사슬에서 벗어나겠는걸.」

내가 그렇게 말했지만, 라울의 표정은 시큰둥하기만 하다.

「글쎄, 그냥 늙은 영혼이지 뭐. 자꾸 유급을 하다 보니까 성적이 나아지는 학생처럼 환생을 수도 없이 되풀이하다 보니 점수가 높아진 거겠지. 하지만 그래 봤자, 모두가 출발선 앞에서 제자리걸음하고 있기는 매한가지야. 결승선에 도달하려면 아직 멀었어.」

「똑똑하고 예쁘고 부유하고, 게다가 부모의 사랑도 듬뿍 받고 있으니, 이 정도면 우리의 〈의뢰인〉들 중에서는 최고 아냐?」

「하지만 난 이 영혼에게 별로 기대를 걸지 않아. 지나친 환상은 금물이지.」

나는 그 놀라운 영혼을 다시 살펴본다. 나탈리 김은 대사관에서 두 오빠와 함께 가정교사들로부터 교육을 받는다. 이 아이들은 외출하는 것이 자유롭지 않기 때문에 페루에서 생활하기가 무척 따분하다. 그래서 이들은 자기들 셋이서 놀 만한 놀이들을 생각해 내곤 한다. 지금 나탈리는 자기 오빠들에게 최면술에 관한 책을 읽어 주고 있는 중이다. 책의 제목은 『모두를 위한 최면술』이다. 나는 호기심을 느끼며 알에 더 바싹 다가든다. 나탈리는 책에서 배운 것을 열다섯 살짜리 큰오빠 제임스를 상대로 시험해 보려고 한다.

나탈리는 오빠보고 눈을 감으라고 하더니, 긴장을 풀고 스스로를 딱딱한 판자로 생각하라고 이른다. 제임스는 눈을 감은 채 정신을 집중하려고 애쓰다가 킥킥 하고 웃음을 터뜨린다.

「이러면 안돼!」

나탈리가 투덜대자 오빠가 달랜다.

「다시 하자. 다시는 웃지 않겠다고 약속할게.」

하지만 나탈리는 단호하다.

「일단 웃으면 그 사람은 최면에 걸리지 않는다고 책에 써 있단 말이야.」

「아냐, 다시 해봐. 이번엔 잘될 거야.」

「미안해, 오빠. 그만둘래. 최면에 잘 걸리는 사람은 그리 많지 않아. 이 책에 따르면 그런 사람은 전체의 20퍼센트밖에 안 된대. 오빠는 그 20퍼센트에 속하지 않는가 봐. 일이 잘되려면 최면에 걸릴 사람이 아주 의욕적이어야 해. 모든 게 그 사람에게 달려 있어. 최면을 거는 사람은 그 사람이 최면 상태에 놓일 수 있다는 것을 깨우쳐 주는 것뿐이라고.」

열세 살 난 작은오빠 윌리가 새로 해보자며 자원자로 나선다. 윌리는 형이 실패하는 것을 보았기 때문에 더욱 마음을 다부지게 먹고 눈을 아주 꼭 감는다. 자기는 최면에 걸릴 수 있다는 것을 동생에게 꼭 보여 주고 싶은 것이다. 그게 무슨 자랑거리라도 된다는 듯이 말이다.

나탈리가 단조로운 음성으로 읊조리기 시작한다.

「오빠는 판자처럼 딱딱해. 근육이 모두 딱딱하게 굳어 버려서 더 이상 움직일 수가 없어.」

윌리는 주먹을 꼭 쥔 채 마치 경련이 일어난 사람처럼 온몸의 근육을 수축시킨다.

「오빠는 딱딱해. 아주 단단해. 이제 오빠는 단단한 나뭇조

각일 뿐이야······.」

나탈리는 큰오빠에게 윌리의 뒤에 가서 서 있으라고 손짓을 한 다음, 이렇게 말한다.

「오빠는 나무판자야. 이제 널빤지처럼 뒤로 넘어갈 거야.」

윌리는 뻣뻣하게 굳은 몸으로 반듯하게 서 있다가 갑자기 뒤로 넘어간다. 제임스가 얼른 그의 어깨를 잡자 나탈리는 발을 잡는다. 남매는 윌리의 머리를 한 의자의 등받이 위에 올리고, 발뒤꿈치를 다른 의자의 등받이 위에 올린다. 몸통을 받쳐 주는 것이 전혀 없는데도 윌리는 떨어지지 않고 그대로 있다.

「됐다!」

제임스가 신기해하며 소리쳤다.

「책에는 몸이 대단히 딱딱해지기 때문에 그 위에 올라앉아도 된다고 되어 있어.」

「정말이야? 그러다가 윌리의 척추가 부러지면 어떻게 하지?」

나탈리는 오빠의 몸통을 눌러 보고 진짜 널빤지처럼 휘어지지 않는다는 것을 확인하더니 대담하게 배 위로 올라선다. 제임스도 용기를 내어 동생을 따라 한다. 두 남매는 이렇게 최면술이 통한다는 것을 확인하게 되어 무척이나 기쁜 모양이다.

「인간의 생각에는 우리가 알지 못하는 힘이 있어. 이제 작은오빠를 깨우자.」

두 남매는 윌리의 다리와 어깨를 잡고 다시 일으켜 세운다. 윌리는 여전히 눈을 감고 있다. 몸도 여전히 뻣뻣하게 굳어 있다.

「자아 이제 내가 초읽기를 할 테니까, 0이 되면 깨어나는 거야. 3, 2, 1…… 0!」

하지만 윌리는 전혀 움직이지 않는다. 눈도 그대로 감고 있고 몸도 여전히 뻣뻣하다. 장난처럼 시작한 일이 돌연 심각한 양상을 띠어 간다.

「이게 어찌된 일이지? 전혀 이해를 못 하겠네. 오빠가 깨어나지 않는데.」

「혹시 죽은 거 아냐? 부모님께 뭐라고 하지?」

나탈리는 떨리는 손으로 다시 책을 집어 든다.

「〈만일 최면에 걸린 사람이 깨어나지 않으면, 매우 명령적인 어조로 초읽기를 다시 하다가 손뼉을 아주 세게 치면서 0을 외친다〉라고 되어 있는데.」

남매는 다시 초읽기를 하다가 손뼉을 아주 세게 친다. 그러자 이번엔 윌리가 눈을 뜬다.

남매는 안도의 한숨을 내쉰다.

나탈리가 묻는다.

「오빠, 뭘 느꼈어?」

「아무것도 생각이 나지 않아. 하지만 기분은 괜찮았어. 그런데 무슨 일이 있었어?」

라울은 대수롭지 않다는 표정을 짓고 있다. 하지만 내가 보기엔 이 나탈리 김이라는 아이에겐 뭔가 특별한 구석이 있다. 나는 그녀의 전생을 더 자세하게 조사해 보기로 한다. 이 영혼은 나탈리 김으로 환생하기 바로 전에는 발리섬의 무용수였다가 물에 빠져 죽었다.

그 전에는 여러 차례에 걸쳐 예술가의 삶을 다양하게 경험하였다. 코트디부아르에서 탐탐을 치는 고수(鼓手)로 살았는가 하면, 몰타에서 화가로 살았던 적도 있고, 이스터섬[10]에서 나무 인형을 만드는 조각가로 산 적도 있다. 나는 인간이었을 적에 환생을 별로 믿지 않았다. 게다가 사람들이 저마다 자기가 전생에 장군이나 탐험가, 예술가, 스타, 궁녀, 사제 같은 역사의 주역이었을 거라고 생각한다는 사실에 놀랐다. 내가 알기로는 1900년까지 인류의 90퍼센트는 농업 노동에 종사했다고 하는데, 다들 그렇게 영웅이고 천재였으면 농사는 누가 지었던 것일까?

나탈리의 전생을 조사해 보니 특기할 만한 점이 하나 있다. 하나의 삶을 마치고 다음 삶으로 환생하기 전에 대개 연옥에서 많은 시간을 보냈다는 점이 바로 그것이다.

「한 번 죽고 나서 환생하는 데에 왜 시간을 그렇게 많이 들인 거지?」

라울은 자기 나름대로 그 이유를 이렇게 설명한다.

「어떤 영혼들은 참을성이 없어서 되도록 빨리 천상 법정에서 재판을 받겠다고 다른 영혼들을 제치며 앞으로 나아가지만, 어떤 영혼들은 마냥 늑장을 부리지. 자네도 봤잖아.」

하긴 주황색 천계에서 전혀 서두르는 기색 없이 태평하게 심판대를 향해 나아가는 영혼들과 마주쳤던 일이 생각난다.

「한 번 죽었다가 환생하는 데에 걸리는 시간은 영혼에 따라 다르지. 몇 세기가 걸리도록 꾸물대는 영혼이 있는가 하면, 환생의 순환에서 빨리 벗어나려고 하나의 삶이 끝나자마

10 남태평양에 있는 칠레령의 화산섬. 〈부활절의 섬〉이란 뜻으로 1772년 부활절에 발견된 데서 유래한 이름이다. 일명 라파 누이, 에스파냐어로는 파스쿠아섬이라고도 불리며 거대한 석상이 많은 것으로 유명하다.

자 후닥닥 다시 링 위에 올라가는 영혼도 있지. 나탈리는 아마도 전생에서 시련을 많이 겪었을 거야. 그래서 마치 앞선 라운드에서 너무 많이 두들겨 맞은 권투 선수가 숨 돌릴 시간을 갖고 싶어 하듯이 새로운 육신으로 환생하기 전에 여유를 갖고 싶어 했던 거겠지.」

그러면서 라울은 나탈리가 이미 113차례나 환생했지만, 흥미로운 삶은 여덟 번밖에 경험하지 못했다고 알려 준다.

「〈흥미로운 삶〉이라니, 그게 무슨 뜻이지? 〈흥미롭지 않은 삶〉에서는 무슨 일이 일어나지?」

「특별한 일이 전혀 일어나지 않지. 태어나고 자라서 결혼하여 아이들 낳고, 힘들지 않은 일을 찾아내어 그럭저럭 살다가 여든 살쯤 되어 자기 침대에서 숨을 거두는 그런 삶일세. 어떤 사명이나 특별한 과업도 없고 극복해야 할 대단한 어려움도 없는 삶, 살아도 산 것 같지 않은 보잘것없는 삶이지.」

「그런 삶은 전혀 쓸모가 없다는 말인가?」

「전혀 쓸모가 없는 건 아닐세. 그런 하찮은 삶들은 〈중요한 삶들〉 사이사이에 끼어서 막간의 휴식과 같은 역할을 하지. 어떤 순교자, 사람들의 이해를 받지 못한 예술가, 패배한 대의를 위해 싸운 전사들은 자기들의 삶에 지칠 대로 지친 채 천국에 오게 되네. 그래서 그들은 편안하게 휴식을 취할 수 있는 환생을 마련해 달라고 부탁하지. 나탈리는 105차례의 휴식과 여덟 차례의 중요한 삶을 경험한 걸세. 아마 그 여덟 차례의 삶은 견디기가 대단히 힘들었을 거야.」

하긴 나탈리가 생을 거듭하면서 이룩한 모든 업적들을 하나의 박물관에 모은다면, 많은 전시실들을 다채롭고 호화롭게 가득 채우게 되리라는 생각이 든다.

「그런데, 나탈리는 왜 아직도 환생의 순환에서 해방되지 못하고 있는 거지?」

나의 물음에 라울이 대답한다.

「목표에 거의 다다랐지만, 그녀의 행동에 영적인 것이 아직 부족해서 마지막 관문을 통과하지 못하고 있는 걸세.」

「그녀에게 어떤 문제가 있는데?」

「사랑이 부족한 게 문제일세. 나탈리의 영혼은 열정의 위험에 너무나 민감하네. 이 영혼은 남자로 환생하든 여자로 환생하든 언제나 자기의 파트너를 불신하곤 했네. 그 문제에서 한 번도 완전히 해방된 적이 없었지. 물론 대개는 이 영혼의 생각이 옳았어. 하지만 그런 〈잘못〉에 빠지지 않으려 하다 보니, 완전한 사랑이 무엇을 가져다주는지를 체험할 수 없었지.」

라울이 자기 의뢰인에게 대해서 왜 그렇게 비관적인 생각을 갖고 있는지 더 잘 이해가 된다. 그의 의뢰인은 어리석음 때문에 앞으로 나아가지 못하는 것이 아니라 너무나 똑똑해서 나아갈 길이 막혀 있는 것이다.

우리는 나탈리를 관찰하는 일로 다시 돌아간다. 나탈리와 두 오빠들이 간식을 먹을 시간이다. 큰오빠는 레몬파이를 좋아하고 작은오빠는 초콜릿무스를 좋아하는데, 나탈리는 플로팅아일랜드를 아주 좋아한다.

플로팅아일랜드……

66. 백과사전

플로팅아일랜드 조리법

먼저 하얀 〈섬〉을 띄울 노랗고 달콤한 〈바다〉, 즉 커스터드크림을 만드는 것이 순서이다.

우유를 끓인다. 달걀 여섯 개를 깨서 흰자와 노른자를 분리한다. 흰자는 따로 두고, 노른자는 설탕 60그램과 함께 도자기에 넣고 휘젓는다. 그런 다음 거기에 뜨거운 우유를 붓고 섞는다. 도자기를 약한 불에 올려놓고 계속 저으면서 크림을 툭툭하게 만든다.

이렇게 〈바다〉가 하얀 〈섬〉을 받아들일 준비가 되었으면, 달걀흰자에 설탕 80그램과 소금 한 꼬집을 넣고 휘젓는다.

설탕 60그램을 과자 굽는 틀에 넣어 캐러멜을 만든다. 캐러멜에 휘저은 흰자를 붓고 중탕기에 넣어 20분 동안 익힌 다음 식힌다. 오목한 그릇에 크림을 붓고 그 위에 하얀 섬을 살그머니 내려놓는다. 아주 차게 해서 먹는다.

에드몽 웰스, 『상대적이며 절대적인 지식의 백과사전』 제4권

67. 옛 친구

라울 라조르박은 여전히 나탈리 김을 그저 평범한 의뢰인으로만 보고 있다.

「나탈리 김을 관찰하는 것은 이제 그만두세. 여기선 더 나올 게 없어. 다른 데로 가보세. 좋은 생각이 하나 있어. 날 따라오게.」

우리는 남동쪽으로 나란히 날아간다. 어떤 언덕에 천사들이 모여 있다. 마치 어떤 가수의 콘서트에 팬들이 밀집해 있

는 듯한 모습이다. 한 천사가 요란한 손짓을 하며 우스갯소리를 하고 있다. 낯익은 얼굴이다. 누구인지 알겠다…….

프레디 메예르!

그는 조금도 변하지 않았다. 예전에 보았던 늙은 유대교 랍비의 모습 그대로이다. 여전히 작고 통통하며 동그랗게 생긴 코에는 검은 안경을 끼고 있다. 그는 시각 장애인이지만 이제 이곳에서는 더 이상 실명이 장애가 되지 않는다. 정신의 세계에서는 눈먼 천사도 다른 천사들만큼이나 잘 볼 수 있기 때문이다.

라울은 팔꿈치로 나를 툭툭 치며 호들갑을 떤다.

「아니, 저게 누구야? 자네 저 천사가 누구인지 알아보겠어?」

두말하면 잔소리다. 내가 어떻게 프레디를 잊을 수 있겠는가. 프레디와 함께하면 어떤 탐험과 발견과 탐사의 계획에든 새로운 전망이 열릴 수 있다. 그는 영계 탐사라는 대서사시의 주인공들 중에서 가장 엄격하고 열정적이었다. 완벽을 추구하는 그의 기질은 누구도 따라갈 수가 없었다. 그는 타나토노트들의 은빛 줄을 함께 엮는 방법을 고안해 냄으로써 집단 비행의 안전성을 높이는 데에 크게 기여하였다. 또, 영혼들 간의 전쟁에서 승리하기 위한 최초의 전략과 전술을 개발하기도 하였다. 그와 함께 다시 모험을 떠날 수 있다면 그보다 더 신나는 일은 없을 것이다.

라울과 나는 관객들 속에 자리를 잡고 프레디의 이야기에 귀를 기울인다.

「어떤 등산가가 산등성이를 타고 오르다가 미끄러져 아래로 굴러떨어지게 되었답니다. 나무가 하나 보이기에 엉겁결에 한 손을 뻗어 나뭇가지에 매달렸지요. 아래를 내려다보니 머리가 어질어질할 정도로 까마득한 낭떠러지였대요. 〈도와줘요! 도와줘요! 거기 누구 없어요? 나를 구해 주세요!〉하고 그가 절망적으로 소리쳤지요. 그때 한 천사가 나타나서 그에게 말했습니다. 〈나는 그대의 수호천사다. 그대를 구해 줄 터이니 나를 믿으라.〉 등산가는 잠시 생각하다가 이렇게 소리치더랍니다. 〈어이, 누구 다른 사람 없어요?〉」

　천사들이 박장대소를 한다. 나도 웃음을 터뜨린다. 이게 바로 천사들의 유머다. 이런 것에 익숙해지지 않으면 안 된다.

　옛 친구를 다시 만나게 되어 기쁘기 그지없다. 프레디가 있는데 천국이 따분하다고 말할 자 누가 있으랴? 나는 그에게 살며시 신호를 보낸다. 그가 우리를 알아보고 달려온다.

　「미카엘! 라울!」

　우리는 서로 힘껏 얼싸안는다.

　우리가 함께한 모든 일이 다시 기억에 떠오른다. 우리의 첫 만남, 이륙용 장비를 함께 만들던 일, 천국에 최초의 타나토노트를 보냈던 일, 영계의 자객들을 상대로 한 최초의 전쟁 등등.

　「자네들에게 나의 새 친구들을 소개하겠네.」

　프레디가 그렇게 말하자, 한 무리의 천사들이 우리를 둘러싼다. 그들 중에서 막스 브라더스 중의 하나인 그라우초 막스, 오스카 와일드, 볼프강 아마데우스 모차르트, 버스터 키턴, 아리스토파네스, 라블레 등 아는 얼굴도 여럿 있다.

　「여기에서는 우리를 천국의 희극 배우들이라고 부르지. 여기에 오기 전에는 모차르트가 이렇게 농담을 잘하는 줄 몰랐어. 음탕한 농담도 서슴없이 하더라고. 그런 점에서 베토벤하곤 다르지. 그 친구는 흥을 돋우기보다는 깨는 편이거든.」

「당신이 맡은 영혼들은 어때요?」

내가 그렇게 묻자 프레디는 어깨를 한번 올렸다 내리고는 심드렁하게 대꾸한다.

「난 이제 천사의 일에 대한 신념이 없어. 더 이상 내 영혼들을 돌보지 않고 있네. 너무나 많은 의뢰인들이 나를 실망시켰어. 이젠 그들을 살피고 돌보는 일에 싫증이 나. 인간을 구원한다고? 난 더 이상 그것을 믿지 않네.」

라울과 마찬가지로, 프레디는 인간을 진보시키는 것은 가장 능력 있는 천사들에게조차 벅찬 임무라고 확신하고 있다.

아리스토파네스는 이제껏 실패만 거듭해서 이번으로 6527번째 의뢰인을 맡았다고 한다. 버스터 키튼은 어리석고 방자한 라플란드 사람들만 맡았다고 투덜댄다. 오스카 와일드는 자기가 맡은 인도의 어떤 시어머니는 보험금을 타내려고 며느리를 산 채로 불에 태워 죽였다면서 그들에 비하면 라플란드 사람들은 그래도 괜찮은 편이라고 대꾸한다. 그라우초 막스는 크메르 루주들을 맡아 그럭저럭 돌봐 나가고는 있지만, 그들이 여전히 정글에서 분쟁을 야기하고 있어 골치가 아프다고 털어놓는다. 한편 라블레는 상파울루의 빈민굴에 있는 아이들을 언급하면서 더 이상 수호천사 노릇을 못하겠다는 듯이 두 팔을 들어올린다. 그 아이들은 허구한 날 본드를 흡입하고 있으며 평균 수명이 14세를 넘지 않는다고 한다.

얘기를 듣고 보니, 가장 비극적인 처지에 놓인 영혼들은 대개 천국의 희극 배우들에게 맡겨지는 모양이다.

「그들을 구원한다는 건 너무 어려운 일일세. 우리 중의 대부분은 결국 그 일을 포기하고 말았지. 우리는 더 이상 인간을 도울 수 없어.」

나는 내 지도 천사가 했던 이야기를 떠올리며 그들의 생각을 바꿔 보려고 한다.

「하지만, 우리가 여기에 와 있다는 것 자체가 누구든 환생의 순환에서 벗어날 수 있음을 보여 주는 증거가 아닐까요? 우리가 해냈다면, 다른 영혼들도 틀림없이 해낼 수 있을 겁니다.」

그러자 라울이 반박한다.

「사람들 중에서 일부만 구원을 받고 나머지는 계속 환생의 사슬에 묶여 있는 상황은 어찌 보면 정자들의 상황과 비슷해. 무수히 많은 정자들 중에서 난자의 문을 통과하는 정자는 단 하나뿐이야. 나는 인내심이 없어서 천국의 문을 넘어서는 것이 허락되기를 기다리고 있는 무수한 영혼들을 일일이 다 시험할 수가 없어.」

라울은 임무를 포기하려는 천사가 자기 말고 또 있다는 사실을 알게 되어 무척이나 기쁜 모양이다. 프레디 메예르는 라울의 편이다. 그 역시 자기 영혼들을 돌보는 일에 지쳐서 그들을 방기하고 있고 자기 자신을 높이는 일에도 더 이상 관심이 없다. 그에겐 이제 야망이 없다. 그저 인간 세계를 잊고 웃으면서 세월을 보내려 한다. 그는 인간에 대한 모든 희망을 잃었다. 이제 그가 믿고 있는 것은 오로지 유머뿐이다.

알자스 출신의 그 쾌활하던 유대교 랍비가 어쩌다가 이렇게 환멸에 빠진 천사로 변한 걸까?

「홀로코스트 때문일세. 제2차 세계 대전 중에 벌어졌던 유대인 대학살 말일세.」

그러면서 프레디는 힘없이 고개를 떨군다.

「여기에 와서 자세한 것을 알게 되었네. 여기에서는 모든 정보를 접할 수 있으니까 모든 걸 다 알게 되지. 이제 나는 실제로 무슨 일이 벌어졌는지를 다 알고 있네. 그건 내가 지상에 있을 때 책에서 읽은 것보다 훨씬 더 지독한 만행이었네. 끔찍하다든가 참혹하다는 말로는 도저히 표현될 수가 없는 일일세.」

「제가 알기로는······.」

「아니, 자네는 몰라. 가스실 앞에 줄을 서서 기다리는 사람들, 어머니 품에서 억지로 떼어 낸 아이들을 시체 소각로 벽에 던지는 병사들, 그 서슬에 머리가 깨져서 피를 흘리며 죽어 가는 아이들, 인간을 상대로 한 생체 의학 실험······. 여기에 올라와서야 나는 그 모든 걸 다 보고 다 느낄 수 있었네. 나는 더 이상 그 광경들을 떨쳐 버릴 수가 없어.」

나는 그런 일이 벌어진 이유를 내 나름대로 설명해 보려고 한다.

「어쩌면 지금 당신이 이러고 있는 것처럼, 천사들이 자기들 일에 관심을 기울이지 않았기 때문에 그런 잔혹한 일이 생겼는지도 모르지요.」

하지만 프레디는 더 이상 내 얘기를 듣지 않는다. 그는 내 어깨를 잡고 짐짓 큰 소리로 웃으며 말을 잇는다.

「이제 그런 얘기는 더 이상 하고 싶지 않네. 난 그저 웃고, 또 웃고, 계속 웃고 싶을 뿐이야. 언제까지라도 웃음과 농담에 취해서 살고 싶네.」

프레디가 정말 많이 변했다.

「누가 우스갯소리 좀 더 안 하겠소?」

그는 손뼉을 치면서 다시 소리친다.

「이런, 분위기가 가라앉기 시작했어. 자, 빨리 누가 농담 좀 해봐요. 어서!」

인류의 참혹한 사건을 떠올리고 난 뒤끝이라 농담이 나오기가 쉽지 않다. 그럼에도 오스카 와일드는 프레디가 떠올린 그 음울한 이야기의 여운을 지우기 위해 앞으로 나선다.

「예수가 어머니와 함께 여행을 하던 때의 일입니다. 어떤 마을에 당도해 보니, 사람들이 어떤 간통한 여인을 돌로 때려죽이려 하고 있었어요. 그래서 예수가 나서서 말했지요. 〈누구든 단 한 번도 죄를 짓지 않은 자가 있거든 이 여인에게 맨 먼저 돌을 던지시오.〉 군중 속에서 동요가 일더니 사람들이 저마다 돌을 내려놓았어요. 예수가 사람들의 박수갈채를 받으며 그 여인을 막 풀어 주려는데, 갑자기 커다란 벽돌 하나가 날아와 그 가엾은 여인의 머리에 떨어졌어요. 그러자 예수가 몸을 돌리며 말했답니다. 〈아니, 어머니, 이건 좀 심하다고 생각하지 않으세요?〉」

주위의 천사들이 웃는다. 하지만 그 웃음엔 억지가 조금 섞여 있다. 버스터 키턴이 평소의 그 진지한 태도를 보이며 지적한다.

「예수가 여기에 없는 게 다행일세. 그이는 자기 어머니를 두고 농담하는 것을 좋아하지 않아······.」

그라우초 막스가 다른 이야기를 꺼낸다.

「어떤 사람이 복권에 당첨되지 않는다고 줄곧 불평을 하더랍니다. 그러자 수호천사가 나타나서 그에게 말했지요.

〈이보게, 난 자네가 복권에 당첨되도록 도와주고 싶어. 하지만…… 먼저 복권을 사야 당첨이 되든 말든 하지!〉

이미 모두가 알고 있는 농담이다. 그래도 천사들은 재미있다고 깔깔거리며 웃는다.

라울과 나는 일동의 폭소에 동참하지 않았다. 그들의 웃음이 조금 과장되어 있다는 느낌이 들었기 때문이다.

그때 매릴린 먼로가 갑자기 나타났다. 그녀도 천사가 된 모양이다. 그녀는 종종걸음으로 달려와서 프레디의 품에 안긴다. 천사가 되어서도, 노마 진 베이커[11]를 전설로 만들었던 아름다움과 매력을 그대로 간직하고 있다. 이건 온당치 못하다는 생각이 든다. 한창때에 죽은 스타들은 여기에 와서도 여전히 아름다운데, 루이즈 브룩스나 그레타 가르보처럼 오래 살다가 죽은 스타들은 돌이킬 수 없는 노화의 흔적을 영원히 간직해야 하니 말이다.

「이 아름다운 천사를 자네들에게 새삼 소개할 필요는 없겠지?」

프레디는 장난스럽게 그렇게 말하고는, 매릴린 먼로의 허리께를 쓰다듬는다. 우리에게는 성애가 없다는 걸 내가 알고 있기에 망정이지, 그렇지 않았으면 나는 그 두 천사가 연애를 하고 있다고 상상했을지도 모른다. 아닌 게 아니라 그들은 더 이상 손으로 무엇을 만져서 느낄 수 없는데도, 친밀감을 표시하는 인간의 몸짓들을 흉내 내면서 장난을 친다. 아름다운 매릴린 먼로가 작고 뚱뚱한 이 대머리 천사에게서 어떤 매력을 발견했는지 궁금하다. 아마도 그건 유머일 것이다. 매릴린은 프레디에게 아름다움을 가져다주고, 프레디는

11 매릴린 먼로의 본명.

그 대가로 웃음을 주는 것이리라.

「먼로 천사, 프레디가 힘을 내서 새로운 모험에 나서도록 설득 좀 해주시오.」

라울이 그렇게 말했다.

「미안해요. 나 역시 홀로코스트의 잔혹함 때문에 큰 충격을 받았어요. 아시다시피, 나는 아서 밀러와 결혼하기 전에 유대교로 개종을 했었지요.」

매릴린의 죽음을 둘러싼 여러 가지 소문들 중에서 무엇이 진실인지 직접 물어보고 싶은 생각이 든다. 하지만 지금은 그럴 계제가 아니다.

매릴린이 이야기를 계속한다.

「처음에 프레디는 유대인 수용소들이 있었던 자리로 내려가, 거기에서 아직 떠돌고 있는 원혼들이 천국에 올라가도록 도와주었어요. 그러다가 지쳐서 그 일을 그만두었어요. 그런 영혼들이 너무나 많아요. 너무나 많은 인간들이 하늘과 인간 나라들의 전반적인 무관심 속에서 너무나 힘겨운 고통을 겪었지요. 그런 범죄를 저지를 수 있는 종은 구원받을 자격이 없어요. 나는 프레디를 이해해요. 나 역시 더 이상 인간을 위해 아무것도 하고 싶지 않으니까요.」

매릴린의 음성에는 분노의 감정이 실려 있다.

「절망만 하고 있을 게 아니라, 왜 그런 일이 생겼는가를 이해하려고 노력하는 게 낫지 않을까요?」

라울이 말하자, 프레디가 되받는다.

「좋은 얘기일세. 그럼 자네한테 묻겠네. 왜 그런 범죄들이 저질러진 거지? 대답해 보게. 왜지? 왜야??!!」

라울은 잠시 당황해하다가 말을 잇는다.

「저 위쪽의 체제가 보기보다 복잡하기 때문이지요. 우리 천사들의 세계 위에서 결정을 내리고 있는 자가 누구인지를 알아내야 합니다. 그게 바로 우리가 할 일이지요. 우주의 시계 장치가 돌아가는 원리를 완전히 밝혀 내지 못하면, 홀로코스트는 영원히 불가사의로 남게 될 것이고, 되풀이될 위험성마저 있어요. 당신의 고통은 이해하지만, 그 고통에 갇혀 있지 말고, 우리를 도와서 위쪽 세계의 비밀을 밝혀내는 게 나을 겁니다. 그래야 또 다른 대학살을 막을 수 있어요.」

하지만 프레디는 고집을 꺾지 않는다.

「인류는 진보할 능력이 없어. 모두가 자기 파멸의 길로 가고 있단 말일세. 인간은 서로 사랑하지 않고, 서로에게 이익을 주고 싶어 하지 않아. 도처에서 광신과 국수주의와 교조주의와 과격주의가 판을 치고 있어. 아무것도 달라지지 않았고, 정말 아무것도 달라지지 않을 걸세. 배타주의와 불관용이 그 어느 때보다 횡행하고 있네.」

이번엔 내가 인간들을 옹호하고 나선다.

「인류는 더듬거리며 나아가고 있어요. 세 걸음 앞으로 갔다가 두 걸음 뒤로 물러서기는 해도 결국 앞으로 나아가는 것만은 분명하지요. 인류는 지금 333점에 도달해 있지만 내가 보기엔 곧 334점에 다다를 겁니다. 만일 우리 천사들이 포기한다면, 누가 인간을 구원할 수 있겠습니까?」

프레디는 우리의 부탁에 지쳐 버렸다는 듯 갑자기 우리에게서 등을 돌려 버린다.

「인간들이 스스로 알아서 하게 내버려두세. 완전히 밑바닥에 가서 닿으면, 생존 본능을 되찾고 다시 뛰어오를지도 모르지.」

그는 친구들이 있는 곳으로 가면서 다시 소리친다.

「자, 이보게들, 인류는 저희들 운명에 맡기고, 우리는 웃기나 하세.」

68. 백과사전

바누아투

바누아투 군도는 17세기 초에 그때까지 아직 태평양의 미탐험 지역으로 남아 있던 곳에서 포르투갈 사람들에 의해 발견되었다. 이 섬에는 수만 명의 주민이 살고 있는데, 이들은 특별한 규범의 지배를 받고 있다.

예를 들어, 이 섬에는 다수 집단이 자기의 선택을 소수 집단에게 강요하는 다수결의 개념이 없다. 어떤 선택에 이의를 제기하는 주민이 있으면, 이들은 만장일치에 이를 때까지 토론을 벌인다. 그러다 보니 어떤 결정이 내려지기까지 시간이 많이 걸리는 것은 당연하다. 어떤 주민들은 한사코 고집을 부리면서 설득당하기를 거부하기도 한다. 그래서 바누아투 주민들은 서로 자기 의견의 정당성을 이해시키느라고 일과의 3분의 1을 토론으로 보낸다. 어떤 영토와 관련해서 논란이 생기면, 합의에 도달할 때까지 몇 년, 나아가서는 몇 세기 동안 토론이 지속될 수도 있다. 그동안 그 문제는 줄곧 미결 상태로 남아 있게 된다.

그렇지만 2백~3백 년이 지나서 마침내 모두가 동의를 하게 되면, 그 문제는 정말 깨끗이 해결되어 원망이 전혀 남지 않게 된다. 누구도 패자가 아니기 때문이다.

바누아투의 문명은 씨족을 중심으로 이루어져 있다. 씨족들은 저마다 서로 다른 직업 집단에 속해 있다. 고기잡이를 전문으로 하는 씨족이 있는가 하면, 농업이나 도기 제작 등을 전문으로 하는 씨족들도 있다.

씨족들 사이에는 갖가지 교환이 행해진다. 예를 들어, 어부들은 바다로 통하는 길을 제공하는 대가로 숲속의 샘터로 가는 길을 제공받는다.

씨족들은 저마다 특정한 일을 전문으로 하고 있기 때문에, 만일 농부들의 씨족에서 태어난 아이가 도기 제조에 선천적인 재능을 보인다면, 그 아이는 자기 씨족을 떠나 어떤 도공 가정에 입양된다. 아이를 입양한 도공은 아이가 재능을 발휘하도록 도와주어야 한다. 만일 도공의 자식 중에 고기잡이를 하고 싶어 하는 아이가 있는 경우에도 사정은 마찬가지이다.

바누아투를 처음으로 탐험했던 서양인들은 그런 관습을 발견하고 충격을 받았다. 사정을 모르는 그들은 바누아투 주민들이 남의 자식을 서로 훔쳐 간다고 생각했던 것이다. 하지만 그것은 유괴가 아니라, 각 개인의 소질을 최상으로 계발하기 위한 교환이다.

사적인 갈등이 생기는 경우에, 바누아투 주민들은 복잡한 동맹 체제를 이용하여 갈등을 해소한다. 만일 A 씨족의 어떤 남자가 B 씨족의 여자를 겁간했다면, 이 두 씨족은 직접 싸움을 벌이지 않고 각기 전쟁 대리인을 내세운다. 말하자면, 맹세로 결합된 제3의 씨족을 대신 내세우는 것이다. 그리하여 A 씨족은 C 씨족에게 싸움을 부탁하고, B 씨족은 D 씨족에게 도움을 청한다. 이 중개 제도에 의해서 전투가 벌어지긴 하지만, 전투에 참가하고 있는 사람들은 서로에 대해서 직접적인 원한이나 불만을 가진 것이 아니기 때문에 서로 죽이면서까지 치열하게 싸울 필요를 느끼지 못한다. 처음 격돌로 약간의 부상자가 생기고 나면, 이들은 동맹 씨족에 대한 의무를 다했다고 생각하면서 싸움을 그만둔다. 이렇게 해서 바누아투에는 전쟁은 있으되, 단지 증오 없는 전쟁, 쓸데없는 자존심 때문에 악착같이 싸우는 일이 없는 전쟁만 있을 뿐이다.

에드몽 웰스, 『상대적이며 절대적인 지식의 백과사전』 제4권

69. 자크, 열네 살

학교는 나의 감옥이고, 화장실은 여전히 나의 도피처이다. 내 학업 성적은 좀 나아졌지만, 나는 기억력이 별로 좋지 않아서 결코 우등생은 못 될 것이다.

마르틴은 학교를 떠났다. 그녀의 부모가 일하고 있는 서커스단이 다른 곳으로 옮겨 갔기 때문이다. 그녀의 아버지 시벨리우스는 최면술사이다. 언젠가 텔레비전에서 그 사람을 본 듯하다. 페르피냥 지역을 순회한 다음에 그 곡예사들은 페루로 날아갔다. 나와 헤어지기 전에 마르틴은 다시 이런 말을 했다.

「네 약점을 보완하려고 애쓰기보다는 네 강점을 더욱 강하게 만들도록 해.」

마르틴은 그렇게 떠났고, 나는 내 힘의 많은 부분을 잃은 듯한 기분이 든다.

올해 우리에게 국어를 가르치는 선생님은 반 리스베트라는 젊은 여자 선생님이다. 몸에 착 달라붙는 블라우스를 즐겨 입고 적갈색 머리를 길게 늘어뜨린 이 선생님은 우리 모두에게 강한 인상을 주었다.

선생님은 우리를 더 잘 알고 싶다면서, 각자 아무 주제나 하나씩 골라 짤막한 이야기를 한 편씩 써보라고 했다. 교실 여기저기에서 웅성거리는 소리가 들렸다. 우리는 우리 마음대로 무엇을 선택하는 것에 익숙하지 않다. 현재의 학교 제도가 우리를 그렇게 만든 것이다. 몇몇 학생들이 볼멘소리로 투덜거렸다.

「선생님, 무얼 어떻게 해야 할지 모르겠어요. 주제를 하나

정해 주세요.」

「각자 마음대로 골라 봐. 해보면 다들 할 수 있을 거야.」

선생님이 우리 마음대로 뭔가를 해보라고 말하는 건 드문 일이다. 나는 이런 식의 자유가 마음에 든다. 나는 곧바로 이야기 하나를 쓰기 시작했다. 글의 제목은 〈교황 파이 3.14〉이다. 나는 먼저 다음에 있을 추기경들의 교황 선거 회의에서 어떤 컴퓨터가 피선거권자 중의 하나로 들어가는 터무니없는 상황을 상상해 본다. 물론 말도 안 되는 얘기지만, 만일 컴퓨터가 가톨릭을 대표하는 교황이 된다 해도 그리 나쁘지는 않을 것 같다는 생각이 든다. 그렇게 되면, 기독교가 정계나 재계와 결탁할 가능성이 줄어들 것이고, 종교인들이 개인적인 야심을 채우는 일도 없어질 것이다. 어쨌거나 내 이야기 속의 추기경들은 기독교의 위대한 원리들을 하나의 컴퓨터 프로그램에 모두 담은 다음, 그 프로그램을 인간에 아주 가까운 로봇에 설치하고 그 로봇의 이름을 〈파이 3.14〉로 정한다. 그 로봇을 교황으로 선출하는 것에는 많은 장점이 있다. 어느 날 갑자기 노환으로 쓰러질 염려 없이 종신 교황으로 임무를 수행할 수 있는 후보는 파이 3.14뿐이다. 어떤 정신 이상자가 교황을 저격한다 하더라도, 프로그램만 다시 설치하면 되므로 아무 문제가 없다. 게다가 파이 3.14는 인류 역사의 특정 시대에 갇히지 않고, 사회가 발전해 가는 데에 따라 새로운 정보를 얻고 시대에 맞추어 끊임없이 스스로를 혁신한다. 이렇듯이 기독교는 첨단 과학을 이용하여 신도들과 가장 잘 조화를 이루는 종교가 된다.

파이 3.14는 당연히 인공 지능 프로그램을 갖추고 있고, 그것을 이용해서 자기 자신의 논리를 개발할 수 있다. 그것은 예수의 사상으로부터 출발하여 거기에 현세에 관한 자기 자신의 관찰과 추론을 결합한 논리이다.

내 이야기의 말미에서 파이 3.14는 하느님이 실제로 어떤 존재인가를 깨닫기 시작한다. 이것은 교황으로서 당연히 해야 할 일이지만, 문제는 이 로봇이 하느님도 잘못을 범할 수 있다는 것을 확인한다는 데에 있다. 결국 파이 3.14는 하느님까지도 컴퓨터로 교체하는 것이 낫겠다는 생각을 하게 된다…… 내 이야기는 그렇게 끝이 난다.

그다음 주에, 선생님은 채점한 작문 용지를 점수가 높은 순서대로 우리에게 돌려주면서, 내 것은 돌려주지 않고 수업이 끝난 뒤에 나를 보자고 했다.

이 선생님에게도 꾸지람을 듣게 되는가 싶어 걱정을 했더니, 그게 아니었다.

「놀라운 글을 썼던데. 상상력이 아주 대단해! 어디에서 그런 것들을 생각해 냈지? 텔레비전을 보면서 많은 것을 얻니?」

「책을 많이 보는 편이에요.」

「주로 어떤 책을 보니?」

「카프카, 에드거 앨런 포, 톨킨, 루이스 캐럴, 조너선 스위프트, 스티븐 킹…….」

「주로 환상 문학을 읽는구나. 위대한 고전에도 관심을 갖는 게 어떻겠니?」

선생님은 몸을 숙여 책상 서랍을 뒤지더니, 나에게 책 한 권을 내민다. 귀스타브 플로베르의 『살람보』이다.

「자, 이걸 읽어 봐라. 한 가지 물어볼 게 더 있는데, 대개 프랑스어에서 몇 점을 받았지?」

「20점 만점에 6점에서 9점 사이를 왔다 갔다 했어요. 대개는 6점이었지요.」

선생님이 내 글을 돌려준다. 거기에는 빨간 잉크로 19/20이라고 적혀 있고, 여백에 이런 말이 첨가되어 있다. 〈독창적인 생각이 아주 많음. 너의 글을 읽으면서 굉장히 즐거웠다.〉

반 리스베트 선생님은 수업이 끝나고 나서 나랑 토론하는 것을 좋아한다. 우리는 전 세계의 문학에 대해서 두루 이야기를 나눈다. 도스토옙스키를 논할 때든, 인도의 대서사시 『마하바라타』에 대해서 이야기할 때든, 선생님은 언제나 나에게 새로운 지평을 열어 준다.

어느 날 저녁, 선생님은 자동차로 나를 집에까지 데려다주겠다고 했다. 내가 집 주소를 말해 주었는데도, 선생님은 다른 방향으로 차를 몰았다. 나는 속으로 놀랐지만 무어라고 말할 엄두가 나지 않았다. 선생님은 인적이 드문 길에 차를 세우더니, 내 눈을 똑바로 바라보았다. 나는 무슨 말을 해야 할지 몰라 계속 입을 다물고 있었다. 그때, 선생님이 핸들에서 한 손을 떼어 내 손에 포개면서 말했다.

「넌 아주 훌륭한 작가가 될 거야.」

70. 이고르, 열네 살

나는 술을 마시기 시작했다. 술을 마시면 마실수록 서방 세계가 미워진다. 언젠가는 우리와 서방의 부유한 나라들 사이에 전쟁이 벌어질 것이다. 나는 어서 그런 날이 왔으면 좋겠다. 남들에게 박대를 받을 때마다, 빈대 한 마리를 잡아 으깨어 죽일 때마다, 소년원에서 나에게 새로운 제재를 가할 때마다, 이 모든 것이 프랑스와 영국과 미국의 잘못이라는 생각이 든다.

우연히 손에 들어온 신문에서, 나와 나이가 똑같은 비너스 셰리든이라는 여자아이에 관한 기사를 읽었다. 그녀는 미국에서 한창 인기를 얻고 있는 톱 모델로서 그 나이에 벌써 거부가 되었다고 한다. 만일 우리가 그 썩어빠진 나라에 쳐들어가게 된다면, 나는 그녀에게 튼튼하고 근면한 슬라브족 남자의 진가를 보여 줄 것이다. 거기에서 그녀를 에워싸고 있을 그 약해 빠진 사내 녀석들하고는 다르다는 것을 말이다.

밤이면 나는 창문 너머로 별들을 올려다본다. 그 별들 중에는 비너스라는 이름의 행성도 있다. 나는 그 미국 스타의 모습을 떠올리면서, 그녀와 사랑을 나누는 장면을 상상하곤 한다. 언젠가 그녀를 직접 만나게 될 날이 올 것이다. 그날이 오면…….

71. 비너스, 열네 살

「생일 축하해, 비너스.」

엄마 친구들이 우르르 거실로 몰려 들어왔다. 그래도 나는 내 방에서 나가지 않을 것이다. 어제 나는 초경을 치렀다. 엄마는 나를 기쁘게 해줄 양으로, 내가 마침내 〈진짜 여자〉가 되었으며 〈남자들의 사랑〉을 경험할 수 있게 되었다고 말했다.

나는 내 몸에 이런 일이 생기는 것이 싫다. 그래서 며칠째 아무도 만나지 않고 방 안에 틀어박혀서 내 마음을 추스르려 애쓰고 있다.

하지만 광고 사진을 찍지 않을 수는 없다. 어쨌거나 삶은 계속되어야 한다.

아동복 모델 노릇은 끝났고, 이제 나는 어엿한 청춘스타이다. 여기저기에서 사람들이 나를 부른다. 곧 어떤 청량음료를 위한 광고 사진을 찍어야 한다. 나는 어떤 잘생긴 젊은이로부터 음료수 캔을 빼앗아 그의 앞에서 꿀꺽꿀꺽 마셔 버리는 도발적인 연기를 하기로 되어 있다.

집에서는 저녁마다 큰 소리가 난다. 나의 부모는 이제 드러내 놓고 서로를 미워한다. 둘 사이에 전쟁이 선포된 것만 같다.

나는 마침내 싸움의 주된 원인이 나의 돈 때문이라는 것을 알았다. 내가 돈을 많이 벌면 벌수록 나의 부모는 더욱더 많이 싸운다. 그 돈은 엄마 것도 아니고 아빠 것도 아니며, 오직 나만의 것인데도 말이다.

나는 두 분이 내 돈에 손을 대지 말고, 내가 그것을 내 마음대로 처분할 수 있는 나이가 될 때까지 저금통장에 넣어 두기를 바란다. 그러면 이자도 많이 생길 것이다.

나는 내 돈을 어떻게 쓸 것인가에 대해서 벌써 여러 가지를 생각해 놓았다. 보석도 살 것이고, 성형 수술도 새로 받을 생각이다. (예컨대, 턱에 보조개가 생기게 하는 수술. 그 보조개는 나에게 잘 어울릴 것이다. 이번에도 암브로시오 박사를 찾아갈 생각이다. 그러면 나에게 아주 예쁜 보조개를 만들어 줄 것이다.)

하지만 지금 당장 나에게 필요한 것은 소음 방지용 귀마개이다. 저녁마다 싸우는 소리가 들려서 견딜 수가 없다. 엄마

든 아빠든 싸울 때마다 이렇게 소리치곤 한다. 〈애만 없었으면, 진작 갈라섰을 거야.〉

이제 그런 말다툼에 짜증이 난다.

어느 날 아침 문득 엄마 아빠의 관심을 끌기 위한 방법이 하나 생각났다. 더 이상 먹지 않는 것이 바로 그것이다.

나는 그날 저녁 식사 때 그 방법의 효과를 시험하기 위해 모든 음식을 거부하였다. 엄마 아빠의 반응은 내가 기대했던 것 이상이었다. 두 분이 나에게 말을 걸었다. 두 분 다 오로지 나에게만 관심을 보였다.

「어서 먹어라. 굶으면 안 돼.」

엄마 아빠는 이구동성으로 그렇게 말했다. 나는 효과를 높이기 위해 어깃장을 놓았다.

「되도록 적게 먹는 것이 모델들에게는 더 좋아요.」

엄마가 아니라고 하자, 아빠는 대뜸 엄마를 야단쳤다.

「왜 애한테 이런 바보 같은 생각을 심어 준 거야?」

엄마 아빠는 다시 싸움을 벌이려고 하다가, 내가 바라보고 있다는 것을 의식했는지 애써 참는 기색을 보였다. 그러고는 다시 나를 보면서 조금이라도 먹으라고 설득했다.

나는 마지못해 먹는 척을 했다. 하지만 그다음 며칠 동안은 먹는 양을 더욱 줄여서 긴장을 높였다.

엄마 아빠를 통제할 수 있는 수단을 찾아내서 기쁘다. 내가 먹지 않으면, 엄마 아빠는 싸움을 중단하고 나에게 관심을 쏟는다.

물론 먹는 걸 자제함으로써 먹는다는 그 작은 기쁨을 스스로 빼앗는 것은 어려운 일이다. 하지만 그럭저럭 견딜 만하다. 게다가 먹는 게 적어질수록 배고픔도 덜 느끼게 된다. 이건 나에게 참으로 잘된 일이다. 내 몸이 톱 모델이라는 직업에서 성공하는 데 필요한 표준에 딱 맞아 가고 있으니 말이다. 나는 완전히 가늘고 긴 나뭇가지가 되어 간다. 굉장하다! 나는 수술을 받지 않고도 내 몸에 영향력을 행사하기에 이르렀다.

더욱 놀라운 일은, 내가 먹지 않게 되면서 월경이 사라졌다는 것이다. 이중의 보상을 얻은 셈이다. 내 몸을 관리함과 동시에 내 부모를 통제하기 위한 아주 간단한 이 방법을 좀 더 일찍 알았다면 얼마나 좋았을까!

이제 엄마 아빠는 나에게 관심을 보인다. 두 분이 싸우는 소리를 더 이상 듣지 않을 수 있으면 좋겠다.

72. 터무니없는 소원

나는 수태의 호수 가장자리에 있는, 파라솔처럼 넓은 청록색 소나무 밑에 자리를 잡는다. 손바닥을 뒤집자 나의 세 구체가 날아와 내 앞에서 천천히 돌아간다. 내 영혼들이 반짝반짝 빛을 낸다. 나는 이리저리 구체들을 살펴보면서, 열네 살에 이른 그들 삶의 대차 대조표를 만든다. 자크는 공부를 못하는 학생이지만 짤막한 이야기들을 쓰고 있다. 교황에 관한 작문으로 선생님의 칭찬을 받은 뒤로, 꿈을 통해 훨씬 더 독창적인 이야기를 그에게 보내고 있다.

비너스는 경박하고 피상적이지만 모델이 되어 돈벌이를 하고 있다. 비너스는 자기 부모가 더 이상 싸우지 않기를 바란다. 음…… 그들이 싸우지 않게 하는 길은 서로 갈라서게 만드는 길밖에 없다.

219

이고르는 소년원에 갇혀 있지만, 친구들을 잘 사귀고 나이에 비해서 대단히 성숙해 있다. 그의 친구들에게 영향을 미치도록 〈당구공〉 전술을 좀 사용해서 그가 소년원에서 나오게 해야겠다. 이제 그는 다른 사람들을 만날 때가 되었다.

지도 천사의 실루엣이 내 앞에 나타난다.

「자네 의뢰인들은 어떻게 지내는가?」

나는 아직까지 큰 문제가 없었다는 것을 다행으로 여기며 지도 천사에게 내 알들을 보여 준다. 지도 천사가 나에게 말한다.

「자네에게 한 가지 가르쳐 줄 게 있네. 이 세 영혼들은 우연히 자네에게 맡겨진 것이 아닐세. 이들은 자네 자신의 특성과 자네 영혼의 깊숙한 곳에 무엇이 있는지를 드러내 주네. 이들 각자는 자네가 개선해야 할 측면들 중 하나에 해당하네. 천사가 맡은 세 의뢰인들의 인격을 합친 것이 바로 천사의 인격일세. 이고르 더하기 자크 더하기 비너스는 미카엘인 셈이지. 자네는 세 인격의 통합체란 말일세.」

그랬구나! 결국 나는 나의 세 영혼을 돌보면서 나 자신에 대한 일종의 초(超)정신 분석을 행하고 있는 셈이다. 내 지도 천사는 그런 사실을 알려 줄 때의 효과에 익숙해져 있는 듯 내 팔을 잡으며 덧붙인다.

「자네 의뢰인들과 자네가 공통점을 가지고 있다는 것을 눈치채지 못했는가? 자네는 자크처럼 글을 쓰고 싶어 했고 이고르처럼 강한 사람이 되고 싶어 했으며 비너스처럼 사랑받는 사람이 되고 싶어 했지.」

「그러니까 자크는 내 상상력이고, 이고르는 나의 용기, 비너스는 나의 매력인 셈이군요.」

「그와 마찬가지로 자크는 자네의 소심함이고, 이고르는 자네의 난폭성, 비너스는 자네의 자아도취이기도 하지. 자네는 의뢰인들을 통해서 자네가 진정으로 어떤 존재였는지를 깨닫게 될 걸세. 그들의 영혼을 개선시킴으로써 자네 스스로가 구원을 얻는 거지.」

결국 나는 그들에게 작용함으로써 나 자신에게 간접적으로 작용하고 있는 것이다. 천사들 일의 복잡한 규칙이 조금은 이해가 되는 느낌이다. 지도 천사가 멀어져 가자, 라울이 다가온다.

「그가 말했지? 이제 알겠어? 저 위에서 누가 우리를 조종하고 있는지는 모르지만 취미도 고약해. 7인지 신인지 하는 그 존재들은 우리를 갖고 장난을 치고 있어. 그들은 우리로 하여금 우리의 다양한 측면들과 대면하게 해놓고 우리가 어떻게 반응하는지를 관찰하고 있는 거야.」

「마치 우리가 인간들을 살피고 있듯이 그들이 천사들을 살피고 있다는 말인가?」

라울이 고개를 끄덕인다.

「큰 것 안에 작은 것이 들어 있고 그 작은 것 안에 더 작은 것이 들어 있는 마트료시카 인형 생각나나? 모든 것이 그 인형들처럼 끼워 맞춰져 있네. 감시하는 자가 감시를 당하고, 관찰하는 자가 관찰을 당하는 것이지.」

「그렇다면 그 7의 존재들 역시 8의 존재들로부터 감독을 받고 있을 수도 있겠군.」

「이런, 이런! 자네 공상 과학의 한복판에서 헤엄을 치고 있군. 우선은 우리를 조종하는 존재들에 대해서만 관심을 갖기로 하지. 그 7이라는 존재들에 대해서 말이야!」

라울의 말이 사뭇 도전적인 느낌을 준다. 이제 라울에게
는 그 존재들이 적이다. 나는 그를 안다. 그는 무슨 일이든 자
기 스스로 원하지 않는 일을 시키는 것을 좋아하지 않는다.
스스로를 자유롭다고 믿는 것, 그것이 그의 마지막 자존심
이다.

라울이 나의 알들을 살펴보다가 묻는다.

「자네는 이들의 소원을 빠짐없이 들어주고 있지?」

「그래.」

그가 차가운 미소를 지으며 덧붙인다.

「나도 처음엔 응석을 잘 받아 주는 아빠 같은 천사 노릇을
했지. 그 결과가 뭔 줄 아나? 우리가 그들을 기쁘게 해주려고
애를 쓰면 쓸수록 그들은 점점 더 버릇이 없어진다는 거야.」

「어쨌거나, 그들을 도와주는 것 말고는 달리 선택의 여지
가 없지 않은가?」

「자네가 잘못 알고 있는 걸세. 우리는 그들에게 시련을 줄
수도 있어. 자네 지도 천사가 〈당근과 채찍〉에 대해서 말했
을 거야. 부드러운 방법으로 몇 차례 실패를 겪고 난 뒤에 나
는 그들에게 매질을 해서 앞으로 나아가게 하는 방법을 선택
했네. 그랬더니 한결 낫더라고. 그들은 모두 아이들 같아. 볼
기를 때려서 가르쳐 줘야 해.」

「그 〈볼기 때리기〉는 실제로 어떻게 하는 거지?」

「물론 나는 그들의 소원을 들어주네. 하지만 그들에게 시
련을 부과해서 그것을 극복하거나, 적어도 스스로를 돌아보
도록 강요하지. 한 가지 충고하겠네만, 그들을 위기 상황에
몰아넣는 데에 주저하지 말게. 위기 상황은 그들로 하여금
스스로를 돌아보게 할 걸세. 에드몽 웰스 자신이 그런 방법

을 자기의 『백과사전』에서 언급하고 있네. 그는 그것을 〈자기반성의 계기〉라고 부른다네.」

「어떤 방법인지 자세히 말해 보게.」

「자네 의뢰인들을 보호하려 하지 말고 위험에 빠뜨리게. 그들을 낭떠러지로부터 지켜 주기보다는 거기로 밀어 버리게. 그러면 그들은 자기들의 한계를 더욱 잘 알게 될 것이고, 위기를 헤쳐 나오면서 스스로에 대한 믿음을 키워 나갈 걸세. 분명히 말하지만, 나는 내 의뢰인들을 가차 없이 대하네. 그러니까 오히려 그들이 더 잘해 나가고 있네. 그들은 삶을 더 소중하게 여기고 소원을 빌 때도, 살아남게 해달라든가 더 이상 아프지 않게 해달라는 식의 진지한 소원을 빌지…….. 위대한 영혼들은 모두 큰 시련을 이겨 내면서 단련되는 법일세. 그 시련이 그들의 전설을 만들어 내는 것이지…….」

나는 아직 확신이 들지 않는다.

「내 의뢰인들에게 독하게 굴 수 있을지 모르겠어. 그들에게 너무 애착을 느끼기 시작했거든.」

라울은 딱하다는 표정을 짓는다.

「그러면 자네 하고 싶은 대로 해보게. 자네 의뢰인들과 내 의뢰인들 중에서 어느 쪽이 더 좋은 카르마 점수를 얻게 될지 나중에 가면 알게 되겠지.」

「누가 이기나 내기하자는 거야?」

「원한다면. 각자 자기 방법대로 해보면 누가 이기는지 알게 되겠지.」

「그건 그렇고 자네의 그 나탈리는 어때?」

라울은 자기 알들을 불러낸다. 우리는 둥근 어항 속에서 움직이는 작은 물고기들을 바라보듯이 그의 영혼들을 살펴본다.

「왜 잉카 황제가 나탈리를 7의 수수께끼를 풀기 위한 열쇠라고 말했는지 이해했나?」

「천만에. 그 뒤로 그 애를 계속 관찰하고 있는데 잘 모르겠어. 나탈리, 나탈리, 나탈리……. 아무리 봐도 페루의 한 대사관에서 빈둥거리는 여자아이에 지나지 않아.」

「인간으로 살기 전에는 어떤 상태에 있었지? 그 나탈리 말이야.」

「동물로 살 때는 진주조개였어. 그런데 아무도 따 가지 않아서 진주를 품은 채 늙어 죽었지.」

나는 그 구체의 주위를 돌며 자세히 살펴본다.

「나탈리의 전생들을 다시 한번 검토해 보세. 틀림없이 뭔가 우리가 놓친 것이 있을 거야. 잉카 황제처럼 통찰력 있는 영혼이 잘못 보았을 리 없어.」

우리는 나탈리의 이전 카르마들을 차근차근 다시 검토해 나간다. 그러다가 문득 아주 놀라운 것을 발견했다. 날짜가 이상하다! 사망 날짜들과 출생 날짜들 사이의 간격이 너무 크다. 우리는 이 영혼이 그 기간들을 연옥에서 보냈다고 생각했지만, 그러기에는 그 기간들이 너무 길다.

「그건 그래. 자네 말이 맞아. 지상에 있지도 않았고 천상에 있지도 않았어. 그렇다면 대체 어디에 있었던 거지? 우주라는 시계 장치의 부속품 하나가 우리에게 숨겨져 있는 거야. 지상이나 천국 말고 영혼들이 가는 다른 곳이 있는 거라고…….」

「그곳은 나탈리처럼 특별한 영혼들만 가는 곳일까? 그게 바로 7의 존재들이 사는 세계가 아닐까?」

「그럴지도 모르지. 나탈리는 알고 있을 거야.」

73. 백과사전

여성 숭배

대다수 문명들의 기원에는 모신(母神)에 대한 숭배가 있다. 그 숭배 의식을 거행했던 것은 여자들이다. 그 의식은 여자의 삶을 이루는 세 가지 중요한 사건, 즉 1) 월경, 2) 출산, 3) 죽음에 바탕을 두고 있었다. 그 뒤에 남자들은 여성이 행하던 초기의 의식들을 모방하려고 했다. 기독교의 사제들은 여성의 긴 드레스를 차용했고, 시베리아의 샤먼들도 여자처럼 옷을 입는다.

모든 종교에서 우리는 모신의 이미지를 발견할 수 있다. 초기의 기독교인들은 이교도들이 예수의 가르침을 받아들이기 쉽도록 성모 마리아를 내세웠다. 말하자면 성모 마리아에 새로운 여신의 이미지를 부여한 것인데, 이 여신의 특별함은 동정녀라는 점에 있다.

하지만 중세에 들어와서 기독교는 옛날의 여성 숭배와 관계를 끊기로 결정했다. 프랑스에서는 〈검은 마리아〉의 숭배자들을 잡아들이라는 명령이 내려졌고, 〈마녀들〉을 화형에 처하기 위한 장작더미가 도처에 쌓아 올려졌다(〈마법사들〉보다는 〈마녀들〉이 훨씬 더 많이 처형되었다).

이제 남자들은 무슨 수를 써서든 여자들을 종교 영역에서 배제하려고 한다. 더 이상 여성 숭배도 없고 여자 사제도 없다. 성호를 그을 때도, 〈성부와 성자와 성신의 이름으로 아멘〉이라고 말한다.

에드몽 웰스, 『상대적이며 절대적인 지식의 백과사전』 제4권

74. 자크, 열여섯 살

반 리스베트 선생님은 올해 페르피냥에서 멀리 떨어진 곳으로 전근을 가셨다. 나는 마르틴이 떠날 때와 똑같은 낭패감을 느꼈다. 왜 여자들은 내가 자기들을 가장 소중하게 여기는 때에 나를 버리고 떠나는 것일까?

학교를 떠나기 전에, 반 리스베트 선생님은 마르틴처럼 나에게 한 가지 충고를 해주셨다.

「네 자리를 찾아야 해. 네 자리를 찾고 나면, 더 이상 싸울 필요가 없게 될 거야.」

그러면서 선생님은 잘 읽고 깊이 생각해 보라며 짤막한 글이 적힌 종이 한 장을 주셨다.

나는 혼자 있는 시간을 이용해 그 글을 찬찬히 읽어 보았다. 그것은 에드몽 웰스의 『상대적이며 절대적인 지식의 백과사전』 제2권의 한 대목을 복사한 것이었다.

반 리스베트 선생님이 고르신 대목은 1989년 낭시라는 도시에서 쥐들을 상대로 행해진 실험을 다루고 있다.

쥐들을 상대로 하나의 실험이 이루어졌다. 낭시 대학 동물 행동학 연구소의 디디에 드조르라는 연구자는 쥐들이 수영에 어떻게 적응하는가를 알아보는 실험을 했다. 그는 쥐 여섯 마리를 한 우리 안에 넣었다. 그 우리의 문은 하나뿐인데, 그 문이 수영장으로 통하게 되어 있어서, 쥐들은 먹이를 나누어 주는 사료통에 도달하기 위해서 수영장을 건너야만 했다. 여섯 마리의 쥐들이 일제히 헤엄을 쳐서 먹이를 구하러 가는 것은 아니라는 사실이 곧 확인되었다. 쥐들 사이에 역할 분담이 이루어졌는데 그것은 다음과 같이 나타났다. 즉 헤엄을 치고 먹이를 빼앗기는 쥐가 두 마리, 헤엄을 치지 않고 먹이를 빼앗아 먹는 쥐가 두 마리, 헤엄을 치고 먹이를 빼앗기거나 빼앗지 않는 독립적인 쥐가 한 마리, 헤엄도 안 치고 먹이를 빼앗지도 못하는 천덕꾸러기 쥐가 한 마리였다. 먹이를 빼앗기는 두 쥐는 물속으로 헤엄을 쳐서 먹이를 구하러 갔다. 그 쥐들이 우리 안으로 들어오자, 먹이를 빼앗아 먹는 두 쥐는 그 쥐들을 때리고 머리를 물속에 처박았다. 결국 애써 먹이를 가져 온 두 쥐들은 자기들의 먹이를 내놓고 말았다. 두 착취자가 배불리 먹고 난 다음에야 굴복한 두 피착취자는 비로소 자기들의 크로켓을 먹을 수 있게 되었다. 착취자들은 헤엄을 치는 일이 없었다. 그 쥐들은 헤엄치는 쥐들을 때려서 먹이를 빼앗기만 하면 되는 것이었다. 독립적인 쥐는 아주 힘이 세기 때문에 착취자들에게 굴복하지 않았다. 마지막으로 천덕꾸러기 쥐는 헤엄을 칠 줄 모르고 헤엄치는 쥐들에게 겁을 줄 수도 없었기 때문에, 다른 쥐들이 싸울 때 떨어진 부스러기를 주워 먹었다.

그 후에 다시 실험이 행해진 스무 개의 우리에서도 역시 똑같은 구조, 즉 피착취자 두 마리, 착취자 두 마리, 독립적인 쥐 한 마리, 천덕꾸러기 쥐 한 마리가 나타났다.

그러한 위계 구조가 만들어지는 과정을 좀 더 잘 이해하기 위해서 그 연구자는 착취자 여섯 마리를 함께 우리에 넣었다. 그 쥐들은 밤새도록 서로 싸웠다. 다음 날 아침이 되자, 그 쥐들 가운데 두 마리가 식사 당번이 되었고, 한 마리는 혼자 헤엄을 쳤으며, 나머지 한 마리는 어쩔 수 없이 모든 것을 참아 내고 있었다. 착취자들에게 굴복했던 쥐들을 상대로 역시 똑같은 실험을 했다. 다음 날 새벽이 되자, 그 쥐들 가운데 두 마리가 왕초 노릇을 하고 있었다.

나는 이 글의 의미를 이해하기 위해 읽고 또 읽었다. 반 리스베트 선생님은 왜 이 글을 나에게 읽히고 싶어 하셨을까? 그것은 아마도 그분 말마따나 〈내 자리 찾는 것〉을 도와주기 위해서였을 것이다. 쥐들뿐만 아니라 인간들 역시 둘 이상이 모이면, 그중에서 착취하는 자와 착취당하는 자가 나타난다. 옛날에 바운티호[12]의 반란자들이 처음엔 체제에 반항하는 이상주의자들이었지만 결국 서로 죽이며 싸우게 된 이유가 바로 거기에 있다. 또 공산주의가 실패한 이유와 기독교가 어려움을 겪는 이유, 반체제적이고 유토피아적이고 영적인 모든 정치 운동이 결국 실패로 돌아간 이유도 거기에서 찾을 수 있을지 모른다.

에드몽 웰스가 설명하고 있는 것은 집단적인 삶의 숙명적인 불행이다. 처음의 의도야 어찌되었든, 집단을 이루어 살다 보면 언제나 남의 머리에 올라가려는 자들이 생기게 마련이다. 설령 착취자들이 자기들의 역할을 포기하려고 해도, 착취당하는 자들이 그들에게 착취자의 역할을 맡으라고 강요한다. 노동자들은 사장을 필요로 하고, 제자들은 스승을 필요로 하며, 시민들은 대통령을 필요로 한다. 사람들은 자

12 폴리네시아의 통가 군도 근처 난바다에서 선상 반란이 일어났던 영국 군함. 1789년, 부선장 플레처 크리스천이 이끄는 반란자들은 선장 윌리엄 블라이와 선원 18명을 작은 배에 태워 보내고 핏케언이라는 작은 섬에 정착하였다. 한편 블라이 일행을 실은 작은 배는 티모르까지 5천8백 킬로미터를 표류하였고, 블라이는 영국에 돌아와 반란자들에 맞서 소송을 제기하였다.

유를 무서워하고, 스스로 생각하기를 겁내며, 스스로에 대해서 책임지는 것을 너무나 두려워한다……

나는 자율적이고 독립적인 사람이 되고 싶다.

자율적인Autonome 사람이 되고 싶을 뿐만 아니라, 또 다른 3A, 즉 아나키스트Anarchiste, 독학자Autodidacte, 불가지론자Agnostique가 되고 싶다.

75. 비너스, 열여섯 살

내 소원이 이루어졌다. 부모님들이 싸우기를 중단하신 것이다. 6개월 전에 아빠는 평소처럼 〈갔다 올게〉라고 말하는 대신, 〈히스테리 환자와 거식증 환자를 데리고 사는 데에 이제 지쳤어. 나 이혼할 거야. 앞으로 내 소식은 변호사를 통해 들어〉 하고 소리쳤다.

나는 자랄 만큼 자랐고, 내 생계비는 스스로 벌고 있다. 지금까지는 기도할 때마다 엄마 아빠가 싸우지 않게 해달라고 빌었지만, 앞으로는 그 따위 소원으로 내 기도를 망치지 않겠다. 그보다는 차라리 나 자신에게 기쁨이 될 일이 이루어지게 해달라고 빌겠다.

어젯밤에 나는 어떤 미인 대회에서 최고의 미인으로 선발되는 꿈을 꾸었다. 모두가 나를 우러러보며 내가 세상에서 가장 날씬하고 가장 아름답다고 이구동성으로 말했다. 그것이 내가 도달해야 할 새로운 목표라는 생각이 든다. 〈미스 유니버스〉 대회에 나가 입상하는 것, 내 다음 목표는 바로 그것이다. 〈미스 유니버스〉라는 표현이 재미있다. 유니버스는 우주라는 뜻이고, 우주에는 지구라는 행성만 있는 것도 아닌

데, 심사 위원들은 아마도 지구를 벗어난 다른 곳에는 미인이 없다는 것을 확신하고 있는 모양이다.

76. 이고르, 열여섯 살

소년원에서 나의 포커 기술은 더욱 향상되고 있다. 나는 상대의 얼굴을 보면서 심중을 헤아릴 수 있을 뿐만 아니라, 손이나 어깨의 작은 움직임이나 눈조리개의 미세한 수축에 담긴 뜻도 해독할 줄 알게 되었다. 심지어는 상대를 직접 바라보지도 않고, 놀라움이나 만족감으로 상대의 눈썹이 가볍게 씰룩이는 것을 느낄 수도 있다. 상대의 관자놀이나 경정맥이 갑자기 빨리 뛰는 것을 보면서도 무언가를 알아낼 수 있다. 목울대는 상대가 침을 삼키고 있음을 알려 준다.

나는 무엇보다 상대의 입술을 보면서 많은 것을 알아낸다. 발그레한 그 두 근육은 내 적들의 생각을 아주 쉽게 눈치 챌 수 있게 해준다. 자기들의 입술을 제대로 다스릴 줄 아는 노름꾼들은 그리 많지 않다. 나는 한 가지 비법을 생각해 냈다. 콧수염을 길러서 입술이 잘 안 보이게 하는 것이 바로 그 방법이다. 나의 경우에 콧수염을 기르니까 좋은 점이 한 가지 더 있다. 나는 인중이 너무 깊어서 꼭 언청이처럼 보이는데, 콧수염이 그걸 가려 주니 말이다.

나는 교도관들과 담배 내기 포커를 친다. 그들은 나에게 보드카를 마시라고 권한다. 내가 술에 취하면 잘 따지 못할 거라고 생각하는 것이다. 그들은 뭘 모른다. 나는 보드카를 어머니 배 속에서부터 마셔 온 사람이다. 나는 짐짓 조금 취한 시늉을 한다. 그러면서 자꾸자꾸 딴다.

「도와줘요!」

바냐의 목소리다. 나는 담배 2백 개비를 걸어 놓은 스트레이트 플러시를 포기하고 달려간다. 바냐가 또다시 어려운 상황에 빠졌다. 키 크고 덩치 좋은 어떤 녀석이 바냐를 때리고 있는 중이다. 여느 때처럼 나는 바냐를 구해 주었다. 그런데 바냐는 내가 그를 때리던 놈을 꽉 붙잡고 있는 틈을 이용해서 병 하나를 잡더니 놈의 머리통을 때려 버린다. 놈이 쿵 하고 쓰러졌다.

교도관들이 달려오고, 몇 분 후에 소장이 왔다. 소장은 이게 누구 짓이냐고 물었다. 바냐는 나를 가리켰다. 순간 나는 바냐가 나를 미워하고 있음을 깨달았다. 그는 상트페테르부르크 고아원 시절부터 나를 미워했다. 이유는 간단하다. 언제나 나에게 신세만 지고 있기 때문이다. 내가 달려와 자기를 구해 주면 줄수록 녀석은 나를 점점 더 미워했다. 빚은 쌓여 가는데 그것을 갚을 길이 없기 때문에, 녀석의 나에 대한 고마움은 미움으로 바뀐 것이다.

사람은 타인에 대해서 많은 것을 용서할 수 있다. 하지만, 자기를 도와준 것에 대해서는 용서를 할 수 없다.

이것이 바로 내가 소년원에서 배운 두 번째 교훈이다. 사람을 돕더라도 도움 받는 것을 견딜 수 있는 사람만 도와야 한다. 도움 받는 것을 견디지 못하는 사람은 나중에 가면 자기를 도와줬다고 나를 원망한다.

바냐가 나를 지목하고 난 뒤로는 모든 일이 일사천리로 진행되었다. 나는 자초지종을 말해서 진실을 밝힐 필요조차 느끼지 않았다. 사람들이 내 말을 믿지 않으리라는 것을 알기 때문이다. 바냐는 너무나 왜소하고 나는 덩치가 아주 크다.

그래서 누가 보기에도 우리 둘 중에서 피해자를 쓰러뜨린 사람은 나로 보일 것이 뻔하다.

어차피 이 소년원을 떠나고 싶어 하던 터였는데, 마침 잘된 일이다. 나는 위험한 정신 장애인들을 수용하는 브레스트 리톱스크 정신 병원으로 이송되었다.

77. 시벨리우스

빨간 벽지를 발라 놓은 작은 방.

나탈리는 오빠들과 함께 최면술 공연을 보러 왔다. 최면술에 관심이 많은 터라, 그들은 맨 앞줄에 자리를 잡고 앉았다.

벽에 붙은 포스터에는 프랑스에서 온 최면술사 시벨리우스의 사진이 들어 있다. 마침내 그가 비단 장식 줄을 단 검은 턱시도 차림으로 투광기 불빛을 받으며 나타났다. 그는 먼저 과학적인 용어를 사용해 가며 암시의 힘을 예찬하는 짤막한 연설을 했다. 연설을 끝내면서 그는 관객 중의 누구에게라도 암시를 주어서 스스로가 나무판자로 변한다고 믿게 할 수 있다고 장담했다. 그러면서 실험에 응할 자원자가 있으면 나오라고 했다. 청바지를 입은 한 젊은이가 의자 소리를 내며 옆쪽에서 일어났다.

시벨리우스는 실험 대상자가 자기의 암시를 민감하게 받아들일 사람임을 재빨리 확인하고는 최면을 걸기 시작했다.

「당신의 몸이 뻣뻣해지고 있습니다. 당신은 아주 딱딱하게 굳어 가고 있어요.」

한마디 한마디에 힘을 주어 말한 다음, 그가 다시 소리쳤다.

「당신은 이제 나무판자입니다. 널빤지처럼 딱딱하기 때문에, 당신은 더 이상 움직일 수가 없어요. 당신은 완전히 딱딱하게 굳어졌어요. 당신은 하나의 널빤지입니다.」

그는 나탈리보다 별로 나이가 많아 보이지 않는 여자아이의 도움을 받아, 최면에 걸린 사람의 발과 머리를 들어 두 의자 사이에 걸쳐 놓는다. 그런 다음 관객 세 사람을 올라오게 해서 피실험자의 배 위에 올라가 보라고 했다. 피실험자는 진짜 널빤지처럼 휘어지지 않고 그대로 있었다.

박수와 환호가 터져 나왔다.

나탈리 김은 힘껏 박수를 쳤다. 그녀는 마치 자기 자신의 최면술이 인정을 받은 것 같은 기분이 들었다. 따지고 보면, 그녀는 보잘것없는 수단을 가지고도 전문가만큼 멋지게 일을 해냈던 셈이다.

시벨리우스가 이번에는 다섯 명의 자원자를 무대 위로 올라오게 했다. 어깨를 덮는 삼단 같은 검은 머리에 아메리카 대륙 원주민의 모슬린 치마와 푸른빛이 도는 보라색의 짧은 윗옷 차림을 한 나탈리가 가장 먼저 달려 나갔다.

최면술사는 자원자들에게 바나나를 나눠 주더니 껍질을 벗겨서 먹어 보라고 했다. 자원자들은 차례차례 바나나를 먹었다.

「이 과일에서는 무슨 맛이 나지요?」

그가 묻자, 자원자들이 이구동성으로 대답한다.

「바나나 맛요.」

「좋습니다. 이제 여러분께 분명히 말하겠습니다. 여러분이 먹고 계신 것은 바나나가 아니라 레몬입니다. 레몬, 아주

신 레몬입니다.」

나탈리는 손에 들고 있는 바나나를 찬찬히 살펴보기 시작한다. 그러자 시벨리우스가 즉시 그녀를 부른다.

「그대는 예쁜 금테 안경을 쓰고 있군요. 근시인가요, 원시인가요?」

「근시인데요.」

「그럼 미안하지만 내려가 주세요. 이 묘기는 근시들에게는 통하지 않아요. 자리로 돌아가실까요? 다른 자원자 나오세요. 가급적이면 안경을 끼지 않은 분이 좋겠군요.」

나탈리는 오빠들 쪽으로 돌아와 속삭인다.

「내가 속임수를 알아냈기 때문에 날 쫓아낸 거야. 바나나 껍질에 작은 구멍이 있어. 주사기를 사용해서 바나나에 레몬즙을 넣은 게 틀림없어.」

무대에서는 모든 자원자들이 바나나 껍질을 벗겨 맛을 보고 있다. 그들은 최면술사가 말한 대로 바나나의 아랫부분에서 레몬 맛이 난다는 것을 돌아가며 확인해 준다.

다시 박수갈채가 터져 나온다. 그때, 나탈리가 벌떡 일어나 소리친다.

「이건 사기예요!」

관객들의 박수갈채에 찬물을 끼얹으면서, 나탈리는 자기가 알아낸 속임수를 폭로한다.

관객들은 잠시 아연해하더니 입장료를 환불하라고 소리친다. 시벨리우스는 휘파람과 야유를 받으며 서둘러 무대 뒤로 사라진다. 커튼이 내려지는 동안 자원자들은 떨떠름한 표정을 지으며 자기들 자리로 돌아온다.

나탈리는 그 소란을 틈타 살그머니 무대 뒤의 분장실로 들어간다. 최면술사는 작은 화장대 앞에 앉아 무대 의상에 얼룩이 지지 않도록 조심하면서 벌써 화장을 지우고 있다.

「뻔뻔스럽게 여기가 어디라고 들어와! 아, 아직 고맙다는 말을 하지 못했군. 덕분에 공연을 완전히 망쳐 버렸는데 말이야. 당장 여기서 나가, 꼴도 보기 싫으니까.」

하지만 나탈리는 눈도 꿈쩍하지 않는다.

「아저씨는 최면술의 신용을 떨어뜨리고 있어요. 그게 너무 안타까워요. 아저씨는 최면술을 별로 믿지 않으시는지 모르지만, 저는 그것이 진짜 통한다는 것을 알고 있고, 그것이 서커스나 쇼 무대를 떠나 대학과 연구소로 가야 한다고 믿고 있어요.」

「그 말은 맞아.」

시벨리우스는 화를 조금 누그러뜨리고 얼굴의 화장을 계속 닦아 내면서 덧붙인다.

「최면술은 물론 통하지. 하지만 매번 통하는 게 아냐. 될 때도 있고 안 될 때도 있으니까, 나로서는 어떻게든 공연을 망치지 않도록 〈대비〉를 할 수밖에 없어.」

「어떻게 대비를 하지요?」

「너도 최면술에 관심이 많으니까 잘 알겠지만, 최면술이 통하는 사람들은 전체의 20퍼센트밖에 안 돼. 지크문트 프로이트가 자기 환자들에게 그 방법을 사용하면서 그 사실을 알아냈지. 따라서 나는 내 공연이 실패하지 않도록 바람잡이들을 이용하지 않으면 안 돼. 그들이 진짜 자원자들을 부추기는 거지.」

나탈리는 미간을 찡그린다.

「그럼 최면술에 대해서 잘 알기는 아시는 거군요.」

「그럼! 연구 많이 했지. 과학적인 실험까지 해보았는걸.」

이야기를 듣고 있는 나탈리의 예쁜 얼굴에 비난의 기색이 어려 있음을 보고, 그가 한숨을 내쉰다.

「목구멍이 포도청이지. 나도 살고 식구들도 먹여 살리려면 어쩔 수가 없어. 사람들을 너무 쉽게 단죄하면 안 돼. 식구들을 먹여 살린다는 게 어떤 건지 너도 나중에 가면 알게 될 거야.」

라울과 나는 그 장면에서 무엇 하나도 놓치지 않으려고 나탈리의 구체에 코가 닿을 정도로 바싹 붙어서 안을 들여다보고 있다.

라울의 표정에 희색이 가득하다.

「절호의 기회야. 이런 기회를 놓치면 나탈리의 수수께끼를 풀 수가 없어.」

「저 사기꾼을 이용해서 말인가?」

내가 미심쩍어하며 그렇게 묻자 라울이 말을 잇는다.

「진짜 사기꾼은 아냐. 저래 봬도 훌륭한 영매라고. 저 사람한테 영향을 미칠 수 있을 것 같아.」

「정말인가?」

「그래. 벌써 접속이 됐어. 마치 고양이의 정신과 접속하고 있는 느낌이야.」

아닌 게 아니라 지상의 시벨리우스는 갑자기 두통이 온 것처럼 자기 이마를 만지고 있다. 나탈리가 자리를 뜨려고 하자 그가 말린다.

「애야, 나는 괜찮으니까 가지 말고 그냥 있어. 이상해……. 갑자기 누가 귀띔이라도 한 것처럼, 네게 꼭 최면을 걸어 보고 싶다는 생각이 들어.」

라울이 무슨 생각을 하고 있는지 알겠다. 정말 지금이 나탈리에 대해서 더 많은 것을 알아낼 수 있는 다시없이 좋은 기회다.

「최면술을 경험해 본 적이 있니?」

「네. 자랑하는 건 아니지만, 오빠들하고 책을 통해서 최면술을 배웠어요. 실제로 해보니까 결과가 꽤나 좋던데요.」

「퇴행도 해본 적이 있나?」

「아뇨. 그게 뭐죠?」

「자기의 전생을 찾아서 돌아가는 거지.」

나탈리 김은 호기심을 느낀 듯하다. 시벨리우스의 권유에 응하고 싶기도 하고 한편으로는 두렵기도 한 모양이다.

나탈리는 생각할 시간을 벌기 위해 이렇게 묻는다.

「위험하진 않나요?」

최면술사가 머리를 매만지면서 대답한다.

「보통 최면과 별로 다를 게 없어.」

「그것을 통해서 제가 다시 경험하게 되는 게 뭐죠?」

「너의 출생을 다시 경험하게 될 거고, 어쩌면 전생을 다시 보게 될지도 모르지.」

라울은 시벨리우스의 권유를 받아들이라고 나탈리에게 자꾸 암시를 보낸다. 나탈리는 선뜻 내키지 않는 듯 조금 더 망설이다가 누구에게 재촉을 받기라도 한 것처럼 서둘러 말한다.

「한번 해볼게요.」

그러자 시벨리우스는 분장실의 빗장을 지르고 전화기 코드를 뺀 다음 나탈리를 돌아보며 이른다.

「자아, 이제 눈을 감고 긴장을 풀어.」

실험이 시작된다.

시벨리우스는 나탈리에게 계단 하나가 있다고 상상하게 한 다음, 그 계단을 통해 무의식 속으로 내려가라고 명령한다. 그는 마치 스쿠버 다이빙을 시키듯이 나탈리를 단계적으로 내려가게 한다. 열 단을 내려가면, 얕은 이완 상태가 되고, 다시 열 단을 내려가면 깊은 이완 상태가 된다. 거기에서 열 단을 더 내려가면 얕은 최면 상태에 들어간다. 나탈리는 그렇게 마흔 단을 내려가서 깊은 최면 상태에 빠진다.

「어제 낮에 있었던 일이 다시 보이지? 그것에 대해서 얘기해 볼까?」

나탈리는 눈을 감은 채 이야기를 한다.

「평범한 하루였어요. 대사관저에서 오빠들과 책을 보면서 보냈지요. 불교와 샤머니즘에 관한 공부를 했어요.」

「이제 일주일 전으로 거슬러 가는 거야. 뭐가 보이지?」

나탈리는 별다른 사건 없이 보낸 또 다른 하루에 대해서 이야기한다.

「이번엔 정확하게 한 달 전으로 돌아가 볼까? 뭐가 보이지?」

그녀는 길을 못 찾고 헤매는 것처럼 잠시 머뭇거리다가 퇴행의 흐름을 되찾는다. 그런 식으로 1년, 5년, 10년 전으로 거슬러 올라가면서, 이야기가 계속된다.

「그럼 이제 나탈리가 출생하던 순간을 다시 보기로 할까? 뭐가 보이지?」

「내가 어머니 배 속에서 나오고 있어요.」

나탈리의 목소리가 놀라움과 감격으로 떨리고 있다.

「아주 좋아. 그럼 조금 더 거슬러 올라가 볼까? 태아의 얼굴이 보이지? 그 얼굴에 예전의 얼굴을 겹쳐 봐. 전생에 너였던 사람의 얼굴을 말이야. 그 얼굴을 잘 봐. 그 사람이 임종하던 순간이 보일 거야. 보이지?」

나탈리가 몸서리를 친다. 그녀의 체온이 올라가고 두 뺨이 실룩거린다. 라울은 시벨리우스가 물어보아야 할 것이 무엇인지를 정확하게 알려 주고 있다. 시벨리우스를 완벽하게 통제하고 있는 것이다.

나는 라울에게 묻는다.

「그런데, 우리가 이런 걸 해도 되는 거야?」

「나도 모르겠어. 두고 보면 알겠지?」

나탈리는 가녀린 몸을 바들바들 떨고 있다. 뭔가를 견디느라고 애쓰는 모양이다.

「라울, 그만하게. 보다시피 나탈리가 너무 고통스러워하고 있어. 시벨리우스에게 최면을 중단하라고 해.」

「불가능해. 일단 시작했으면 끝까지 가야 해.」

나탈리는 눈을 휘둥그렇게 뜬다. 하지만 그녀의 시선은 과거를 향해 있다.

「뭐가 보이지?」

그녀는 공포에 사로잡혀 있는 듯하다. 호흡 곤란을 느끼고 있다. 거의 질식할 지경이다. 짧은 웃옷 위로 땀방울이 뚝뚝 떨어진다.

「그만해, 라울. 그만하라니까.」

「목표에 거의 도달했는데 이제 와서 그만두란 말이야? 안 될 말이지. 지금 그만두면 모든 게 헛수고가 되는 거야.」

「뭐가 보이지? 어서 말해 봐. 뭐가 보이지?」

최면술사가 거듭 채근했지만 나탈리는 다시 부들거리다가, 마치 끔찍한 장면을 보고 겁에 질리기라도 한 것처럼 몸이 굳어 버린다. 그러더니 이제껏 우리가 듣던 것과는 전혀 다른 목소리로 이야기를 시작한다.

「나는 죽어 가고 있어. 물에 빠져 죽어 가고 있어. 숨이 막혀. 사람 살려!」

「괜찮아. 아무 일 없을 거야. 내가 여기 있잖아. 전생으로 더 거슬러 올라가면 물에서 나올 수 있어.」

그의 말대로 나탈리는 다시 차분해져서 자기가 어떻게 하다 물에 빠지게 되었는지를 이야기한다.

「나는 발리섬에서 수영하다가 파도에 휩쓸렸어요. 해안으로 다시 돌아가려고 애를 썼지만 그럴 수가 없었어요. 바닷물이 내 허파로 밀려 들어오고 있음을 느꼈어요.」

그녀가 물을 그토록 두려워하고 천식 발작에 끊임없이 시달리는 이유가 바로 거기에 있었던 것이다.

그렇게 자기 전생의 비밀 하나를 알아낸 것에 힘을 얻은 나탈리는 전생으로 더 멀리 거슬러 올라간다. 그녀가 다시 이야기를 시작한다. 발리섬에서의 일상생활, 그곳의 음악과 음식과 복잡한 사회 규범, 그녀가 받은 무용 교육, 무대 의상을 마련하기 위해 겪었던 어려움 등등에 대하여.

라울이 희색이 만면하여 소리친다.

「됐어! 영혼 한가운데로 들어간 거야. 저 애 말고는 아무도 저 내밀한 심층에 도달할 수 없어.」

나탈리는 발리섬의 무용수로 살았던 자기 삶을 이야기한 다음 다시 거슬러 올라가서, 코트디부아르에서 탐탐 연주자로 살았던 삶과 몰타섬에서 화가로, 이슬라 데 파스쿠아에서 조각가로 살았던 삶에 대해서 이야기한다.

라울은 자기 영매를 잘 이끌기 위해 정신을 집중한다.

「그런데 그 삶들 사이사이에는 무슨 일이 있었지?」

시벨리우스가 그렇게 묻자 나탈리는 한동안 뜸을 들인다. 시벨리우스가 재우쳐 묻는다.

「그 삶들 사이사이에 무슨 일이 있었지?」

한국인 여자아이는 여전히 말이 없다. 더 이상 미동도 하지 않는다. 숨조차 거의 쉬지 않는 듯하다. 더할 나위 없이 차분하다.

「나는……」

「어디 있었지?」

「난…… 다른 곳에 있었어요.」

「어디? 거기가 어디지? 어느 대륙이지?」

그녀가 다시 몸을 바르르 떤다.

「다른 곳이에요. 지구가 아니에요.」

라울의 목소리가 시벨리우스의 목소리와 거의 겹쳐서 들려온다.

「지구가 아니라고?」

「예전에…… 이 삶이 있기 전의 생에서, 내가 있었던 곳은 다른 행성이에요.」

78. 백과사전

세 가지 반응

생물학자 앙리 라보리는 『도피 예찬』이라는 저서에서 다음과 같이 말하고 있다. 인간이 어떤 시련에 마주쳤을 때 선택할 수 있는 길은 세 가지뿐이다. 첫째는 시련에 맞서 싸우는 것이요, 둘째는 아무것도 하지 않는 것이며, 셋째는 도피하는 것이다.

먼저, 시련에 맞서 싸우는 것으로 말하자면, 이는 가장 자연스럽고 정상적인 태도이다. 이런 태도를 가진 사람의 몸은 정신 신체 의학적 손상을 입지 않는다. 그가 받은 공격은 반격으로 바뀐다. 하지만 이런 태도에는 약간의 문제점이 있다. 반복적인 공격의 악순환에 빠져 드는 것이 바로 그것이다. 공격적인 사람은 결국 자기를 때려눕힐 더 강한 사람을 만나게 마련이다.

두 번째로 말한 아무것도 하지 않는 것이란 원한을 꾹꾹 눌러 참고 마치 공격을 받지 않은 것처럼 행동하는 것을 말한다. 이는 현대 사회에서 가장 잘 받아들여지고 가장 널리 퍼져 있는 태도이다. 학자들은 이것을 〈행동 억제〉라고 부른다. 이런 태도를 가진 사람은 적의 얼굴을 때리고 싶은 마음은 있지만, 구경거리가 되거나 상대의 반격을 받거나 공격의 악순환에 빠져 들 위험성을 의식해서 자기의 분노를 삼켜 버린다. 그럼으로써 적에게 안기지 못한 주먹을 자기 자신에게 안기게 된다. 이런 상황에서 궤양, 건선, 신경통, 류머티즘 같은 정신 신체 의학적 질병이 많이 나타난다.

세 번째 길은 도피하는 것인데, 이 도피에는 다음과 같이 여러 종류가 있다.

화학적 도피 : 술, 담배, 마약, 강장제, 안정제, 수면제, 이런 것들은 외부로부터 받은 공격의 고통을 지워 버리거나 완화할 수 있게 해준다. 이런 것들을 이용해서 모든 걸 잊어버리거나 미친 사람처럼 넋두리를 하거나 잠을 자고 나면 시련이 지나간다. 하지만, 이런 유형의 도피는 현실 감각을 약화시키기 때문에, 늘 이런 식으로 도피하는 사람은 갈수록 현실 세계를 견딜 수 없게 된다.

지리적 도피: 끊임없이 옮겨 다니는 것. 어떤 사람들은 직장, 친구, 연인, 생활 장소 등을 자주 바꿈으로써 자기 문제들을 이동시킨다. 그런다고 문제가 해결되는 것은 아니지만, 문제가 놓인 환경이 달라지는 것만으로도 그들은 한결 산뜻한 기분을 느끼면서 활력을 얻게 된다.

예술적 도피: 자기의 분노와 고통을 영화나 음악, 소설, 그림, 조각 같은 예술 작품으로 변화시키는 것. 어떤 사람들은 현실 세계에서는 감히 주장하지 못하는 것을 상상 세계의 자기 주인공으로 하여금 대신 말하게 한다. 그럼으로써 카타르시스 효과를 만들어 낼 수 있다. 영화나 소설 속의 주인공들이 자기들을 모욕한 자들에게 복수하는 것을 보는 사람들 역시 그런 효과를 경험할 수 있다.

에드몽 웰스, 『상대적이며 절대적인 지식의 백과사전』 제4권

79. 프레디의 합류

「다른 행성이라고? 그게 정말이야?」

이번에는 프레디 메예르의 마음이 동한 것 같다. 물론 인류가 파멸을 자초하고 있다는 그의 확신에는 변함이 없다. 하지만 그의 호기심은 그 무엇으로도 억누를 수 없다. 그는 지구 아닌 다른 곳에서 〈또 다른 인류〉가 어떻게 살고 있는지 알고 싶어 한다. 자기 파멸이 지능을 가진 모든 종들의 고유한 특성인지, 아니면 지구의 인류에게만 한정된 것인지를 알고 싶은 것이다.

그는 자리를 잡고 앉으면서 우리보고도 자기 옆에 와서 앉으라고 권한다. 우리는 공중에 떠 있기 때문에 앉은 자세라고 해서 별로 편할 것은 없다. 하지만 우리는 인간 세계의 이 습관을 버리지 않고 있다. 이 자세가 여전히 우리에게 즐거

움을 준다. 그건 아마도 우리가 옛날에 뷔트 쇼몽 타나토드 롬의 커다란 식탁에 둘러앉아 함께 저녁을 먹으며 오랜 시간 동안 토론을 벌였던 즐거운 기억이 아직 남아 있기 때문일 것이다.

프레디가 혼잣말을 하듯 중얼거린다.

「그 행성을 찾아내기는 쉽지 않을 거야. 우리 은하에만 해도 2천억 개의 항성이 있고, 각 항성의 주위에는 평균적으로 열 개의 행성이 돌고 있어. 그 많은 별들 중에서 어떤 행성 하나를 찾아낸다는 것은 보통 일이 아니지.」

라울은 우리가 물질에서 해방되었기 때문에 어마어마하게 빠른 속도로 날 수 있다는 점을 상기시킨다.

「그래. 하지만 우주가 얼마나 광대한가를 생각하면, 우리가 아무리 빨리 난다 해도, 그건 그저 작은 영토에서 느리게 여행하는 것과 다를 게 없지……. 모든 건 상대적인 거야.」

내가 보기에도 이건 한숨이 저절로 나오게 하는 일이다.

「어디부터 뒤지기 시작하지? 먼저 어느 쪽으로 가야 하지? 무수히 많은 별들 속에서 그 행성을 찾아내는 일은 건초 더미에서 바늘을 찾는 일이나 진배없어.」

나의 이 말에 프레디가 문득 무엇을 떠올린 모양이다.

「문제는 방법일세. 건초 더미에서 바늘을 찾아내려면, 거기에 불을 지른 다음 자석을 가지고 재를 뒤지면 되지.」

그의 얼굴이 갑자기 평소와 다르게 환해진다. 예전에 우리가 영계를 탐험하기 위해 함께 떠났을 때 우리에게 활력을 주었던 그 광채를 다시 보는 듯하다.

「자, 가세……. 알려지지 않은 세계의 경계를 뒤로 밀어내기 위해서.」

라울이 기뻐서 어쩔 줄 모르며 동을 단다.

「신들의 나라를 향해서 전진!」

제2부   **알과 별**

80. 비너스, 열일곱 살

아빠가 떠난 뒤로 나는 엄마와 살고 있다. 그건 정말 쉬운 일이 아니다. 엄마의 작은 결점들을 일상적으로 견뎌 나가는 것이 갈수록 어려워진다.

저녁에 우리는 대개 마주 앉아 식사를 하는데, 그렇게 마주보고 있다 보면 말다툼을 벌이기 일쑤다. 엄마는 내가 몸매를 관리하지 않는다고 나무라곤 한다. 사실 거식증이 사라지고 난 뒤에 나에게 폭식증이 찾아왔다. 아빠의 부재가 나에게 허기증을 느끼게 하는 모양이다. 나는 케이크를 많이 먹는다. 케이크를 먹으면 삶이 견딜 만해지고, 엄마의 나쁜 버릇과 갈수록 견디기 어려워지는 사진 스튜디오의 분위기가 참을 만해지기 때문이다.

자기 몸을 통제하는 것은 좋은 일이다. 하지만 되는대로 살아가는 것은 훨씬 더 좋은 일이다.

나는 열일곱 살이다. 벌써 많이 살고 많이 먹었다는 느낌이 든다. 거식증 시기에 내 몸무게는 35킬로그램까지 내려갔었는데, 폭식증 단계에 들어와 벌써 82킬로그램에 달해 있다. 정말 나는 먹을 때는 오지게 먹는다. 단지 케이크만 많이 먹는 것이 아니라, 토마토소스를 친 강낭콩 통조림을 데우지도 않고 삼켜 버리는가 하면, 각설탕을 한 번에 몇 개씩

집어먹고, 마요네즈를 젖병 빨듯이 튜브에 직접 입을 대고 먹으며, 빵을 먹을 때도 버터를 바르고 카카오 가루를 뿌려서 먹어야 직성이 풀린다. 그런 종류의 음식이라면 얼마든지 먹을 수 있을 것 같다.

엄마는 말끝마다 나를 나무란다. 하지만 엄마한테 꾸지람을 들을 때마다 나는 헛헛증을 느낀다. 한때는 음식을 절제함으로써 내 몸을 관리했었는데, 이젠 내 몸뚱이가 갈수록 싫어진다. 나는 내 몸을 하나의 쓰레기통으로 여긴다. 스스로를 벌하기 위해 나는 이 쓰레기통을 채운다.

나는 사탕이든 껌이든 감초 쪼가리든 무언가를 줄곧 입안에 넣고 우물거린다.

몸무게가 늘어난 뒤로 모델 에이전시에서 나를 쓰려고 끈질기게 요구하는 일이 줄어들었다. 어떤 약아빠진 자들은 나의 지금 사진과 옛날 사진의 선후를 뒤바꿔, 살 빼기 전과 살을 빼고 난 뒤의 차이를 비교하는 광고에 이용하자고 제안하기도 했다. 그럼으로써 어떤 기적적인 다이어트 요법이 나를 날씬하게 만든 것처럼 보이게 하자는 거였다. 엄마는 나에게 비난을 퍼붓는다. 내가 더 이상 돈도 못 벌어 오는 데다 내가 먹어 치우는 음식값이 너무 비싸다는 것이다. 엄마가 훈계를 하면 할수록 나는 더욱 배가 고파졌다.

그나마 내게 위안이 되는 것이 있다면 짐이라는 멋진 남자를 만났다는 것이다. 어느 날 엄마가 나를 나무라다가 내 얼굴에 접시를 집어 던졌을 때, 나는 문을 쾅 닫고 뛰쳐나갔다가 옆집에 사는 짐을 만났다. 그는 지리학을 전공하는 대학생이다. 나는 너무 어린 나이에 모델 일을 시작한 탓에 공부를 많이 하지 못했던 터라, 공부를 많이 하는 그에게서 깊은 인상을 받았다. 우리는 오랫동안 머나먼 나라들에 대해서 이야기했다. 그는 세상이 얼마나 넓은지 그리고 내 문제는 그 광대함에 비해 얼마나 사소한지를 설명했다. 나는 그의 말이 마음에 들었다. 우리는 달빛을 받으며 키스를 했다. 그로부터 일주일 지나서 우리는 섹스를 했다. 그게 나의 첫 경험이었다. 느낌은 그다지 좋지 않았다.

짐을 만난 뒤로 나는 먹는 것을 중단하려고 애쓰고 있지만 잘되지 않는다. 음식에 대한 나의 투쟁은 정말 힘겹다. 그래서 나는 음식물이 내 몸속에 남아 있지 않도록 완화제를 먹기로 했다. 얼마 전에는 먹은 것을 토해 내는 한 가지 좋은 방법을 생각해 내기도 했다. 손가락 두 개를 목 안에 집어넣어 음식물을 화장실 변기에 게워 내는 방법이다.

나는 짐에게 내가 너무 뚱뚱해 보이지 않느냐고 물어보았다.

「난 뚱뚱한 여자가 좋아.」

그는 그렇게 대답했다. 나는 한때 톱 모델이 될 만큼 날씬하고 아름다웠으며 미스 유니버스가 되고 싶어 했다고 말했다. 그는 자기가 보기엔 내가 우주에서 가장 아름다운 여자라고 되받았다.

그 좋은 기분을 간직하고 싶어서 나는 그날 저녁엔 섹스를 하고 싶지 않았다. 우리는 가벼운 키스만 하고 헤어졌다. 그 일을 계기로 나의 결심은 더욱 굳어졌다. 나는 내 몸을 다시 통제해서 미스 유니버스가 될 것이다.

나는 피하 지방 흡입 수술을 받게 해달라고 엄마를 설득했다. 그 수술을 맡은 사람은 이번에도 〈메스를 든 미켈란젤로〉 암브로시오 디 리날디 박사이다. 국부 마취를 했기 때문에 나는 수술 광경을 모두 지켜볼 수 있었다. 그는 내 허벅지에 굵은 주사기를 꽂은 다음 흡입 펌프를 작동시킨다. 모터돌아가는 소리와 함께 펌프가 단속적으로 조금씩 뱉어 낸 액체가 투명한 실린더 속으로 흘러든다. 처음엔 피만 빨아들이는 것처럼 보여서 내가 과다 출혈이 되지 않을까 두려워했지만, 핏빛이 점차 옅어지며 분홍색을 띠더니 크림빛에 가까운연분홍색이 된다. 암브로시오는 여러 군데 주사기를 꽂아야한다고 설명했다. 그래야 의학 용어로 〈골함석 효과〉라 불리는 구멍들이 생기지 않는다는 것이다.

암브로시오에게 수술을 받는 것은 대단히 비싸지만 다행히도 그는 〈골함석〉 같은 자국이 생기지 않도록 하는 기술의대가로 통한다.

흡입된 액체의 농도가 진해지면서 크림 같은 것이 반죽 같은 것으로 변한다. 내 넓적다리의 불필요한 살이 제거되어기분이 좋다. 거식증이 가장 심할 때조차 위쪽은 살이 빠지는데 아래쪽은 별로 살이 빠지지 않은 터라 더욱 기분이좋다.

퇴원하는 날, 짐은 나에게 꽃을 가져다주었다. 하지만 이제 나는 날씬하고 아름다운 여자이므로 뚱뚱한 여자를 좋아하는 남자랑 같이 지낼 수는 없는 노릇이다.

나는 미스 유니버스가 되고 싶다.

81. 이고르, 열일곱 살

나는 전에 노보시비르스크 소년원에 대해서 불평을 하곤했다. 내 생각은 옳지 않았다. 브레스트 리톱스크 정신 병원

252

은 그보다 훨씬 못하니 말이다.

소년원에서는 상한 고기 부스러기라도 먹었지만, 여기에서는 정신 장애인들을 흥분시킨다고 생각해서인지 아예 고기를 주지 않는다.

소년원에서는 매트리스에 빈대가 우글거렸지만, 여기에서 우리는 스테인리스로 된 해먹에서 잠을 잔다.

소년원에서는 썩는 냄새가 진동했는데, 이곳에서는 어디를 가나 에테르 냄새가 난다. 거기는 모든 게 더러웠는데 여기는 모든 게 깨끗하다.

소년원에서는 밤마다 비명 소리가 들린다고 불평했는데, 이곳에서는 웃음소리가 들린다.

여기에서 나와 한방을 쓰는 사람은 알렉산드레이뿐이다.

알렉산드레이는 밤새도록 혼자 떠들어 댄다. 그는 우리 모두가 곧 죽을 것이며, 묵시록의 네 기사가 자기들의 말에 안장을 얹었다고 소리친다. 새와 불과 물과 얼음이 우리 속으로 파고 들어와 우리 잘못에 대한 대가를 치르게 하리라는 것이다. 그런 다음 그는 무릎을 꿇은 채 몇 시간 동안 자기 가슴을 치면서 거의 울부짖음에 가까운 소리로 〈속죄하라, 속죄하라〉라고 외친다. 그러다가 갑자기 동작을 멈추고 죽은 듯이 가만히 있다가는 다시 〈난 곧 죽을 거야아아아아아〉라고 밤새도록 소리친다.

어제 알렉산드레이가 죽었다. 내가 그를 죽였다. 그에게 무슨 개인적인 감정이 있는 것은 아니었다. 오히려 나는 그를 도와주고 싶었다. 그는 이승에서 자기 자리를 찾아내지 못했다. 나는 그를 이승에서 벗어나게 해주기 위해 양말로 그의 목을 졸랐다. 그의 눈빛에서 나는 분노보다는 감사의

253

기색을 더 많이 읽었다.

그 일이 있고 나서, 간호인들은 나를 신경 감각 격리 병동으로 데려갔다. 이건 일종의 유형으로서 스탈린 시대에 만들어진 형벌 중의 하나인데, 오늘날에는 통제하기가 너무 어려운 미치광이들을 쫓아 버리기 위한 방책으로 사용되고 있다. 간호인들의 말에 따르면, 모든 감각으로부터 격리된 채 한 달쯤 지내고 나면 자기 이름조차 기억하지 못하게 된다고 한다. 이 병동에 갇혀 있던 사람을 거울 앞으로 데려가면, 〈안녕하십니까?〉라고 자기 자신에게 인사를 한다는 것이다.

사람들이 나를 붙잡는다. 나는 발버둥을 친다. 그들은 넷이서 달려들어 나를 감방 안에 던져 버린다.

「안 돼애애애애애애애!」

꽝!

방은 하얗고 창문이 없다. 아무것도 없다. 벽이 하얗다. 알전구에 밤이나 낮이나 불이 들어와 있는데, 어디에도 스위치는 보이지 않는다. 소음도 사람 소리도 들리지 않는다. 여덟 시간마다 시찰구를 통해 노릇노릇한 죽이 들어오는 것 말고는 인기척이 전혀 없다. 그 죽은 식물로 만든 건지 동물로 만든 건지 알 수가 없다. 퓌레와 생김새는 비슷한데, 달착지근하고 짭조름한 것이 반려동물의 먹이 같기도 하다. 매번 정체를 알 수 없는 그 똑같은 음식을 먹다 보니, 이게 아침인지 점심인지 저녁인지 더 이상 분간이 가지 않는다.

나는 시간의 흐름에 대한 느낌을 잃어버렸다. 나의 뇌가 갈수록 흐리멍덩해지는 느낌이다. 벽에 머리를 찧어 자살하고 싶지만 그럴 수도 없다. 벽에 매트리스를 대놓았기 때문이다. 혀를 목 안으로 밀어 넣어서 죽으려고도 해보았지만,

숨을 쉬기 위해 반사적으로 기침이 나오는 바람에 늘 허사가
되곤 했다.

전에 나는 더 이상 나빠질 수 없는 밑바닥 인생을 살고 있
다고 생각했는데, 이제는 내가 바닥에 닿은 것이 아니라 훨
씬 더 아래로 떨어질 수 있다는 생각이 든다. 하지만 아무리
상상해 봐도, 내 상황이 더 나빠진다면 어떻게 나빠질 것인
지를 모르겠다. 만일 사람들이 나를 고문실에 처넣는다 하더
라도, 그것은 지금보다 더 나쁜 상황이 되지는 않을 것이다.
거기에 들어가면 적어도 약간의 생기는 되찾게 될 테니까 말
이다. 거기에는 함께 이야기를 나눌 고문자들도 있고 기계와
고문 도구와 가구들이 있을 것이다.

그런데 여긴 아무것도 없다. 아무것도.

단지 매일같이 어머니 얼굴이 이렇게 말하곤 한다.

「네가 착하게 굴지 않았기 때문에 죽을 때까지 너를 이 벽
장에 가둬 둘 거야.」

나는 동물보다 못한 대접을 받고 있다. 그 누구도 동물을
소리가 차단된 하얀 방에 몇 년 동안 가두어 놓고 먹이를 줄
생각은 하지 않는다. 차라리 그냥 죽도록 내버려두면 두었
지, 그런 짓은 차마 못 할 것이다. 그런데 이곳에서는 내가 죽
도록 내버려두지 않는다. 사람들이 계속 나에게 먹을 것을
주면 나는 죽지 않는 대신 머리가 썩어 문드러질 것이다. 이
곳은 미치광이를 돌보는 곳이 아니라 정상적인 사람을 붙잡
아다가 미치광이를 만드는 곳이다. 어쩌면 이것은 국민을 통
제하는 한 가지 방법이 아닐까?

어떻게든 버텨야 한다.

내 머릿속에 있는 일종의 도서관 같은 곳에서 책들이 사라

져 버리고 있다는 느낌이 든다. 책들이 사라지면서 말들이 함께 달아나고, 나는 어휘를 잃어버린다.

그다음에는 내 과거 기억들을 담은 두꺼운 책들도 사라진다. 내가 전에 어떻게 살았지? 포커, 표트르(그 녀석 이름이 표트르였던가 보리스였던가?), 3V(바실리, 바냐…… 빌어먹을 마지막 한 녀석, 그 뚱뚱이 이름이 뭐였더라……)가 생각난다. 나는 아직 남아 있는 기억에 매달린다. 포커에는 원 페어, 투 페어, 플러시, 그리고……. (젠장, 같은 무늬 패 세 장에 같은 무늬 두 장을 뭐라고 부르더라?)

마치 줄이 간 음반 위에서 바늘이 튀듯이 내 머릿속에서 생각들이 떠올랐다가 이내 끊기고 다른 생각들이 떠오른다. 한 가지 생각을 끝까지 밀고 갈 수가 없다.

다만 어머니에 대한 기억만이 내 머릿속에 끈질기게 달라붙는다. 마치 벌겋게 달군 쇠로 찍은 낙인처럼 그 기억이 내 뇌 속에 새겨져 있기라도 한 듯하다. 어머니가 나를 성당 앞 광장에 버려두고 떠나던 날, 그녀의 얼굴에 담겨 있던 모든 표정들이 생각난다. 나는 그때 내가 느꼈던 고통을 부여잡고 매달린다. 어머니, 고맙습니다. 당신은 고통스러운 기억일지언정 내가 매달릴 수 있는 기억을 마련해 주셨습니다. 어머니는 내가 누구인가를 잊지 않게 할 마지막 증표이다. 언젠가는 내 이름을 잊게 될지도 모르고 거울 속에 비친 나를 더 이상 알아보지 못하게 될지도 모르며, 내 어린 시절에 일어났던 모든 일들을 더 이상 기억하지 못하게 될지도 모른다. 그래도 나는 어머니만은 기억할 것이다.

어느 날, 아침인지 한낮인지 오후인지 저녁인지 모를 시각에(그동안 시간이 얼마나 흘렀을까? 한 달? 일 년?) 마침내 문이 열린다. 원장이 나를 부른다고 한다.

원장실로 가는 길에 나는 내 뇌로 전달되는 정보들을 낱낱이 음미한다. 자벨수(水) 냄새, 페인트칠이 벗겨진 복도의 벽, 멀리에서 울려오는 웃음소리, 딱딱한 바닥에 닿는 내 발자국 소리, 쇠창살 너머로 보이는 하늘의 작은 조각들, 간호인들이 등 뒤로 묶여 있는 내 팔을 잡음으로써 구속복 안으로 전해져 오는 접촉의 느낌. 간호인들이 〈앞으로 가〉, 〈우리를 따라와〉 하고 말할 때마다, 그것이 하나의 멜로디처럼 들린다.

간호인들이 나를 원장실로 밀어 넣는다. 제복 차림의 남자 하나가 원장 옆에 서 있다. 전에도 어디에선가 이와 똑같은 장면을 본 적이 있다는 생각이 든다. 언제였을까? 어떤 경찰관이 성당 앞 광장에서 나를 구해 주던 때, 그리고 어떤 공군 대령이 고아원에 찾아와서 나를 양자로 맞아들이겠다고 제안하던 때였을 것이다. 이제 이 남자는 무엇을 제안하러 나를 찾아온 것일까?

원장은 보기 싫은 걸 보고 있기라도 하듯 찡그린 얼굴로 나를 바라본다. 어머니가 생각난다. 어쩌면 어머니는 내가 이렇게 되리라는 것을 미리 내다보았을지도 모른다. 그래서 내가 이 모든 고통을 겪지 않도록 빨리 죽으려고 했는지도 모른다.

「우리는 너에게 네 죄를 씻을 마지막 기회를 주고 싶다. 체첸에서 다시 전투가 벌어졌는데, 병력 손실이 예상보다 많다. 우리 군은 전선에 나갈 지원병들을 필요로 하고 있다. 여기 계시는 두코우스코프 대령께서는 공격 부대의 지휘를 맡고 계신 분이다. 물론 선택권은 너에게 있다. 이곳의 격리 병동에 남아 있든지 특공대의 일원으로 전선에 나가든지 둘 중의 하나를 택해라.」

82. 자크, 열일곱 살

내 단편들을 공상 과학 잡지에 파는 데 성공했다. 이로써 난생처음 내 일의 대가로 돈을 벌게 되었다. 나는 스스로에게 상을 주는 기분으로 바스크 해안으로 바캉스를 떠났다. 거기에서 아나이스를 만났다.

아나이스는 재치가 넘치는 갈색 머리의 자그마한 여자다. 마르틴과 조금 비슷하게 생겼지만 얼굴이 더 동그스름하다. 그녀가 소리 내어 웃거나 미소를 지을 때는 두 볼에 보조개가 팬다.

아나이스랑 함께 있으면 웃음이 끊이지 않는다. 아무 말 안 하고 그저 서로 바라보기만 해도 까닭 없이 웃음이 나온다. 우리가 때와 장소를 가리지 않고 폭소를 터뜨리기 때문에 이따금 사람들의 눈총을 받기도 하지만, 그럴 때면 우리 사이에 더욱 은근한 친밀감이 생겨난다.

바캉스가 끝나고 헤어지면서 우리는 되도록 자주 만나기로 약속했다. 하지만 그녀는 보르도에 살고 나는 페르피냥에 산다.

나는 지금 큰 계획 하나를 실행에 옮기고 있는 중이다. 그 계획이란 인간이 아닌 동물의 시선을 통해서 인류의 삶을 조망하는 책을 쓰는 것이다. 그것은 하나의 추리 소설이며 그 주인공은 하수도 안에서 수사 활동을 벌이는…… 쥐들이다. 물론 나는 쥐들의 사회를 지배하는 모든 법칙을 철저하게 존중하고 있다. 나는 이미 2백 페이지에 달하는 초고를 작성해 놓았다. 나는 아나이스를 만나러 가는 길에 그 초고를 가져가서 그녀에게 보여 주었다.

아나이스는 빠른 속도로 내 원고를 읽고 나서 말했다.

「재미있다. 머리에 반점처럼 적갈색 털이 나 있는 쥐가 주인공이구나.」

「첫 장편소설에는 대개 자전적인 요소가 조금은 들어가게 마련인데, 나는 내 적갈색 머리에 애착을 많이 가지고 있거든.」

「그런데 왜 쥐를 주인공으로 삼았지?」

「쥐는 하나의 소재일 뿐이고, 중요한 건 집단생활에 대한 총체적인 성찰이지. 나는 모든 구성원이 행복하게 사는 이상 사회의 모델을 찾고 있어. 어릴 때 쓴 어떤 단편소설에서는 두 백혈구를 주인공으로 선택해서 인체라는 이상 사회를 묘사한 적이 있어. 이제는 그 반대로 전혀 이상적이지 않은 잔인한 사회가 어떻게 돌아가는지를 보여 주고 싶어. 쥐들의 사회는 대단히 효율적이긴 하지만 잔인하기 짝이 없어. 약자와 병자들이 철저하게 제거되는 사회지. 끊임없이 경쟁이 벌어지고 언제나 가장 강한 자가 승리해. 잘 알려져 있지 않은 이 세계에 대한 나의 글을 읽으면서, 독자들이 자기들 안에 있는 〈쥐〉의 속성을 의식하게 되기를 바라.」

그다음에 그녀를 찾아갔을 때, 그녀는 자기 부모님께 나를 소개했다. 그녀의 집은 대단히 인상적이었다. 나는 이제껏 거장들의 그림이나 고가구나 값비싼 책들을 그렇게 호화롭게 진열해 놓고 사는 집을 본 적이 없다. 그녀의 부모님은 둘 다 치과 의사인데, 보아하니 경기가 무척 좋은 모양이다.

아나이스 역시 치과 의사가 되고 싶어 한다. 그의 남동생은 아직 진로를 결정하지 못하고 있다. 정보 공학자가 되겠다는 말을 하고 있기는 한데, 그 생각이 끝까지 유지될지 모르겠다. 설령 정보 공학자가 된다 해도 그는 결국 치과용 컴퓨터 프로그램의 전문가가 될 가능성이 많다.

아나이스네 식구들은 모두 이가 아주 하얗고 아름답다. 저녁 식사 때 아나이스의 아버지는 나보고 장차 무엇을 하며 살아갈 생각이냐고 물었다. 나는 작가가 되고 싶다고 말했다.

「작가라…… 그것도 좋지만 뭐랄까…… 좀 더 정상적인 직업에 투신하는 게 좋지 않을까?」

나는 글쓰기가 나의 취미이며 돈을 적게 벌더라도 내가 좋아하는 일을 하며 살고 싶다고 말했다. 하지만 아나이스의 아버지는 더 이상 대꾸도 하지 않았고 웃지도 않았다. 평소에 그렇게 잘 웃던 아나이스도 웃지 않았다.

식사가 끝나고 나자, 그녀의 아버지가 이번에는 내 부모님의 직업이 뭐냐고 물었다. 서점을 경영하신다고 대답하자 그는 고개를 끄덕이며 자기가 좋아하는 작가들, 즉 셀린, 마르그리트 뒤라스 등을 들먹였다. 나는 뒤라스와 셀린의 작품들을 대충 훑어보기는 했지만 따분하기만 하고 별로 남는 게 없었다고 솔직하게 말했다.

그쯤 해서 그녀의 어머니가 미간을 찌푸리고 있다는 사실을 알아차렸어야 했는데, 아나이스가 작은 신호들을 보내 뚱겨 주고 있었는데도 나는 제때 그것들을 눈치채지 못했다.

그녀의 아버지는 내가 어떤 문학을 높이 평가하느냐고 물었다. 내가 포와 카프카 같은 작가를 좋아한다고 하자, 그는

〈아! 그래, 알겠어〉하면서 고개를 끄덕였다. 그때부터는 입을 다무는 게 좋았을 텐데, 나는 스스로 내 이야기에 도취해서 환상 문학과 추리 소설과 과학 소설의 매력에 대해 장광설을 늘어놓았다.

그는 그런 종류의 책은 한 번도 본 적도 없다고 털어놓았다. 그 대목에서 나는 뭔가가 잘못되어 가고 있음을 느끼면서, 타협적인 모습을 보이기 위해 이렇게 결론을 지었다.

「장르야 어찌 되었건 책에는 좋은 것과 나쁜 것 두 종류가 있을 뿐이라고 생각합니다.」

모두가 입을 다문 채 식탁에 눈을 붙박고 있었다.

아나이스의 어머니는 자리에서 일어나 치맛자락을 펄럭이면서 디저트를 가지러 갔다.

그때, 아나이스는 분위기를 바꿔 볼 양으로 내가 체스를 잘 둔다고 아버지에게 말했다.

「아, 그래? 그럼 우리 한판 둬볼까? 난 잘 두지는 못해. 그저 평범한 아마추어 기사일 뿐이지.」

그가 꼭 둬보고 싶어 하는 기색이어서 나는 체스판을 사이에 두고 그와 마주앉았다.

나는 불과 몇 수만에 그를 이겨 버렸다. 마르틴이 가르쳐 준 공격수를 사용했던 것이다. 그는 설욕전을 벌이고 싶어 하지 않았다.

그날 이후로 아나이스와 나는 한결 뜸하게 만났다. 어느 날 그녀는 이렇게 고백했다.

「아빠는 내가 〈어릿광대〉 같은 남자와 결혼하는 건 상상도 못 하시겠대.」

우리의 목가적인 사랑은 그렇게 끝이 났다.

아나이스의 사진들을 보면, 그녀는 사진마다 웃고 있다. 우리는 즐거운 시간을 함께 보냈다. 그런데 무엇이 문제였던가? 내가 잘못했다. 그녀의 부모를 만나는 게 아니었는데.

나는 세상의 잡사를 잊기 위해, 글쓰기에 몰두하면서 쥐들의 사회를 이해하려 애쓰고 있다.

83. 백과사전

관점

여기 우스갯소리가 하나 있다.

〈어떤 남자가 병원에 갔다. 그는 운두가 높은 모자를 쓰고 있었다. 그는 자리에 앉아 모자를 벗었다. 의사는 머리털이 빠진 환자의 머리통에 개구리 한 마리가 올라앉아 있는 것을 보았다. 가까이 가서 살펴보니 개구리는 살갗에 완전히 달라붙어 있는 것 같았다. 의사가 놀라서 물었다.

「이게 붙어 있은 지 오래됐습니까?」

그러자 남자가 아닌 개구리가 대답했다.

「참 희한한 일이지요, 선생님? 이게 처음엔 내 발 밑에 난 작은 종기일 뿐이었는데, 이렇게 커졌으니 말입니다.」〉

이 농담은 관점의 차이가 어떠한 것인지를 잘 보여 주고 있다. 우리는 이따금 어떤 사건을 분석함에 있어, 자명해 보이는 어떤 하나의 관점에만 얽매임으로써 그릇된 판단을 하곤 한다.

에드몽 웰스, 『상대적이며 절대적인 지식의 백과사전』 제4권
(프레디 메예르의 농담에 따른 것임.)

84. 나의 알들

우주 공간으로 다른 행성을 찾으러 가기 전에, 먼저 내 알

들과 관련된 모든 문제들을 해결해야 한다.

나는 내 의뢰인들의 소원이 잘 이루어졌는지를 확인한다. 이고르는 브레스트 리톱스크 정신 병원을 떠나고 싶어 했는데, 지금은 군에 들어가 있다. 문학의 세계로 훨씬 더 멀리 도피하고 싶어 했던 자크는 자기의 첫 장편소설을 쓰는 데에 몰두해 있다. 비너스는 다시 자기 몸에 신경을 쓰기 시작했다.

「자네 의뢰인들은 어떻게 지내는가?」

라울이 물었다. 나는 만족스럽다는 표정을 지으며 내 알들을 보여 준다.

「이보다 더 나을 순 없지.」

「장담은 금물일세.」

사실 내 의뢰인들은 그다지 잘 지내고 있다고 말할 수 없다. 그들의 소원은 이루어졌지만, 그렇다고 그들의 상태가 좋아진 것은 아니다. 비너스에게는 이제 가정도 없고 사랑도 없다. 교육도 충실하게 받지 않아서 험한 세상을 어떻게 헤쳐 나갈지 걱정이다. 비너스는 한낱 상처 받기 쉽고 경박한 여자일 뿐이다.

이고르는 대단히 심각한 애정 결핍으로 고통을 받고 있다. 그는 외롭고 쓸쓸하며 돈도 친구도 없다. 열일곱 살이 되도록 여자랑 키스는커녕 볼에 하는 뽀뽀조차 해본 적이 없다. 그는 두코우스코프의 특공대원들과 함께 체첸에 파견되었다. 이른바 〈사회의 쓰레기들〉로 이루어진 그 부대는 가장 위험한 임무를 수행하게 될 것이다.

한편 자크는 상상 세계에 살고 있는 탓에 현실 감각을 잃고 점차 일상생활을 제대로 영위하지 못하는 불구가 되어 가고 있다.

「이걸 가지고 〈이보다 더 나을 순 없다〉고 말한 거야?」

내 인격의 세 측면을 대표하고 있다는 이 세 사람을 다시 바라보고 나니, 자랑스럽기보다는 자존심이 상한다.

라울이 희색을 드러내며 말한다.

「하하하! 천사들 일이 그런 거라네. 남들은 편하다고 말하지. 천만의 말씀이야! 한 인간을 그의 조건에서 벗어나게 하는 것은 어떤 광물을 식물 쪽으로 진화시키는 것보다 더 어려운 일일세.」

그러면서 라울은 깊은 생각에 잠긴 듯한 표정을 짓는다.

「어쨌거나 천사들의 일은 인간 세계의 공무원들이 하는 일과 비슷해. 이 일에는 더 이상 모험이라는 게 없어. 우리는 이제 이 미적지근함과 나른함에서 벗어나야 해.」

라울의 눈빛에는 예전에 우리가 육신을 가진 존재였을 때 나를 매료시키고 나를 두렵게 했던 그 기색이 담겨 있다. 그의 눈빛이 나에게 이렇게 말하는 듯하다. 〈설령 우리가 실수를 범하고 있는 거라 할지라도 끝까지 가보세. 그렇게 하지 않으면, 우리는 이런 잘못을 저지르지 말아야 하는 이유를 끝내 알지 못하게 될 거야.〉

「나에게 시간을 좀 더 주게. 내 의뢰인들의 삶에 문제가 생긴 것을 좀 풀어 주어야겠어. 그래야 나는 안심하고 떠날 수 있을 테니까 말일세.」

이제 나는 비너스가 미스 유니버스로 선발되도록 그 대회의 심사 위원장에게 영향을 미칠 수 있는 조치를 취할 생각이다. 이고르를 위해서는, 두코우스코프 대령의 〈늑대 부대〉에 속한 특공대원들 전체가 이고르에게 호감을 갖게 분위기를 조성하고자 한다. 또 자크에게는 꿈을 통해 그의 소설을 위한 재미있는 장면들을 보내 줄 생각이다.

「그들 때문에 시간을 허비하지는 말게. 전 우주가 자네를 기다리고 있으니까 말일세.」

라울은 그렇게 당부를 한 다음, 내 귀에 대고 속삭인다.

「한마디 더하자면, 인간들은 때로 우리가 개입하지 않을 때 오히려 자기들의 어려움을 잘 헤쳐 나간다네.」

85. 비너스, 열일곱 살 반

성형 수술로 몸을 개조함으로써, 나는 마치 중고 자동차를 새 차로 만들 듯이 내 몸을 새롭게 가꾸었다. 차체, 엔진, 계기판 등 많은 것이 새로워진 느낌이다. 내 날씬한 몸매가 완전히 되살아났다. 아니 예전에 한창 날씬할 때보다 선이 더욱 아름다워졌다. 나는 배와 넓적다리와 엉덩이에 끊임없이 크림을 바른다. 운동도 다시 시작했다. 수영도 하고 조깅과 미용 체조도 열심히 한다. 식욕을 다스리는 일도 점점 쉬워지고 있다.

모델 일도 다시 시작했다. 처음엔 여러 가지 식품 광고를 위한 사진을 찍었다. 그러고 나니 여성복과 청바지 광고가 다시 들어왔고, 마침내 톱 모델이라면 누구나 하게 되는 하이패션 쪽의 일을 맡게 되었다.

놓았던 일을 다시 하게 되니까, 처음 할 때보다 더욱 열심히 하게 된다. 초기의 성공에 뒤따랐던 추락이 나를 더욱 강하게 만들었다. 더 이상 남에게 지지 않을 것이다. 나는 남이 나를 존중하도록 만드는 법을 배웠다.

나는 애인으로 에스테반이라는 남자 모델을 골랐다. 그는 나와 똑같은 일을 하고 있지만, 이 일을 자기 일로 여기지 않는다. 그는 카메라 앞에서 포즈를 취하고 패션쇼에 나가는 것을 부끄럽게 여긴다. 자기는 그저 이 일을 〈임시로〉 하고 있다는 것이다.

　내가 그를 선택한 이유는 오로지 육체적인 아름다움 때문이다. 그는 어디에 가도 돋보이는 라티노 특유의 화려함을 지닌 남자다. 나는 그에게서 싫증을 느끼면 버찌씨처럼 뱉어 버릴 거라고 그에게 암시하였다. 내가 그런 마음을 먹고 있다는 것을 알면서도 그는 나에게서 멀어지기보다는 더욱 애착을 보인다. 〈아, 비너스, 세상에 나를 이해해 주는 사람은 너밖에 없어〉 하면서……. 남자를 다루는 건 이토록 쉬운 일이다. 나는 남자들의 마음이 어떻게 움직이는지 알 것 같다. 남자들이 나에게 의존하고 싶은 마음을 갖게 하려면 그들에게 의존하지 않으면 된다.

　에스테반은 침대 위에 올라가면 경주에서 우승하고 싶어 하는 육상 선수가 된다. 그는 나를 만족시키려고 엄청나게 애를 쓴다. 그가 흥분제를 사용하는 게 아닌가 의심이 갈 정도이다. 그 모든 게 다 나의 쾌락을 위한 것이다! 처음엔 그를 안심시키려고 애썼지만, 그가 나를 만족시켰는지에 대해 확신을 갖지 못하도록 내버려두는 게 더 낫다는 것을 이내 깨달았다. 나는 언제나 그에게 더 많은 것을 요구한다. 그리고 그는 내가 그러는 것을 좋아한다.

　어쨌거나 나는 그에게서 그런 대접을 받을 만하다. 나는 더할 나위 없이 아름다운 꽃다운 나이의 여자가 아닌가.

　나는 스튜디오의 긴장된 분위기에서 조금 벗어나기 위해

담배를 피우기 시작했다. 담배는 내가 긴장을 푸는 데 도움을 줄 뿐만 아니라, 엄마와 화해를 시키는 역할도 한다. 엄마도 담배를 피운다. 우리는 서로에게 라이터를 건네주고 함께 담배를 피울 때만큼은 싸우지 않는다.

엄마가 나를 사랑한다는 건 안다. 하지만 엄마는 아빠가 떠난 것에 대해서 속으로 나를 탓하고 있다는 것도 안다. 엄마는 아빠와 헤어진 뒤로 다른 남자를 만났지만 그 만남들은 매번 불행하게 끝났다. 엄마는 또 다른 실패를 너무나 두려워하는 나머지, 어떤 남자를 선택하기만 하면 그 불안한 마음을 드러내는 모양이다. 남자들은 이내 그것을 눈치채고 짜증을 내면서 떠나가는 것 같다.

엄마의 영향에서 벗어나야 한다. 엄마처럼 살고 싶지 않다. 엄마가 모델로서 살아가는 모습을 보면 마음이 울적해진다. 우리 업종에서 엄마는 이미 〈할망구〉로 간주되고 있다. 이제는 통신 판매 카탈로그를 만들기 위해서라면 모를까 엄마를 모델로 쓰겠다고 나서는 사람들이 별로 없다.

엄마는 집에서 공포 영화 비디오를 보며 위스키를 홀짝거리는 버릇을 들이기 시작했다. 이건 바람직하지 않은 도피 행위다.

나는 모델이라는 직업의 냉혹한 법칙을 알고 있다. 우리는 빨리 올라갔다가 빨리 내려간다. 하지만 높이 올라가면 올라갈수록 다시 내려가지 않을 가능성이 커진다. 나는 아주 높이 올라가야 한다. 미스 유니버스가 되어야 한다. 그 칭호만 있으면 최고의 모델 에이전시와 일을 하면서 평생토록 행복하게 살 수 있을 것이다.

나는 식욕을 조절하고 음식을 가려 먹는 데에 더욱 신경을 쓰고 있다. 섬유질을 섭취하기 위해 채소를 많이 먹고, 피부의 유연성을 위해 과일을 많이 먹으며, 당분과 지방이 잘 빠져나가도록 광천수를 많이 마신다.

86. 자크, 열일곱 살 반

대학 입학 자격시험 〈철학〉 과목 구두 시험장. 질문은 〈사상의 자유는 존재하는가?〉이다.

시험관은 내 말을 다 듣고 나서 말했다.

「학생은 선(禪)과 불교와 도교 등의 문헌을 참조해서 이야기를 했는데, 참고 문헌을 굳이 동양에 가서 찾을 필요는 없네. 몽테뉴와 스피노자, 니체, 플라톤을 다시 읽어 보면, 그들이 모든 얘기를 다하고 있다는 것을 알게 될 걸세.」

「제가 동양 사상에 흥미를 느낀 이유는 그것이 어떤 영적인 체험에 바탕을 두고 있다고 생각했기 때문입니다. 선승이 마음을 비우기 위해 몇 시간 동안 좌선을 하고, 요가 수행자가 호흡과 심장 박동을 늦추며, 도교 수행자가 황홀경에 이르도록 껄껄껄 웃는 이유는 단지 문장 몇 개로 표현될 수가 없습니다. 그것은 생생한 체험이니까요.」

시험관은 그런 것은 자기가 알 바 아니라는 듯 어깨를 한 번 으쓱해 보이며 대꾸했다.

「이제 됐네. 우리가 학생한테 원하는 건 그런 것이 아닐세.」

그러면서 그는 마치 눈에 보이지 않는 주름을 지우기라도 하듯 자신의 멋진 웃옷을 두 손으로 문질렀다.

갑자기 속에서 어떤 물결 같은 것이 솟구쳐 오르는 듯한 느낌이 들었다. 예전부터 쌓여 온 분노가 한꺼번에 터져 나오는 듯했다. 이 시험관은 어린 시절부터 나를 화나게 했던 모든 것을 대표하고 있었다. 그는 모든 것을 다 아는 척하며 확신에 가득 차 있는 사람들, 자기들의 틀에 박힌 지식을 위태롭게 할 염려가 있는 새로운 것에는 전혀 귀를 기울이지 않으려고 하는 사람들에 속해 있었다. 작은 권력을 가진 것에 만족해하면서 그 권력을 이용해 자기 삶에 의미를 부여하고 싶어 하는 그 시험관의 태도에 나는 화가 났다.

「선생님께서는 〈사상의 자유는 존재하는가?〉라는 주제를 저에게 주셨습니다. 그런데 선생님은 지금 바로 그 사상의 자유를 금지하고 계십니다. 선생님은 제 생각의 독창성에는 전혀 관심이 없습니다. 선생님의 관심은 오로지 제 생각이 선생님 생각과 비슷한가 그렇지 않은가를 확인하는 것입니다. 아니면 제가 선생님의 생각을 흉내 낼 수 있는지를 알고 싶으신 거겠지요.」

「스피노자의 글 중에 자네의 잘못을 설명해 줄 문장이 하나 있네. 그가 말하기를…….」

「선생님의 사상은 선생님께서 언급하신 위대한 철학자들의 사상을 본뜬 창백한 복사물일 뿐입니다. 선생님은 그 제도화된 대가들의 사상을 벗어난 선생님 자신의 사상이 어떤 것인지 생각해 보신 적이 있나요? 지금까지 살아오시면서 단 한 번이라도 선생님만의 사상을 가져 보신 적이 있나요? 없을 겁니다. 선생님은 그저…… 그저……(나는 가장 심한 모욕이 될 말을 찾는다) 하나의 복사기일 뿐입니다.」

나는 문을 쾅 닫고 시험장을 나와 버렸다. 내가 그렇게 공개적으로 반항적인 행동을 한 것은 내 삶에서 처음이었다.

그 일은 내게 나 자신에 대한 혐오감을 안겨 주었다. 한심하기 짝이 없는 그 시험관이 어떻게 나로 하여금 이성을 잃고 화를 내게 할 수 있었는지 알다가도 모르겠다.

나는 대학 입학 자격시험에 떨어졌다. 재수를 할 생각은 없다. 대학을 안 가고도 성공할 수 있는 길을 찾아야 한다.

나는 스스로가 점점 더 독립적이고 자율적인 사람이 되어가고 있음을 느낀다. 나는 체제에서 벗어나는 길을 선택했다.

부모님은 나를 질책하셨다. 나의 게으른 학습 태도와 엉뚱한 언행을 더 이상은 참고 볼 수가 없다고 하셨다. 이제 나는 셋 중의 하나를 선택하여야 한다. 이 시련에 맞서 싸우든가 꾹꾹 눌러 참으며 가만히 있든가, 아니면 도망을 치든가.

나는 도피를 선택하였다.

그다음 날 나는 저금통을 깨고 단편소설을 팔아 번 돈을 챙겨서 파리행 기차를 탔다. 나의 동반자는 고양이 모나리자와 컴퓨터뿐이었다. 파리에 도착하여 오후 한나절을 돌아다닌 끝에 동역(東驛) 근처에서 방 하나를 구했다. 7층 건물의 지붕 밑 방인데, 엘리베이터도 없고 침대가 전체 공간의 90퍼센트를 차지할 만큼 아주 작다.

모나리자는 노기등등했다. 내 방에 텔레비전이 없기 때문이었다. 녀석은 마치 히스테리 환자처럼 펄쩍거리며, 전기 콘센트와 안테나 접속 단자를 발로 가리켰다. 그때까지 나는 그것들이 방 안에 있다는 걸 모르고 있었다.

텔레비전 없이 며칠을 빙빙 돌아다니다가 모나리자는 허탈 상태에 빠졌다. 먹지도 않고 내가 쓰다듬어 주는 것도 거부하며 더 이상 가르랑거리는 소리도 내지 않았고 내가 다가

가는 것조차 싫어했다.

어제 나는 모나리자가 텔레비전이 놓여 있어야 할 탁자 위에서 죽어 있는 것을 발견했다. 나는 그 시체를 어떤 공원의 덤불 뒤에 묻고, 묘석 대신에 쓰레기통에서 주운 텔레비전 리모컨을 꽂았다. 그런 다음 동물 보호 협회에 가서 다른 고양이 한 마리를 입양하였다. 털가죽이며 눈이며 태도가 죽은 모나리자의 젊을 때 모습과 아주 비슷해서, 나는 이 고양이에게 모나리자 2세라는 이름을 붙여 주었다.

나는 똑같은 실수를 되풀이하지 않기 위해, 식비를 아끼기로 하고 먼저 작은 중고 텔레비전을 샀다. 나는 온종일 텔레비전을 켜둔다. 모나리자 2세는 나른하게 눈을 깜박이면서 그 앞에 붙박여 산다.

이건 아마도 고양이라는 종의 전반적인 진화의 결과일 것이다. 나의 고양이들 안에는 더 이상 잠자는 야성이라는 것이 없다. 이들은 정글이 아니라 카펫을 깔아 놓은 거실과 텔레비전에 적응된 채, 날고기를 거부하고 과자처럼 동그랗게 만든 먹이만을 먹으려 드는 비만증에 걸린 동물들일 뿐이다.

그렇긴 해도 나의 두 모나리자 사이에는 약간의 차이가 있는 듯하다. 첫 번째 모나리자는 퀴즈 프로그램을 좋아했는데, 두 번째 녀석은 뉴스를 너무나 좋아라 한다. 녀석이 왜 그렇게 전쟁과 경제 위기와 지진 따위를 좋아하는지 모르겠다. 천성이 삐뚤어진 녀석은 아닐는지 모르겠다. 하지만 집세와 텔레비전 시청료를 지불해야 한다. 단편소설을 파는 것으로 충분치 않아서 나는 이것저것 닥치는 대로 아르바이트를 했다. 집집마다 광고지를 돌리는 일도 했고 피자 배달원 노릇도 했으며 요즘은 식당 종업원으로 일하고 있다.

나는 오후 한 시부터 자정까지 서빙을 한다. 식당 종업원의 삶은 여간 고단한 일이 아니다. 주방 사람들은 걸핏하면 화를 내고 손님들은 까탈스럽고 참을성이 없다. 사장이 주는 압박감도 만만치 않다. 한 동료는 내가 너무 딱해 보였는지, 그렇게 끊임없이 압박을 받고 시달리다 보면 병이 날 염려가 있다면서 가끔씩 앙갚음을 해서 스트레스를 풀어야 한다고 말했다. 그러면서 그는 그 방법을 가르쳐 주었다. 만일 손님들 중 하나가 불쾌하게 군다면 그에게 음식을 갖다주기 전에 침을 뱉으라는 것이다.

「별것은 아니지만 그렇게 하면 궤양이 생기는 걸 피할 수 있지.」

홀에서 주방으로, 주방에서 홀로 뛰어다니다 보니 발에 티눈이 박혔다. 손님들이 주는 팁은 보잘것없다. 나는 밤마다 기진맥진한 채 돌아와 텔레비전 뉴스를 본다.

체첸 전쟁.

광돈병 때문에 유럽에 야기된 공포(미친 돼지의 고기를 먹으면 뇌 세포에 퇴화가 일어나 파킨슨병과 비슷한 증상을 보인다고 함). 전염된 돼지들을 도살하라는 브뤼셀 위원회의 명령에 반대하여 시위를 벌이는 사육자들.

어떤 미치광이에 의한 유명 여배우 살해 사건. 범인은 주로 할리우드의 유명 여배우들을 기습하여 끈으로 목을 졸라 죽이고 있음.

주가 상승. 세금 인상의 결과를 가져올 또 한 차례의 세제 개혁. 대중교통 수단의 파업. 미스 유니버스 선발 대회. 바티칸에서 새 교황 선출…….

교황 하니까 내가 어릴 때 썼던 단편 「교황 파이 3.14」가 생각난다. 그것을 장편소설로 개작하면 어떨까 하는 생각이 언뜻 뇌리를 스쳤다. 하지만 세상이 워낙 빠르게 변하기 때문에 그런 SF 이야기는 금방 시대에 뒤떨어질 거라는 생각이 들어 쥐들에 관한 내 소설을 계속 쓰기로 한다.

나는 작업의 규칙을 세웠다. 매일 아침 여덟 시에서 정오까지는 어떤 일이 있어도 글을 쓰기로 했다. 어디에 있든 누구와 함께 있든 글을 쓸 수 있는 조건을 마련하기 위해 나는 휴대용 컴퓨터를 할부로 사고, 자판을 더욱 빨리 두드릴 수 있도록 타자 연습을 더 하기로 했다.

87. 이고르, 열일곱 살 반

나는 놈이 말을 할 때까지 배를 때렸다. 마침내 놈은 대전차 포병 부대가 산등성이의 헛간들 뒤에 숨어 있다고 털어놓았다. 동료들이 잘했다며 나를 격려해 주었다. 그런 다음 그들은 녀석을 덤불 속으로 데리고 갔다.

우리는 3주 동안의 강도 높은 훈련을 받고 남쪽 전선에 파견되었다.

나는 일을 빨리 배웠다. 우리가 하는 일은 공격하고, 죽이고, 포로를 데려다가 고문해서 말을 하게 하고, 그럼으로써 그다음 날의 공격 목표를 알아내는 것이다.

감각 격리 병동에 갇혀 있는 것에 비하면 전쟁터는 천국이나 다름없다.

두코우스코프 대령은 우리 특공대에 〈늑대 부대〉라는 이름을 붙였다. 그래서 우리는 모두 제복에 늑대 머리 기장을 달고 있다. 내가 늑대라고 생각하면 기분이 좋아진다. 숲, 전투, 다른 늑대들과의 동지애, 이 모든 것이 아주 오래전부터 내 안에 각인되어 있었던 듯하다. 내가 할 일은 그저 내 안에 잠들어 있던 그 야수를 깨우는 것뿐이었다.

우리는 적당한 곳에 텐트를 치고 장작불 주위에 앉아 저녁을 먹었다. 이 특공대 안에서는 나 혼자만이 고아가 아니고, 나 혼자만이 노보시비르스크 소년원을 거친 범죄자가 아니며, 나 혼자만이 브레스트 리톱스크 정신 병원을 경험한 미치광이가 아니다.

서로에게 말할 필요조차 없이, 우리는 모두가 어린 시절에 끔찍한 고통을 경험했고, 바로 그 고통을 다른 사람들에게 안겨 주려고 여기에 온 것이다.

우리는 더 이상 잃을 것이 없는 사람들이다.

우리의 상사는 이런 가르침을 우리의 마음속에 심어 주었다. 〈힘은 전혀 중요하지 않다. 중요한 건 신속함과 민첩함이다.〉 그리고 그는 기회 있을 때마다 우리 〈늑대 부대〉의 슬로건인 〈빠르지 않으면 죽는다〉는 말을 되풀이하였다.

그는 이런 얘기도 했다. 〈상대가 때릴 준비를 하는 순간부터 너희 얼굴에 주먹이 날아들 때까지는 무한히 긴 시간이 흐른다.〉

그 뒤로 나는 상대의 눈에 살의가 번득이는 것을 본 순간부터 나에게 공격이 가해지는 순간 사이에 많은 일을 해낼 수 있게 되었다.

상사는 우리의 민첩성을 키우고 시간을 통제하는 능력을 향상시키기 위해 온갖 훈련을 다 시켰다. 그 훈련의 일환으로 그는 세 개의 공으로 손재주를 부리는 공 받기 묘기를 가르쳐 주었다. 하나의 공을 던지고 나서 그것이 떨어지기 전에 두 번째 공을 던지고, 두 번째 공이 떨어지기 전에 다시 세 번째 공을 던지는 식으로 이루어지는 묘기 말이다. 그런 훈련을 받고 나니까 1초가 갑자기 훨씬 더 길게 느껴졌다. 대부분의 사람들은 1초 동안 둘을 세지만 나는 일곱까지 센다. 이것은 내가 대부분의 사람들보다 살아남을 가능성이 더 높다는 것을 뜻한다.

조금 전에 다른 특공대원 두 명이 우리 부대에 합류하였다. 서른다섯 명으로 이루어진 우리 부대는 산꼭대기에 있는 적의 진지를 빼앗는 임무를 띠고 있다. 그 진지에는 50여 명의 체첸 병사들이 있고, 그 병사들은 지역 주민들의 원조를 받고 있다고 한다.

사령부의 넥타이 맨 전략가들은 이번에도 개입하지 않고 모든 것을 우리에게 일임하였다. 잘된 일이다! 나는 쌍안경으로 목표물을 살펴본다. 쉽지는 않을 것 같다. 목표물에서 아주 가까운 곳에 숲이 하나 있는데, 그곳에 적의 원군이 숨어 있을 수도 있다.

기름이 담긴 통들이 손에서 손으로 건네지고 있다. 우리는 얼굴에 위장용 도료를 칠한다. 전투용 보디 페인팅을 하고 있는 셈이다.

88. 비너스

나는 화장을 한다. 아이라이너로 선을 그려 눈꺼풀을 강조하고, 조금 반짝이는 립스틱을 입술에 바른 다음, 갈색 립 라이너로 입술의 윤곽을 그린다.

준비해야 할 것이 아직 남아 있다. 규칙 위반이기는 하지만, 나는 완벽하게 섹시한 모습을 보여 주기 위하여 원더브라를 하나 샀다. 내 가슴을 더 커 보이게 하기 위해서였다.

전투에서 승리하려면 수단과 방법을 가리지 말아야 한다.

89. 백과사전

승리

대부분의 교육은 패배를 관리하는 방법을 가르치는 데에 목표를 두고 있다. 학교에서는 학생들에게 대학 입시에서 떨어지면 나중에 일자리를 찾기가 어려워질 거라고 가르친다. 가정에서는 대부분의 결혼이 이혼으로 끝나고 대다수 삶의 동반자들이 실망을 안겨 주는 현실에 자녀들을 적응시키려고 애쓴다.

또한 모든 보험에는 염세주의가 깔려 있다. 보험들은 당신에게 자동차 사고나 화재나 수재가 닥칠 가능성이 많으니 미리 보험에 들어서 그런 재앙에 대비하라고 주장한다.

매스 미디어가 아침저녁으로 전해 주는 소식들은 세상 어디에도 인간이 안전하게 보호를 받고 있는 곳은 없다는 사실을 일깨움으로써 낙관주의자들의 기를 꺾는다.

설교자들의 얘기를 들어 보면 너 나 할 것 없이 묵시록이나 전쟁 따위를 예고하기 십상이다. 미래에 대해서 환상을 버리라고 주장하는 사람들의 이야기만이 진지하게 경청되고 있다. 그러니 미래에는 모든 것이 점점 더 좋아질 거라고 감히 예언할 수 있는 사람이 누가 있으랴?

개인적인 차원에서 보더라도, 만일 당신이 아카데미 주연상을 받으면 어떻게 하겠는가, 만일 당신이 그랜드 슬램을 이루면 어떻게 하겠는가, 만일 당신의 작은 기업이 다국적 기업으로 발전한다면 어떻게 하겠는가라는 식의 문제를 던지면서 승리를 관리하는 방법을 가르치려는 사람은 아무도 없다.

사정이 이러하다 보니, 막상 승리가 닥쳐오면 사람들은 지표를 잃고 갈
팡질팡하면서, 대개는 익히 알고 있는 〈정상 상태〉로 돌아가기 위해 서
둘러 패배를 준비하기 십상이다.

에드몽 웰스, 『상대적이며 절대적인 지식의 백과사전』 제4권

90. 자크

나는 방 안으로 들어서서 실내화를 신고 안락의자에 몸을
묻은 채 잠시 휴식을 취한다. 그런 다음 전화기 플러그를 뽑
고 문에 빗장을 지른 다음 고양이를 무릎에 앉힌 채 눈을 감
고 소설의 한 장면에 마음을 집중한다. 이제 글을 쓸 준비가
되었다. 내 머릿속에서 인물들이 살아 움직이고 있다.

91. 이고르

산등성이에 적들이 보인다. 나는 탄띠를 두르고 군화 속
에 단검을 찔러 넣은 다음 시안화물이 들어 있는 작은 알약
도 잊지 않고 챙겨 넣는다. 이 알약을 휴대하는 것은 하나의
규칙이다. 체첸 병사들에게 잡혀 가혹 행위를 당할 경우에
대비하는 것이다. 놈들의 고문은 꽤나 잔인한 모양이다. 하
지만 놈들은 절대로 내 입을 열게 하지 못할 것이다. 나는 독
종 중의 독종이다. 어머니, 고맙습니다. 다른 건 몰라도 저를
이렇게 독한 놈으로 만들어 주셨으니 말입니다.

92. 비너스

이런, 손톱을 부러뜨렸어. 이런, 이런, 이런! 가짜 손톱을 달 시간이 없다. 사람들이 곧 내 차례가 될 거라는 신호를 보내고 있다. 주눅 들면 안 된다.

93. 이고르

신호가 떨어졌다. 드디어 우리 차례가 왔다. 나의 오른편에는 스타니슬라스가 있다. 내가 이 녀석과 이토록 친하게 지내는 이유는 녀석이 화염 방사기를 맡고 있기 때문이다. 잘못해서 화염에 휩싸이는 일이 생기지 않게 하려면 되도록 녀석의 곁에 붙어 있어야 한다. 이제는 나의 생존 의지가 나의 우정을 결정한다. 바냐 때문에 고된 시련을 겪고 나서 나는 한 가지 배운 것이 있다. 내가 무엇을 줄 수 있는지를 생각해서 친구를 선택하지 말고, 그들이 나에게 무엇을 줄 수 있는지를 생각해서 친구를 선택해야 한다는 것이다. 이제 연민은 끝났다. 오로지 나에게 이익이 되는가 안 되는가 하는 것만이 중요하다.

나는 쌍안경으로 목표물을 다시 살펴본다.

「쉽지 않겠는걸.」

내가 그렇게 말하자 스타니슬라스가 대답한다.

「난 아무것도 두렵지 않아. 나를 지켜 주는 수호천사가 있거든.」

「수호천사라고?」

「그래. 우리 모두에게는 수호천사가 있지. 하지만 사람들

278

은 대부분 가호가 필요할 때 수호천사에게 기도하는 것을 잊
어버리지. 난 그렇지 않아. 공격을 시작하기 전에 언제나 수
호천사를 부르지. 그러면 내가 보호받고 있다는 느낌이
들어.」

그는 금도금된 메달 하나를 꺼낸다. 날개를 활짝 펼친 천
사 하나가 새겨져 있다. 그는 메달에 입을 맞추며 말한다.

「성(聖) 스타니슬라스야.」

내가 목에 걸고 있는 메달에는 아버지의 사진이 들어 있
다. 하지만 나는 그것을 거의 들여다보지 않는다. 만일 내가
그것을 꺼내어 다시 들여다본다면 그것은 그에게 가호를 빌
기 위한 것도 아니고 그를 축복하기 위한 것도 아닐 것이다.

나는 몸을 덥히기 위해 보드카를 한 모금 마신다. 그런 다
음 내 휴대용 카세트 플레이어에 힘을 주는 음악이 들어 있
는 테이프 하나를 집어넣는다. 그것은 서양의 퇴폐적인 음악
이 아니라 슬라브의 정신을 느끼게 하는 우리의 클래식 음악
중 하나인 「민둥산의 하룻밤」이다. 마침 잘됐다. 저기, 체첸
의 민둥산에 곧 놈들의 밤이 찾아올 테니 말이다.

2권에 계속

옮긴이 **이세욱** 1962년에 태어나 서울대학교 불어교육과를 졸업하였으며, 현재 전문 번역가로 활동하고 있다. 옮긴 책으로 베르나르 베르베르의 『개미』, 『웃음』, 『신』(공역), 『인간』, 『나무』, 『상대적이며 절대적인 지식의 백과사전』(공역), 『뇌』, 『타나토노트』, 『아버지들의 아버지』, 『여행의 책』, 움베르토 에코의 『프라하의 묘지』, 『로아나 여왕의 신비한 불꽃』, 『세상의 바보들에게 웃으면서 화내는 방법』, 『세상 사람들에게 보내는 편지』(카를로 마리아 마르티니 공저), 장클로드 카리에르의 『바야돌리드 논쟁』, 미셀 우엘벡의 『소립자』, 미셀 투르니에의 『황금 구슬』, 카롤린 봉그랑의 『밑줄 긋는 남자』, 브램 스토커의 『드라큘라』, 파트리크 모디아노의 『우리 아빠는 엉뚱해』, 장자크 상페의 『속 깊은 이성 친구』, 에리크 오르세나의 『오래오래』, 『두 해 여름』, 마르셀 에메의 『벽으로 드나드는 남자』, 장크리스토프 그랑제의 『늑대의 제국』, 『검은 선』, 『미세레레』, 드니 게즈의 『머리털자리』 등이 있다.

천사들의 제국 1

발행일	2000년 12월 10일	초판 1쇄
	2003년 2월 15일	초판 10쇄
	2003년 8월 30일	신판 1쇄
	2022년 12월 25일	신판 46쇄
	2024년 2월 20일 신판 2판 1쇄	

지은이	베르나르 베르베르
옮긴이	이세욱
발행인	홍예빈·홍유진
발행처	주식회사 열린책들

경기도 파주시 문발로 253 파주출판도시
전화 031-955-4000 팩스 031-955-4004
www.openbooks.co.kr

Copyright (C) 주식회사 열린책들, 2000, 2024, *Printed in Korea.*
ISBN 978-89-329-2410-6 04860
ISBN 978-89-329-2409-0 (세트)